蒋蓝……作品系列

极端动物笔记

动物哲学卷

蒋蓝 著

人民东方出版传媒
東方出版社

目 录

自序：动物的诗学镜像

2001 年开始，我陆续完成了 20 多万字的动物随笔，这就是 2004 年首次结集出版的《玄学兽》与《哲学兽》。在相继被多家报刊连载、选载、评价之余，我逐渐感觉到原稿的稀薄和弱力之处，又陆续进行了大规模的修订，写出了十几万字，这就是 2008 年推出的合集《动物论语》一书的来历。2014 年，予以再次修订，算是我与动物诗学结缘的一个圆成。

我不是动物学家，也非书斋里的君王。我在兽迹与鸟道里，逐渐感受到动物就是大地的动词，是诗意飞跃的显性，也是对行而上思想的还原和凸显。这让我想起孔子的“十翼”。比如彖，据说是古代一种牙齿犀利的兽类，能够咬断硬物，孔子假借为其断语之辞，可以断定一卦之义，知晓刚柔变易的不同，孔子从卦德、卦义、卦情等方面作了解释与说明，是一卦的总论。“十翼”即是“易”的羽翼，庄子就赋予“十翼”以鲲鹏之象。我们的文化，是否可以在“十翼精神”的鼓荡中飞临自知的智慧园地？在此启示下，着意于“自然动物”“文化动物”“哲学动物”的区分，不但显得有些局促，而且暗含盲人摸象的危机。因此，我没有完全放弃动物的自然习性，而醉心其神话、诗学纹理，而是尽量让这些从动物身形里旁逸出来的德性，统摄在它们的辉光中。宛如一头豹子，被一些纵欲过度的柄权者剥皮为垫，豹纹就只能用仅剩的嚣张，述说着神性被剥夺后的单面了。

因此，从动物身上我们可以发现更为绚丽、生动的大地诗学，这种发现充满了生命的张力和文化的魅力。而以文化为经，学术为纬，将动物定位在诗学坐标上，进行宏观和微观的透视，于是，在我的体验中，具象的动物拥有了灵异的符号学意义。由于多年写作思想随笔的训练，我的精神背景被动物的身形越拓越阔。时间堆积的思想形成了一座山峰，坚挺地固守在那里，不会随时流的涤荡而四处漂移。上面蔓延了坚韧的野草，拔出了参天大树，各种动物自由快乐地在这里栖居。它们的蹄音，敲碎了黄昏，嚎叫声扯破了夜的寂静，山间充满了活力和生命的气息。反过来说。动物是我投放人类的一张试纸，测试人的情感、思想、大爱和大恨。

我对动物充满敬畏，我把更多的情感投入进去。为它们洗去风尘，擦去眼睛里的泥沙，让它们回到大地的本质中，恢复天性。

哲人伏尔泰说，您去问问蟾蜍，什么是美，什么最美。蟾蜍准会回答您说，是它那个母蟾蜍，那个小脑袋上长着两个突出大眼、一张扁平大嘴、黄肚皮、褐色脊背的母蟾蜍。伏尔泰此话告诉我的，正是我写作《哲学兽》时的一个价值尺度：不要把人们固有的、僵硬的有关自由和美的追求，反其道而行之，铸成大地的藩篱。所以，我读完克里斯蒂安·罗什、让－雅克·巴雷尔合著的《哲学家的动物园》，不禁暗自好笑，到底是哲学家在动物园变得聪明了，还是他们也是动物园中的成员？恍惚之间，真不好说。

蒋蓝

2014 年 2 月 5 日在成都

驴上沉思录

力侔龙象或难堪，唇比仙人亦未惭。
临路长鸣有真意，盘山弟子久同参。

虽得康庄亦好还，每逢沟渐便知难。
由来此物非他物，莫道何曾似仰山。

——王安石《驴二首》

近来，因为在修订自己的一本论述古代侠义的著作《推刃之书》，查阅了不少古人诗作，发现骑驴而行的诗人，与纵马飞驰的官员，在尘烟四起的历史旷野上，昭示了不同的路数。

按照顾炎武的说法，驴进入中土，是战国后期的事。“然其种大抵出于塞外，自赵武灵王骑射之后，渐资中原之用。”[1] 而“驴”字的产生，段玉裁认为是秦人所造[2]，这等于解释了肇始于东汉的“十二生肖”当中，自然没有舶来品了。

驴背一直是文人们悠然的回忆平台。相传张果老与鲁班打赌，后来输了，从此以后倒骑毛驴。“倒骑”的人生美学体现的玄机还在于，即使一个人输了，也可以采取一种另类、边缘、去中心的方式展示自己的智力。事物在阴晴圆缺之后依次盛开，墙内开花墙外香，并暗含“后发而先至”的时间追溯功能。

杜甫名诗《饮中八仙歌》，对唐朝八位嗜酒如命的名人作了生动的描述：“知章骑马似乘船，眼花落井水底眠”，这是写初唐贺知章（659—744），自号四明狂客，武则天证圣元年（695）进士，历任礼部侍郎、集贤殿学士和秘书监等官职。有这等身份的诗人，自然可以纵马，即便是醉得人事不省，马是照骑不误的。为何？马就是官员天然的代步工具。晚清画家吴友如据此绘制了八幅作品，自然是以贺知章、汝阳王李琎开头，我以为，这个酒仙的次序未必是偶然的。

尽管写有十几首咏马的古诗和律诗，杜甫却不大骑马，所谓“骑驴三十载，旅食京华春”[3]，反而成为了颠沛生涯的真实写

[1] 《日知录》卷二九。

[2] 参见《说文解字注》。

[3] 见《奉赠韦左丞丈二十二韵》。

照。一次他在夔州府参加过宴会后，借着酒劲跨上了马背，“骑马忽忆少年时”，青春在马背上颠簸，那时候的杜甫“性豪业嗜酒，嫉恶怀刚肠。脱略小时辈，结交皆老苍。饮酣视八极，俗物皆茫茫。”甚至“放荡齐赵间，裘马颇清狂……呼鹰皂枥林，逐兽云雪岗。射飞曾纵鞚，引臂落鹙鸧。”（《壮游》）但毕竟年龄不饶人，“走马踏花，快意山水，痛快诗酒，豪杰之风，英雄豪气。不虞一蹶终损伤”，骑在马上的杜甫没走多远就从马背摔了下来，这让诗圣得出了“人生快意多所辱”的深刻结论。值得注意的是，杜甫众多咏马佳作里只此一首是写“马上”，而且还是遥忆当年。

他在《放船》一诗里说：“直愁骑马滑，故作泛舟回”，这固然解释了自己的年龄已不能纵马的原因，但也暗示了一种民间身份的困境。

在诗歌里反复咏叹骏马、宝剑的李白，也是骑驴的主。《唐才子传》记载：李白云游四方，某日，他想去登临华山，便醉醺醺地骑着毛驴向华山赶去，经过华阴县的衙门口，他没有按规定从驴背上下来，县令大怒，派衙役把李白抓来，怒问：“你是什么人？竟敢这般无礼！”拿出笔墨纸张，让李白写供词。李白在供状上没有写自己的姓名，只写道：“曾令龙巾拭吐，御手调羹，贵妃捧砚，力士脱靴。天子门前，尚容走马，华阴县里，不得骑驴？”这番出自体制认可的功勋，足以证明骑驴者比那些骑马者强。所谓“肉食者鄙，未能远谋”，在此不妨改为“骑马者鄙，未能远谋”。宋代御府藏有《李白骑驴图》，在毛文歧《李太白骑驴处》、元好问《李白骑驴图》等诗里，明朝礼部尚书邵宝（1460—1527）的《太白像》一诗，将诗人之驴同时放大：“仙人骑驴如骑鲸，睥睨尘海思东瀛”，这不是美化驴子，而是驴因人贵。

《全唐诗》中共有2200多位诗人，诗人兼官员的不少，但更多的则是布衣。这些诗人生活贫寒，当然买不起高头大马。美国著名汉学家谢弗在《唐朝的外来文明》一书里，援引《新唐书》的资料指出，“在8世纪后期的几十年中，一匹回鹘马的普通价格为44匹绢，这对于唐朝来说是一笔令人触目惊心的支出”。

陈寅恪先生说：“唐代实际交易，往往使用丝织品。”根据《贞观政要》的记载，由贞观之初的“率土霜俭，一匹绢才得粟一斗”一变而为“频岁丰稔，一匹绢得十余石粟”，可以推测出当时一匹绢的实际价值。初唐的均田制度，规定了相应的租庸调制，据统计：天宝年中，全国的赋税收入，包括租庸调、地税、户税，根据卢华语女士的研究：折合绢共计4146万余匹。[1]由此可推知，一匹西域马的价格实在高得离谱！

因此，结论很清楚，一是在于诗人买不起好马；但更关键还在于，马往往是宫阙中人的坐骑，嘚嘚的蹄声是体现身份的名片。从低处而言，驴比较皮实，容易伺候，不易生病；马就娇气了，饲料不好都不行。戏剧里，那个回娘家的小媳妇就是毛驴背上铺个被子，由老公牵着摇晃，成为了一曲经典的田园牧歌。

驴子是民间化的坐骑，体现了一种悠然慢性之美，尽管它看上去缺乏飞荡扬厉的意象。所以，白居易的《钱塘湖春行》，描写

[1] 卢华语：《唐代蚕桑丝绸研究》，首都师范大学出版社1995年版，第68页。

诗人骑马（骑驴？）所见到西湖早春的旖旎风光，展现了世间万物的蓬勃生机，将闲适自得的情感表露无遗。如果把“乱花渐欲迷人眼，浅草才能没马蹄”改为“驴蹄”，真实倒是真实，诗歌的构图感就低级了。

可见，驴蹄一直带领诗人深入事体，并不时被马蹄冒领了功名，驴子不过偶尔发出几声不满的驴鸣。

诗人李贺也是终日骑驴游走，《新唐书》说：李贺每天早上太阳一出，就骑上毛驴到山野间转悠，背着破锦囊，东瞧西望，有了灵感就在驴背上记下来，装进锦囊，晚上回家整理成篇。《唐诗纪事》引《古今诗话》中的一条记载——

有人问诗人郑綮近期有无什么诗作，郑綮回答说：“诗思在灞桥风雪中驴子上，此处何以得之？”作为诗人的郑綮已很少有人提及了，但这个回答却是妙论，诗思只有在驴背上才能产生，离开了驴背，哪还会有诗情？细想起来，他这话的确深谙事理。法国诗人雅姆在一首诗里，借用其女友的话揭破了谜底：“驴子就像诗人！”事实倒是事实，但估计中国诗人要集体驴鸣抗议。

唐朝诗人固然写了很多纵马仗剑闯荡江湖的豪迈诗篇，在我看来，这多半是他们骑在毛驴背上雄视古今的结果。诗人踏上致仕之途或屡遭碰壁后，慢镜头一般在落寞中颠簸，脑壳却在拼命壮怀激烈，遥望已然渺远的怒马鲜衣岁月，甚至臆想“十步杀一人，千里不留行”，不妨就叫“驴上沉思录”。而在西方，自我神话的堂吉诃德，再怎么不济也要骑上驽马，由此可以俯视众生以及他的助手，桑丘·潘沙注定就是驴子的伴生物。

驢
驢率世皆有
性極馴良所食
者草料任人騎
馱載不異於馬其
生於伊犂深山之中
者性最狂奔亦最速
而亞細亞及中華北
地又有野驢一種龐
然大物也惟家中不
能養育殆亦如黔
驢之無技歟
友如作

（晚清）吴友如绘制：《驴》

蚕马与蚕神

一霎时风雨都停住，

皓月收束了雷和电；

马皮裹住了她的身体，

月光中变成了雪白的蚕茧！

——冯至《蚕马》

在古文化谱系下，似乎异端的叙事，总是比按部就班的“正统叙事”具有更强大的生命力。这就是说，人们对与于碰断天柱的共工氏充满联想，但对于创世之前的“混沌”则漠然视之；人们对于教民养蚕、推进缫丝的黄帝正妃嫘祖并不感兴趣，尽管她有“先蚕”的光荣称号，但对于充满乱伦意味的“马头娘”则是常怀不止——按理说，西陵之女嫘祖才应该是桑蚕的始祖啊。

但很多事情就这么颠而倒之。

荀子曾写下过一篇《蚕赋》，其中描写蚕的形态时有一句“此夫身女子而头马首”，是说蚕的身体柔软婉转，似女性躯体；头则似马之首。这一隐喻似暗示了某种男权视野下的“性取向”。后来有人看出了其中端倪。唐时，四川盐亭的“鹅溪绢”称誉于世，被作为唐王室画院专用品，女皇武则天曾题诗《赴鹅溪》赞扬：“丝绸龟手富，贝锦鹅溪绢；功比马头娘，映月水三潭。”我至今不明“龟手富”为何意，但“马头娘”很明显，指的是广泛流传在川西的“蜀女化蚕”“蚕女马头娘”的传说。

清朝翟灏所编纂的《通俗编》，为历代关于俗语出处最著名、搜罗最广的一本典籍，其《神鬼》里引《原化传拾遗》记载说：

帝喾高辛氏时，蜀中一个男人在野外征战被掠去，所骑白马独自回家。妻子伤心不已，发了毒誓：谁能将其夫救得生还，就把女儿嫁给他！白马闻言仰天长啸，挣脱缰绳疾驰而去。几天后，白马载着其父返回家中。其母见此反悔，不再提及嫁女之事，从此白马整日嘶鸣不止，不思饮食。其父见状，心中为女着急，取箭将马射杀，并残忍地把马皮剥下晾在院子里。某天，那马皮突然飞起，它像青蛙射出了红舌那样将姑娘卷走，不知去向……数日后，家人在一棵树上找到了姑娘，马皮还紧紧包裹着她，无人知道这奇异的爱情是否幸福，反正女儿的头已经变成了马首，正伏在树枝上吐丝缠绕自己。

家人将其从树上取回饲养，养蚕吐丝结茧缫丝的历史从此开始。这个故事在《蜀图经》《太古蚕马记》《搜神记》《神女记》《太平广记》等古籍中都有大致相同的记述。古代军人杀死自己战马的事绝无仅有，何况还是一匹通灵的救命之马。不但杀死它，还要剥皮抽筋，由此足见受战马刺激的父亲的狂怒程度，事情发展到彻底失控。这不但是对古侠义精神“践诺”的反讽，也是对爱情的背叛。

诗人冯至显然就不满足于这样结局的“人兽之恋”。1925 年他据此写出了叙事诗《蚕马》，以青年对美好爱情的追求。“白马”乃是“男青年”的面具，由此展开了汉语版的“白马王子”叙事。这一“故事新编”的写作被朱自清先生誉为五四新诗中“堪称独步的四首叙事长诗中有代表性的一首”，由此成为冯至叙事诗的杰作。

仔细观察一下，蚕的头部的确与马头造型近似。古人进一步认为蚕为龙精，月直大火，则浴其种，这样蚕与马同气。这样，两者悄然合并，就像一场闪婚，“蚕马”是生米煮成熟饭。我以为，这个故事缘于唐人所创作。蚕丝与马，实为殷商就开始的古蜀国与秦岭以北之间的两大交易商品。古文献里最早提到“蚕与马”关系的是《周礼》，其“夏官司马”中记载：“马质，掌质马……禁原蚕者”，是说“马质”这个官掌理公家买马之事。同时也负责禁止民间饲养夏秋蚕这一差使。为何马质的职责旁及养蚕？汉代学者郑玄解释说：“蚕与马同气，物莫能两大。故禁再蚕者，为伤马欤？”刘安《淮南子》进一步解释说，政府之所以要禁止民间饲养夏秋蚕，是因为养蚕太多必然要影响到桑树的正常发育，从而对第二年春季的桑叶生长不利。不能竭泽而渔，不能一竿子插到底。

如果望文生义，蚕字固是“天虫”之喻，但其正体字“蠶”与此无关，它与“参”“簪”同音，因为“簪”字在先秦已经出现，指细长之物，这也明示了蚕就是像簪子一样的东西。民间无须如此佶屈聱牙。也许由于这白嫩的虫子总是吐丝缠绕自己，人们就把它称之为“蚕”（缠）；又因为姑娘是在树上丧失生命的，大家就把这种树叫“桑”（丧）。后世人们为缅怀这一特异的马与女人，把她尊为蚕神，称为“马头娘”或“马头神”，在江南地区人们还称她为“蚕花娘娘”“马明王菩萨”。尤其是在蜀中乃至江浙一带，民国之前都可见到塑有马头娘塑像的蚕神庙。

古蜀国自有“蜀王好色”的若干典故：五丁开路、武担山石镜等均有所指；至于望帝春心，更是滋养天府；蚕马的突然性婚恋，恐怕更多地展示了蜀文化中的起伏多姿的浓情蜜意。内翻具有蚕的肌肤，火一样的激情，外展则有丝绸的华丽与细滑，丝绸之路其实是一条身体的情欲之路。只是可惜啊，这么一片富有想象力与操作性的沃土，还是无法产生一部《庄子》式的杰作。

值得注意的是，民国时期在四川一带的“马明王”塑像，尊为蚕神，一般都是男性。他头上有三只眼，正中一只为“纵目”，我以为是纵裂而开天目的意思，不是向外凸起。

他，就是古蜀王蚕丛。一些人以为是二郎神，大谬。

梼杌的考古学

事实上很难让人们跳出现在的思维模式，恶怎么做都不对，善做什么都有理。

——［危地马拉］奥古斯托·蒙特罗索《黑羊和其他的寓言》

伟人的遗传基因并不总是稳定的，何况伟人殚精力竭，总在人、神、兽之间异形、异位，忙得找不着北，加之消耗巨大，颇有一代不如一代之况。想想看，既然杂交水稻也可能出现变异，人群里的“高粱秆儿”也会变成“矮冬瓜”，那么也就没有什么奇怪的。

黄帝巡游南方，见西陵氏女可人，娶为正妃，她据说叫“嫘祖”，后世也封之为“先蚕”。其实，“累”字本就是指东西一层又一层堆积起来，形状是堆起来的虫子，这分明是指蚕茧。加上“女”旁，暗示了桑蚕缫丝来自一个女人。这就是说，这应是一个民间性职业封号，在汉朝开始才构成了黄帝正妃的名字。当时西陵之国大约在现在四川、湖北、湖南三省交界一带，与周时楚国疆域相邻，但当地却未以养蚕著名。四川文史学者邓少琴认为西陵就是蚕陵，黄帝所娶西陵氏女当为蚕陵氏女，蚕陵就是今天的四川茂州之叠溪。[1]1933 年发生叠溪大地震，彻底毁灭了那里的古文明遗址。

《说文》解释蜀字，就是“葵（桑）中虫”的意思，以蚕作为族名，说明古代蜀人很早就发明和驯养桑蚕。正因如此，蜀山氏又被称为蚕丛氏。著名历史学家任乃强《四川上古史新探》中进一步认为，蜀山氏是最早“拾野蚕茧制锦与抽丝”的部族，到了“西陵氏女嫘祖为黄帝妃，始传蚕丝于华夏”，这也可以看作是中原文明与古蜀文明的第一次联姻。

梼杌的来历既有兽系，也有人传，更有神谱。

嫘祖生玄嚣、昌意二子。玄嚣之子蟜极，其孙为五帝之一的帝喾；昌意又娶蜀山氏女为妻，生高阳，继承天下，这就是五帝之一的颛顼，他被封为“北方天帝”。这几个女性，均出自蜀地

[1] 邓少琴：《巴蜀史迹探索》，四川人民出版社 1983 年 6 月第 1 版，第 136 页。

区域。根据成都冯广宏先生考证，这是公元前 23 世纪前后的事情。颛顼固然是人中之龙，但颛顼的儿子梼杌却剑走偏锋，成为了“人子”的反词。

《山海经》说，梼杌实为一种猛兽，状如虎而大，毛长两尺，人面虎足，口牙，尾长一丈八尺，由于凶狠狂暴，扰乱荒中。梼杌也被称为“难训”或“傲狠”，还说梼杌喜好在荒野中拔足狂奔，发泄其汹涌的力比多。梼杌是从里到外的极端无政府主义，没有人能够使其归顺于制度和伦理的麾下。颛顼徒为神仙大帝，可惜的是，他的四个儿子均为邪神，前三个生出后不久就夭折了。第一个死后住在江水中，变作“虐鬼”，散布瘟疫疾病；第二个死后住于若水，叫“魍魉”，以使人生疮害病或者惊吓小孩为使命；第三个死在正月三十，最喜穿破衣喝稀粥，人称“送穷鬼”。只是他们恶的级别不够，比不上恶兽梼杌的名头。

在我看来，这口口相传的历史具有阴谋论和血统论性质。颛顼为黄帝后裔、昌意之子，生于若水（今雅砻江四川境内的雅安一带），有学者指出，“蜀”在古羌语呼复辅音“颛顼”，其义言鱼，高阳氏之鱼王，即蜀王，也就是禹王；颛顼是禹的羌语名。颛顼二字很奇怪，字书上解释有愚昧、谨貌等义项。颛顼二字均从“页”，《说文》云：“页，头也”，足见颛顼的命名与头有关。《说文》言颛顼是“谨貌”，就是“木头木脑”，川语“木脑壳”是也。所以，它被引申为“愚昧”。如果我们把颛顼与三星堆青铜立人像相联系，那些青铜头像就有些木脑壳意味。这幽暗地昭示后人：有其父，必有其子。

换言之，梼杌脑袋进水了，成了不会说话的弱智儿。

中国古代有所谓“四大凶兽”——贪得无厌的饕餮、穷凶极恶的浑沌、背信弃义的穷奇、沉默而好斗不已的梼杌。据说来历是：浑沌是驩兜死后的怨气所化，穷奇是共工死后的怨气所化，梼杌是鲧死后的怨气所化，饕餮是三苗死后的怨气所化。富有深意的在于，驩兜、鲧、三苗与共工，他们都因为反抗最高权力者而被杀，死后精神不灭，被当权者侮为“邪魔”，可见反抗独裁权力的异端之火从未断绝，地火一直运行。鉴于附有鲧的怒气，梼杌的长相十足凶恶，头脑不灵，这种对反抗者的刻意妖魔化，看起来起源甚早。我估计被权力妖魔化之后的梼杌，这一造型就连玛丽·雪莱笔下的弗兰肯斯坦，也难望其项背。后来梼杌被主流社会定义为顽固不化态度凶恶之人，《左传·文公十八年》有云：“颛顼氏有不才子，不可教训，不知话言，天下谓之梼杌。”通过史书的铁板钉钉，就进一步把反抗者的后代与痴呆愚笨归为同类。

可以说，梼杌回到人形，为鲧；赋形于兽，为虎形兽。

需要注意的是，蒙文通先生经过缜密考证后，认为《山海经》是古代巴蜀的典籍，代表的是巴蜀文化地区的说法。鲧、禹本是古代巴蜀地区的传说，鲧、禹亦当原本是活动于这一地区范围。鲧采用“堵塞”的治水法，失败于岷江及其周邻的江河被杀后，他的滚滚怒气，化作巴山蜀水的瘴气凝聚的一把利刃。

他赋予梼杌的，恰是来自古蜀地的红壤之血，染就了他的斑斓虎纹。

梼杌另有一说是神名，《国语·周语上》：“商之兴也，梼杌次于丕山；其亡也，夷羊在牧……”梼杌现身在河南荥阳丕山一带，不过是借此说明朝代兴起都是明神之志。另外一部战国时的书简名叫《梼杌》，是专门记载楚史的史书。我估计写作者是着眼于断木的木纹，取其年轮与史记的吻合。所谓“纪恶以为戒”，这至少说明，那个时代的梼杌恶名已经闻名遐迩，以此来命名煌煌史书，一定具有深意。也许，史书就是记恶戒杀之书。

美籍历史学者朱学渊指出：“为什么‘梼杌’是历史？翻阅一本《英蒙词典》，却不经意地解决了这个疑惑。原来，蒙古语的‘历史’是‘屠兀何’（tuuh），楚国历史‘梼杌’显然是用蒙古语的这个字来命名的。”他的证据是利用诸如“虎”字等几个词语蒙古语与楚方言近似读音的推论——这样的方式，当代彝族学者就在广泛使用，用彝语把古蜀历史逐一“通读”，就成为“夷史”了。朱学渊先生的结论是：人名“梼杌”可能是古代族名“屠何”或现代族名“达斡尔”。把它记为“梼杌”，只是巧合。[1]

宋代大文士苏洵，为弱智的“梼杌”之所以是“历史”做了一个富有创建的圆通，他在《嘉祐集·史论》中说：“史何为而作乎？其有忧也。何忧乎，忧小人也。何由知之，以其名知之。楚之史曰《梼杌》。梼杌，四凶之一也。”他认为历史是为忧世而作，以“梼杌”命名历史，是以恶人的名字来惩戒后人。这种将弱智儿说成恶人，并用来惩戒后人的说法，深得事物的经纬。

还有学者推测，梼杌可能是指某一支好战的强悍部落。但这个

[1] 朱学渊：《以“梼杌”一词，为中华民族寻根》，《文史知识》2005年第5期。

与人伦格格不入的怪兽为什么从“木”呢？我的推测是，在冶炼青铜尚未出现之前，木器不但是最常见的工具，也应该是武器。《说文解字》：“梼，断木也，从木，寿声。”在《汉语大字典》当中，“杌”字有一个义项是：“砍树剩余的桩子。”因此，“梼”和“杌”放在一起，意思就是：树木横断之后剩下的树桩。焦循（1763—1820）在《孟子正义》中解释说：“惟梼杌皆从木，纵破为析，横断为梼杌。断而未折其头则名顽。是梼杌则顽之名，因其顽，假断木之名，以名之为梼杌，亦戒恶之意也。”

四川与梼杌有关的，在神、人之外，还有一本书。《蜀梼杌》一名《外史梼杌》，是北宋蜀州新津人张唐英早年的著述。《四库全书总目·史部·载记类》称：“其书本《前蜀开国记》《后蜀实录》，仿荀悦《汉纪》体，编年排次，于王建、孟知祥据蜀事迹，颇为详备。”由于来源于西蜀官方史籍，其立场与北宋官方史籍有异乃至对立。陕西师范大学历史文化学院的王晖先生指出，古蜀人用表示圆木桩的“梼杌”（梼梼）来称呼先辈祖先。“梼杌”（梼梼）应是中性词，是没有褒贬之义的。所谓的恶名应是中原诸侯方国强加给的。这就像“混沌（浑沌、浑敦）”一词，最初也是中性词，所以《庄子·应帝王》中用来称呼“中央之帝”——黄帝及其后人的，显然是褒义性的。因此，《梼杌春秋》其义实际上就是“先祖们的历史”。[1]

我很赞同这一判断。这就进一步逼近了事情的真相：梼杌具

[1] 见《史学史研究》2007 年第 4 期。

有兽、人、神、器物、历史等指称，堪称“五位一体”。

我在此引述了一些古事，并非有暗含高标鄙人出身之义，因为我等不过是尘土。只是想说，这梼杌一般的性格，一直就横行在人性的天桥上，稍不留意，他就会冲垮天桥，秀都懒得走了，只以血淋淋的断壁残垣来满足内心的嗜血——而不论结局是伤害对手，还是自伤。我的青少年时代，在搏杀之余，偶尔也会阅读家里不多的闲书，也许这个习惯最终改变了我的命运，没能以拳脚为生。记得那时读《世说新语》，王敦和周处卓然独行的故事很是吸引我，以至于我被邻居视为周处时，自己竟然还以周处后来的除害之举聊以自慰。但这种幻觉终究将彻底消散，以至于后来在《水浒全传》里，这种性情的疮，终于得到了全面爆裂。

所以啊，“金疮迸裂”不一定就是亡命之兆，也有大释放的快意。

成年以后，我读到明代的禁毁小说《梼杌闲评》，发现其命名颇有深意，既可理解为大恶人魏忠贤评传，又可解释为史事小语。小说确为“大嚼疗饥奸贼脑，横吞解渴残臣血”的泄愤之作，又岂是清风明月的“闲评”？！

哈佛大学王德威教授的《历史与怪兽》一书，围绕现代性和怪兽性的辩证、历史和“再现历史”的两难来展开历史、暴力和叙事之间的互动。梼杌历经了怪兽、魔头、恶人、史书和小说的转变，说明中国文明对历史、暴力和叙事想象之一端，它引发人们思考：历史是对怪兽的暴力记录，还是本身就是暴力体现？王德威指出，“历史只能以负面形式展现其功能：亦即只能以恶为书写前提，借此投射人性向善的憧憬。扬善是历史书写的预设及终点，但填充文本的历史经验却反证了善的有效或可行性。历史的本然存在，甚至吊诡地成为集恶之大成的见证。”这是说的大历史，我想这并不一定包括个人的小历史。但就我而言，却觉得这当中蕴含了难以言传的诡变和危机……

这就是说，善与恶固然是有标准的，但历史并不掌握这个标尺。“秉笔直书”的人俨然拥有这个标尺，读史的后人则人人胸怀真理。我难以做到，只是希望在复原往事的过程里，不但相信“上帝即在细节中”，更坚信要反着阅读和理解梼杌以及头脑冬烘的正人君子们书写的“梼杌史”。危地马拉作家奥古斯托·蒙特罗索在《黑羊和其他的寓言》里，借“恶”的口吻独白道：“事实上很难让人们跳出现在的思维模式，恶怎么做都不对，善做什么都有理。”正因为“恶”有这样的想法，“善”又一次幸免于难。

这些善与恶的争论与梼杌无关，反而与秉笔直书的先生有关。是想成为“木头木脑”的梼杌，还是表情诡谲的冬烘先生？自己掂量吧。

照亮黑暗的乌鸦

乌鸦们宣称
仅仅一只乌鸦
就足以摧毁天空
但对天空来说
它什么也无法证明
因为天空意味着
乌鸦的无能为力。

——卡夫卡

乌鸦的毛其实不是纯黑色，而是黑中带有闪亮的深蓝及深绿。每当其在夕光中飞动，披光的身体往往被镀上一层金属的微弱色泽，我想，那就像一块生锈的铸铁，突然在空气中凝固，并企图打开它作为颗粒状态时的轻和慢。但铁锈已经不可能被除去，它有一种胎记的意味，在羽毛的边缘把我们的注意力拽向铁的深处。

文史学者傅振伦先生，在《七十年所见所闻》一书里，提到了他在四川乐山一带看到的白乌鸦，声、状一如乌鸦。《本草纲目》："乌有四种：小而纯黑，小嘴反哺者慈乌也；似慈乌而大嘴，腹下白，不反哺者，鸦乌也；似鸦乌而大，自项者，燕乌也；似鸦乌而小，亦嘴穴居者，山乌也。"显然，白乌鸦不属于这个范畴，白乌鸦无法被证伪。它一如白化的金属，成为鸦世界的反词。

古往今来，乌鸦出没在诗歌与哲学域界中的身影大体近似，因为它总是与濒亡、思想、不祥之兆有关。在我的视线里，乌鸦是异端的代词，是空气中的黑客，是黄昏的丈夫，也是天空的鸦片，它的羽翼仿佛经过熬制的忧伤，散着看不见的烟。因此，乌鸦也是管理梦境的酋长。但在成为这一管理者之前，乌鸦必须从低微的职位做起，比如报信，比如出任侦探等等。乌鸦是阿波罗的爱鸟，也是神的眼线，它喜欢撒谎的恶习使它蒙受了天谴——总是喝不到水，因此只能干叫唤。北欧神话中的"众神之王"奥丁，平时逗留于宝座，一眼就看到天界人间的众神、巨人以及人类的一举一动。奥丁的肩头停着两只大乌鸦，一只代表思想，一只代表记忆。这两只大乌鸦是奥丁的秘密侦探，每天都飞到人间刺探消息。这充分说明了乌鸦的阶级出身，而且在大洪水的传说里，它同样是肩负刺探情况的使命。因为《圣经》上主说："因为人既是血肉，我的神不能常在他内。”对此，圣盎博罗削注解说：“这句话的意思是说，沾染了罪恶的血肉不能接受天主的圣宠。所以，天主为了要给人圣宠，一面召来洪水，一面命令诺亚进入方舟。在洪水退去后，诺亚先放出一只乌鸦。乌鸦没有飞回来，他又放出一只鸽子。鸽子却衔着一根橄榄枝飞了回来。你看见水，看见木头，看见鸽子，你还怀疑它们的奥义吗？血肉犯罪的污染要浸入水中洗清，所有的大罪都在水里被埋葬。耶稣被钉在十字架的木头上，为我们受苦难。按照《圣经》的记载，天主圣神是凭着鸽子的形象降临，赐予你灵魂的平安和精神的安宁。如果你恒心遵守天主的诫命和效法义人的榜样，那么，那只放出去不再飞回来的乌鸦，便是你的罪的象征了。”这就意味着，乌鸦也被看作一个黑暗的比兴——乌鸦象征罪恶。

这种观点，犹如触目惊心的错别字，是很多人难以认同的，即使基督教义本身也在后来的演绎中做了某种补救措施。经文里记载着主命令乌鸦出任保育员的工作，“以利亚在小溪旁边，乌鸦作为他的传递者送食物给他”；“你要喝那溪里的水，我已吩咐乌鸦在那里供养你。……乌鸦早晚给他叼饼和肉来，他也喝那溪里的水。”因此，“神有没有送乌鸦喂饲以利亚？”成为了一个著名的争论。这至少说明，被人们诅咒的乌鸦，仍然忍辱负重地默默为大义而工作着，就凭这一点，乌鸦的品德就很高尚。

就这样，乌鸦在暗夜中淌着血液，乌鸦的血液有一种纯黑的忧伤和犹豫，它舔舐伤口。乌鸦的血液是承传的毒药，对于敌人也对于自己，它预示无数次晚安等于黎明的安息，无数次的死亡仅仅因为是睡去。乌鸦的血液是思想的水源，也是异端的第一推动力。

谈到思想，就不能不说起乌鸦和猫头鹰两大家族，它们彼此之间错综复杂的嫌隙，已经追溯不到最初的源头。在我看来，它们都是思想的动物，猫头鹰在黑暗中高举炭火似的眼睛，巡视着事物的动向，它是为理性思想服务的；乌鸦则仿佛异端，以不计得失的嚎叫和反飞，来扰乱、来提醒常态中的异样发现。每每在猫头鹰成为思想的主宰以后，乌鸦就以铸铁摩擦的声音来驱赶前者过于自大的地盘，迫使其接纳另外的领主。这样的话，它们火拼互残的局势愈演愈烈，难以挽回。佛典《杂宝藏经》里就说，白天，乌鸦趁猫头鹰弱视，直捣巢穴，搏杀啃食。夜晚，猫头鹰趁乌鸦夜盲，追捉攫掠，开膛破肚。就这样一方畏惧白昼、一方惧怕黑夜，二十四小时杀气腾腾、血溅肉飞。这种地狱般的日子眼看着无有了期，身不由己卷入战事的鸟儿不是死于非命，就是濒临崩溃边缘。

这种对峙的结果，不是乌鸦战胜猫头鹰的问题，而是异端往往是推进思想拓展领域的前锋，然后，它消失，它被诅咒，它被打入地狱，都是卫道士们接着要干的事情。

东西方对乌鸦的叫声具有殊途同归的看法。古籍《埤雅》认为鸦见异则噪，故人唾其凶，说明并非乌鸦本身含有不祥，它不过看见异景而噪，人因它之噪而知有异物，于是唾之，所以唾者，非为鸦也，这样说来，倒也颇替乌鸦开脱，但是民间习俗，因袭至今，却明明是因为鸦啼不吉，所以厌之。但凡事总有例外，这种例外是否是来自乌鸦的某种暗示，不得而知。作为异端显形乌鸦，也许我们只能倾向于这种臆测。西方人认为乌鸦带着特有的鼻音的响亮叫声很像“砍它！砍它！砍它！”的暗示，被美国鸟类学家奥都邦比喻为“竖笛走调的声音”。在我听来，应该是铸铁被异力断然撕裂的声音。干燥、坚硬，顽固，足以穿透事物的外壳和本质。

中国历史上最早出现的秘密教门是元末形成的白莲教。创立者茅子元一天在“禅定”时，因听到乌鸦叫声而豁然悟道，随口颂出四句偈语：“二十余年纸上寻，寻来寻去转沉吟；忽然听得慈鸦叫，始信从前错用心。”从此便同他原来信奉的佛教净土宗决裂，创立新的宗门。他从佛经《大藏》中摘取对自己有用的内容，编成《白莲晨朝忏仪》，创立“白莲忏堂”，“劝诸男女同修净业”，自称“白莲导师”，成为信徒们顶礼膜拜的大神。这样，茅子元便从佛教净土宗分离出来，成了一个异端教派的教主。这种传说至少使我们注意到了一个焦点，那就是，异端的乌鸦开启了异端思潮，而对乌鸦来说，这种使命是来自上天的安排，还是来自人禽的感应呢？这就不好说了。如果追溯更早，汉朝东方朔撰《阴阳局鸦经》时，对乌鸦的叫声谱系的研究就已经大体完备了。这也并非是故弄玄虚之举，因为我们可以发现，比如苯教就把乌鸦当作神鸟，它是传达神灵的旨意的，所以苯教徒常把乌鸦的叫声，拿来判定吉凶祸福。从《敦煌藏文写卷 P.T.1045》的序言部分，同样可以找到类似记载：

1. 乌鸦是人的怙主，

2. 传递仙人的旨意。

3. 藏北是牦牛之乡，

4. 于该地之中央，

5. 她传递神旨翱翔飞忙。

这种鸟卜的方式，在被巫祝控制很长时期以后，已经深入民间。人们从乌鸦的叫声里感知的已经不仅仅是凶事，而是各种事情的优劣。乌鸦把陷入黑暗的一翼抽出来，双翅在黄昏的边缘展开，就像一面镜子的波纹，成为了一根甄别事物性质的温度计。

乌鸦的预言总是准确的，理智的人只能接受，因为它扯起了真实图景的一角，不能不信。在圣徒图密善被杀的前几个月，卡庇托尔山上一只乌鸦高叫："一切会好！"有人对这个征兆做过如下解释："一只乌鸦在泰比亚岩巅聒噪'一切会好'，它不可能说'现在一切均好'。"据说图密善本人梦见自己背上长出一个金瘤，认为这是一个无可置疑的预兆：他死后国家状况会比他在位时繁荣昌盛，不久确实出现了这样的局面。

按照爱伦·坡在《创作哲学》中的说法，读者读到全诗最后两节便会"开始把乌鸦视为一种象征，不过要到最后一节的最后一行，读者才能弄清这象征的确切含义——乌鸦所象征的是绵绵而无绝期的伤逝"。我们不妨再阅读一遍那最后的诗句：

照在它身上的灯光把它的阴影投射在地板；

而我的灵魂，会从那团在地板上漂浮的阴暗

被擢升么——永不复还！

这绝望中其实还有一点希望，乌鸦有意地抛下了一片羽毛的体温，我们将用它犁开更深的黑暗。

弗洛伊德《梦的解析》曾提到说，梦中飞翔象征“性”，而鸟的描写是否也暗示潜意识中“性”的表白呢？雪莱的《给云雀》、济慈的《给夜莺》、爱伦坡的《乌鸦》都是作者唱出压抑爱的诗篇。那么，白雪公主躺在透明棺材时，三只鸟——猫头鹰、乌鸦、鸽子依照顺序来悼念她，似乎也隐含有潜意识的性象征？这样说来，乌鸦就是诗人苦闷的身体，它黑，是因为它梦想黑中的白肌肤；它金属般的叫，是因为它一直渴望穿刺万物。联系卡夫卡的话，我想说的是，乌鸦是天空亮出的底牌。

（民国）马骀绘制：《乌鸦》

加拿大人罗伟夫研究了各种鸟类的行为后，认为乌鸦的智力排名为第一。另有人认为乌鸦的智力大致与黑猩猩相近，相当于三四岁孩童的水平。中央电视台曾经播放过一部科教片，是在日本东京闹市区拍摄的实况录像，一只乌鸦叼着一只核桃投到车行道上，然后飞上电线杆等候过往的汽车轧碎桃壳，再趁车流稀少的时候飞下来捡食桃仁。乌鸦的聪明程度真是令人匪夷所思。

塞壬唱的什么歌?

令奥德修斯惊异的是,
塞壬没有歌唱,
难道预言又改变了方式?

——荷马《奥德塞》第十二卷

苏联M.H.鲍特文尼克等学者编著的《神话辞典》指出,半人半鸟的女化形象最早源自两河流域。经过希腊人加工后,演变得更加成熟和丰满。海妖形象和海妖故事在包括地中海东部沿岸在内的希腊世界广泛流传,经过罗马帝国的传播,流传到了整个欧洲，成为欧洲各国至今仍十分熟悉的文化内容。6世纪上半叶，拜占庭史家普罗可比在他的《战争史》第五卷《哥特战记》中曾提到这个典故。中世纪法国著名的唯名论经院哲学家彼埃尔·阿伯拉尔在表达基督教信仰对他的支持时说，就是对于海妖塞壬的歌声，他也无所畏惧。有关海妖的说法在枝节上因地域不同稍有变化，比较著名的有三个故事。这个传说就像女人胴体一样光滑，一直延宕在历代作家的作品中，如克雷洛夫的《作家与强盗》就说："作家……像海妖那样音色悦耳，也像海妖那样有害于人。"

塞壬拥有美丽的歌喉，常用歌声诱惑过路的航海者而使航船触礁沉没。她们是河神埃克罗厄斯的女儿们，是从他的血液中诞生的。因与缪斯比赛音乐落败而被缪斯拔去翅膀，令她们无法飞翔，缪斯用塞壬美丽的翅膀为自己编扎了一顶王冠，作为胜利的标志。失去翅膀后的塞壬只好在海岸线附近游弋，有时会变幻为美人鱼，用自己的音乐天赋吸引过往的水手。她们居住的小岛就在墨西拿海峡附近，另一位海妖斯库拉和卡律布狄斯也在那里。俄底修斯经过墨西拿海峡的时候，事先已经得知塞壬的致命的诱惑，命令水手用蜡封住各自的耳朵，并将自己绑在船的桅杆上，方才安然渡过。阿波罗之子——善弹竖琴的俄耳甫斯也曾顺利地通过塞壬居住的地方，他用自己的竖琴声压倒了塞壬的歌声。在其他一些希腊人的传说中，塞壬是珀尔塞福涅的同伴，珀尔塞福涅被冥神哈得斯劫持娶作冥后，后被其母所救，从此每年在人间过六个月，在地狱过六个月。塞壬由于未能阻止冥神哈得斯而被罚为亡魂的护送者。

"塞壬唱的是什么歌？"一直是一个难度高于斯芬克斯之问

的问题，这并不是指其为“伪”，而是在于它无解。英国神秘主义作家托马斯·布朗爵士（1605—1682）在《瓮葬》（国内有光明日报出版社的汉译本）里竟然试图回答这个超级“天问”。他说——

塞壬唱的是什么歌？
阿喀琉斯藏身于脂粉队中时取了一个什么样的名字？
虽然这些问题颇难回答，
但也并非绝对无法猜测到。

对此，爱尔兰散文家罗伯特·林德（Robert Lynd）在《无知的乐趣》一文里评价道：“无疑，科学家们迄今没有理由为他们错过的无知而哭泣。要是他们似乎什么都懂，那么这仅仅是因为你我几乎什么都不懂。在他们发掘出的每一个事实下面总是有一笔无知的财富在等待着他们。他们将永远不会比托马斯·布朗爵士更多知道塞壬唱给尤利塞斯听的是什么歌。”

因此，历代参与这个谜语游戏的人总是企图提出自己的答案，比如克劳斯·曼在《梅菲斯特升官记》里就形容那唱腔是“哭诉似的又像塞壬妖精般诱人的小嗓子”，但谁都知道，这种隔靴搔痒的纸面推论无法获得第一场景的体验。海涅倒是写有关于海妖的诗歌《罗雷莱》，他悄悄把塞壬挪动了位置，用“罗雷莱”的紧身衣套在塞壬身上，这似乎可以令魔鬼的诱惑进一步彰显：“不知是什么道理／我是这样的忧愁／一段古老的神话／老萦系在我的心头／莱茵河静静地流着／暮色昏暗，微风清凉／在傍晚的斜阳里／

山峰闪耀着霞光／一位绝色的女郎／神奇地坐在山顶上／她梳着金黄的秀发／金首饰发出金光／她一面用金梳梳头／一面送出了歌声／那调子非常奇妙／而且非常感人／坐在小船里的船夫／勾引起无限忧伤／他不看前面的暗礁／他只向着高处仰望／我想那小舟和舟子／结局都在波中葬身／这是罗雷莱女妖／用她的歌声造成。”这种推测性的描述，铺张着软体的形容词，诗人没有插进那场诱惑的拉锯战中，就缺失体验的意味。

尽管卡夫卡在《塞壬的沉默》里提出的天才性见解，将这种猜测提升了一大步，但沉默的深渊似乎并没有被完全解决。但卡夫卡彰显了一个致命的细节：“她们所想要的全部就是，尽可能长久地抓住俄底修斯大眼睛中反射出来的喜悦光芒。”很清楚，塞壬是来自欲望之海的尤物，其实是俄底修斯本人映照在水面的情欲镜像，情欲要淹没理性反抗，并不是使用媚术之外的暴力胁迫，而是使用了动用审美经验的手段，以发声术来达到一种对肉身的延宕和畅想。因此，我就可以认定，这声音的媚术同样含有理性的、使人服从的力量。

如果说《伊里亚特》是背井离乡的英雄们的血战之歌，那么《奥德塞》则是英雄在失去乌托邦以后确立个人归宿的心路历程。回家，返回到所爱的女人身上，成为了俄底修斯的价值圭臬。他已经失去女人足足十年，他失去了爱。他要回到女人床上去！这时，来自他心中的欲望，被塞壬集合成三条美人鱼，干渴地游弋于梦境。塞壬既是身体的叙事，也是对身体的背离。

歌声也许是最为收敛的诱惑技术，因为它只以声音来触摸并展开肢体。展开，歌者的肌肉柔软，在敞开的过程中逐渐拐向淫荡的地域。歌声把听众的筋络扯直、皮肤绷紧、指甲陷进肉中，歌声在满足与虚渴之间摇摆，像一架荡起的秋千。灵魂禁锢在身躯内，身躯禁锢在旋律里。灵要像婴孩那样从子宫里出来，灵要用呕吐的方式出来。

塞壬是无灵的，或者说她们是灵的外翻，那个灵被搁置在最卑微的地方，反而像见不得人的耻部。

俄底修斯的身躯展至最广阔，因此变得很薄，风中的叶子一般，他被声音穿透，叶子如筛子，奇怪的是，理性的日光竟然从破洞里投射下来，逆光的身影成为了一个被铁镇住的伟大形象，但，只是一个影子。

要诱惑他人者，自身先要被自己诱惑得忘乎所以。颠倒众生者，自身先为众生而神魂颠倒。

这就意味着，我要进入你，得先敞开自己。然而歌声并没给身体任何允诺。

……

因此在英语中，siren 逐步具有了汽笛、警报器、迷人的女人和妖精等等含义。我曾经在拙作《有关警报的发声史》中梳理了前两者的语缘和变异，是受到法兰克福学派学者阿多诺一段话的影响，他指出，“在布满法西斯主义的天罗地网的社会里，宣传人民对社会产品所需求的东西已成为过时的了，广播中宣传的是鼓励人们去使用现代的肥皂粉。”“无线电广播变成了领袖的话筒；大街上的大扩音喇叭，不断传出像女妖塞壬一样令人惊惶失措的进行宣传的领袖的声音。国家社会主义分子们自己也知道，就像印刷机缔造了改革一样，无线电广播缔造了他们的事业。”

满足欲望总是有代价的，塞壬用歌声向男人许诺愉悦的满足，所有听见歌声的人都被歌声蛊惑，因而走向死亡。死里逃生的前提是拒绝歌声，人不得不以自我的心智原则来防止本我的导致灭亡的死亡冲动，但将诱惑物关在门外，人就不会被诱惑。这是俄底修斯所选择的——杜绝诱惑的可能。在这里，自我维持的逻辑显示为一种自我拒绝的逻辑：俄底修斯拒绝那肉身诱惑的可能性而以封锁了自己的心灵为代价来维持自我；而处在诱惑中的俄底修斯则不得不以另一种方式来拒绝海妖对于幸福的许诺——他使得自己的身体不自由；使得自己的意志变得无能来维持自己的生命。

但塞壬具有的更多意义，还是应当从本质上寻找。在霍克海姆与阿多诺合著的《启蒙的辩证法》一书中，他们就明确写道：“人们在奥德修斯的船驶过海妖们的时候所具备的谨慎是对于启蒙的辩证法的充满预感的寓言。”

他们指出，那将人引向灭亡的不是海妖，而是无意识之中那将人引向死亡的冲动，这冲动一直被人的自我意识压抑在无意识之中，而海妖的歌声则将之唤醒。也许人能够使用辩证的手段去找到答案：通过超越自身而超越自己的不自由状态，人能够达到一个更高的层次，在这“更高的层次”上，致死的诱惑和对这诱惑的抵抗都被“扬弃”掉了；其实人也已经看见了这样的关联，正如黑格尔所说：“但事实上精神已经自在地完成了这个（向一种更高的意识的）上升运动。对自己的分裂性既有清晰认识又在明白显著的意识分裂，乃是对于特定存在、对于整体的混乱（状态）以及对于自己本身的一番讥讽嘲笑；同时也是正在消逝的这整个混乱状态的一缕尚能听到的残响余音。”

生命的历史正如俄底修斯走入的那条命定的航道：让自己作为自我出现在自然面前，以求统治自然，而如此结果于人像拒绝自然那样地拒绝了自身。“通过对于人自身中的自然 / 本性的拒绝，被搞胡涂和被蒙昧化的不仅仅是那外在自然统治的最终目的，也同时是一个人自身生命的最终目的。在人把自己从作为自然的自我意识那里隔绝开的那一刻，所有的目标，——人为之而生存的目标——社会进步，对于一切物质和精神力量的扩展等等，乃至意识自身，都变成了乌有，而手段的引进和使用作为目的，——这目的在晚期资本主义之中以明显的疯狂为特征——这在主观性的原始历史之中已露端倪了。”

在一些强力生命哲学看来，俄底修斯的选择是无意义的，是消极的，因为自我的肯定正是其自我的拒绝。于是，自我就陷入了自然连贯性的强制的循环——自我不得不通过使自己适应这循环来寻求摆脱这循环的可能性。我倒是很欣赏那种对“塞壬路障”的“反写”：让自己感觉灵敏的、毫不遗漏地进入到塞壬那颤抖的、像镪水消泯铁那样沉落到声音的深渊里，因为是虚无的深渊，也就无所谓失或得到了。但是，这个失去理性而抓住肉身的过程，难道不是理性的伟大意旨吗？这让我想起德国反纳粹的圣徒朋霍费尔用生命证实的至理：“精神的生命并不逃避死亡和摆脱毁灭；相反，它承担并在死亡中得到保全。它只有在完全的毁灭中才能实现其真理。”

时至今日，塞壬就住在意大利那不勒斯至萨莱诺一带的海岸上。在波西达诺海岸不远处，可以看见三块光秃秃的礁石从海面穿刺而出。晚上，那些打着探照灯赶海的渔民才敢靠近那里，他们冒险是为了捕捞在三块礁石附近出没的最上等的龙虾，还有其他在餐桌上能卖大价钱的名贵海鱼。渔民们说，在月圆之夜，会听到那三块荒凉的礁石上传出缥缈迷离的歌，有几个不小心的同伴因此而遭灭顶之灾。这三块被当地人称为“LiGalli”（里佳利）的神秘礁石，既是塞壬的肉身，同样也是每个人向往的温柔乡。

《俄狄浦斯和斯芬克斯》

斯芬克斯是人首狮身并长有翅膀的女妖，长得很美，有着和狮子一样的胃口，主食是人。她每天盘踞在忒拜城外的斯芬吉翁山上，这是人们从这个方向出入忒拜的必经之路。斯芬克斯强迫每个过路人猜谜语，猜对了的才能过去，猜错或者猜不出的就会被她吃掉。法国画家安格尔的这幅作品，描绘的是俄狄浦斯正在回答斯芬克斯的谜题。弗洛伊德理论中有一个重要的概念——恋母情结，又叫作俄狄浦斯情结，这个词源于俄狄浦斯弑父娶母的悲剧故事。

古斯塔夫·莫罗（1836–1896）是法国象征主义绘画的代表人物，莫罗的这幅作品描绘的是猜谜活动结束后，斯芬克斯不想死，于是使了招美人计，希望能够打动俄狄浦斯。斯芬克斯蹦到俄狄浦斯的身上，两只狮爪死死抓住他的衣服，充满诱惑力的胸脯紧紧贴在他健壮的胸膛上，一双水汪汪的大眼睛频频大送秋波。有人评论说『莫罗的技法是古典主义的，思想是浪漫主义的，而表现出来的却是魔幻主义的。』

被塞壬歌声诱惑，绝望的俄底修斯和船员

哲学狗儿

蜜蜂的刺，一用即丧失了它自己的生命；

犬儒的刺，一用则苟延了他自己的生命。他们就是如此不同。

——鲁迅

至少从现实主义的立场来说，所谓的“哲学狗”比“哲学人”更有血肉，所以人们毫不怀疑目前接触到的世界物质的构成。如果说古希腊的哲学家还在担心自己命运的话，那么与狗的交流可以使他们轻松很多，进一步地远离被酒色、权欲掏空了内在的人，虽然他们对狗的生理结构远没有什么兴趣，但每次对话很是专注。

自然了，犬儒必定会拒绝“狗眼看人低”“狗摇尾巴讨人欢”“狗仗人势”等等对狗的“不义”之词，更是反感于“狗腿子”的“狗急跳墙”，他们仅仅着眼于狗的低贱与卑微。因此，把愤世嫉俗、行为乖张的人格行为称作“犬儒”源于古希腊。把“犬儒”奉为信仰并坚持一定的主张，持有一定的理想，实践一种生活方式则成了一种主义。

我一直认为，犬儒带有更彻底的中土魏晋时代的佯狂精神，他们获得了从狗的立场观察人世的“低地角度”，从而使理性与自省获得了与大地更为紧密的接触。佯狂最早出自《史记·宋微子世家第二》：箕子谏纣不果，“乃披发佯狂而为奴，遂隐而鼓琴以自悲”，这不过是在被权力压抑下的反抗，故有“佯狂以忘忧”之说，中国的魏晋风度是渴望以“狂”来逃避强权，以图保持内心的尊严。犬儒更进一步，岂止权力，连就人也没有入他们的“狗眼”。佯狂是自保，犬儒是渴望以“自毁”的方式唤起理性与自省。可见两者泾渭分明，高下立判。

最早使用中文记述“哲学狗儿”第欧根尼·拉尔修故事的人，是清末外交官郭嵩焘（1818—1891）。他在光绪五年（1879 年）二月十六日的日记里记载说：“耶苏前三百二十年，有安夫子（即安提斯泰尼），言福气不在加，在减；常减除心里所要的，就是德行。所以常轻视学问知识，荣华富贵。其学生杜知尼（即第欧根尼）名尤著，常住木桶中，刻苦自励，讥弹一世。”[1] 郭氏的

[1] 郭嵩焘：《伦敦与巴黎日记》，第 946—947 页。

记述，大体上反映了犬儒学派的思想观点。

“犬儒主义”是苏格拉底的弟子安提斯泰尼创立的，另一人物第欧根尼·拉尔修（Diogenes，约公元前400—前325）则因为住在木桶里的怪异行为而成为最有名的犬儒主义者。他的全部财产就是一根橄榄树干做的木棍，一件褴褛的衣裳（白天穿在身上，晚上盖在身上），一只讨饭袋，一只水杯。他一度成了俘虏，在俘虏市场上当众手淫，还问他们“谁想买一个主子”。他后来就住在市场上，晚上睡在木桶里，人们称此桶为“第欧根尼的大桶”。他甚至骄傲地声称自己以四海为家，是一个自由的世界公民。第欧根尼把自己视为天然的“管理者”，实际上是以狗的生活方式来管理人类和思想。他一度毁坏货币，认为这人世间最大的污物败坏了心灵。

前不久我读到罗马尼亚旅法国哲学家萧沆（也译作齐奥朗）的《天犬》一文，他提到第欧根尼的一个细节：“有一天，有一个人带他进了一间装饰华美的房子，告诫他说，‘千万别朝地上吐痰。’而第欧根尼恰恰就想吐，于是一口把痰吐在了那个人的脸上，而且还一边大喊着解释说，这是他所能找到的唯一龌龊的地方，可以让他吐痰。”[1]

这体现了他对“做人的持续恶心”，他是要把人的画皮一层层脱下来展览，让世界脸红。他只能回到狗的立场，才能获得尊严。

亚里士多德就指出，行为怪诞的第欧根尼早已是雅典的名人。

[1] 萧沆：《解体概要》，浙江大学出版社2010年9月版，第103页。

柏拉图曾经在《对话录》中描述这类智者的行径：

那只公狗难道不是它儿女的父亲吗？

当然是。

那只公狗难道不是你的吗？

当然，它是我的。

既然是你的，而且是父亲，那么这条公狗就是你的父亲，你就是那些小狗的兄弟了。

这显然是一个意在玩弄逻辑混乱的论断。是向人们证明，自己可以为任何荒诞不经的论题提供论证。这类智者的活动极大地毁坏了智者在民众中的形象，也使得犬儒在柏拉图时期的希腊世界背上了恶名，几乎成了诡辩者的代名词。在柏拉图的对话录随处可见对智者的调侃和攻击。这个例证也形象地反映了狗在思维领域无处不在的“邋遢身影”。

对这个著名的哲学“公案”，18 世纪德国杰出的思想家利希滕贝格在影响深远的《格言集》[1] 里指出——

第欧根尼穿着一身邋遢肮脏的衣服在柏拉图房间的豪华地毯上踱来踱去。

“我践踏柏拉图的骄傲。”他说。

[1] 辽宁教育出版社，1998 年 3 月版。

“不错，”柏拉图反唇相讥到，“不过是以另一种骄傲。”

这就深刻地点明了犬儒用以自傲的本钱，不过是去掉了华丽外观的骄傲。实际上，这种去掉了包装的骄傲只是更为激烈罢了。

犬儒的举止言谈行为方式甚至生活态度与狗的某些特征很相似，他们旁若无人、放浪形骸、不知廉耻，却忠诚可靠、感觉灵敏、敌我分明、敢咬敢斗。于是人们就称这些人为“犬儒”，意思是“像狗一样的人”。至于这个称谓是不是肯定来源于此，学界的观点并不一致。另外一种说法是指安提斯泰尼经常到雅典的一个被人们叫作“快犬”的体育场去和人们谈话、辩论，在这个地方形成了他的思想和观点的最初的追随者队伍，因而被称作“犬儒派”。“犬儒主义”则由这一学派的观点理念和生活行为演化而来。

这些人的行为无拘无束，我行我素，无所顾忌，不知羞耻，无动于衷，粗俗无礼，虚荣自负，傲视一切，自我欣赏。他们不要家庭，不要子女，即使结婚，则夫妻同为犬儒，而且竟然在大庭广众之下行交合之事。犬儒主义诗人克拉底和女犬儒主义者喜帕契亚就是一对著名的犬儒夫妇。他们藐视一切权威，敢于“贬损”一切人为的德行。

被哲学家福柯誉为“那一代最出色、最有才气的”的法国著名学者米歇尔·德塞尔托（1925—1986），在其《超脱》一书里，以穿透性的笔触，精准地描绘了他心目中的第欧根尼：“他就在那里，蹲在桶里，赤身裸体、脏兮兮的、不声不响，周围都是垃圾；他就在那里，在广场上，行人都躲着走，怕踩着他；他当众撒尿，把东西捧在手里吃，或者干脆把掉在地上的东西就地舔起。流浪者第欧根尼把一切都抛弃了。他是狗，他就生活得像一条狗，朝着路过的人汪汪乱叫；作为狗，他的桶就是狗窝。他在外边，离开了一切内里的东西——家和团体的温暖，他离开了社会。第欧根尼把一切都抛弃了，他怀疑一切。”[1]

古希腊的文明是产生理性智者的环境，怎么会出现这么一类人物呢？综合来看，犬儒主义者或称犬儒派是希腊城邦制度的现实产物，也是希腊城邦文化的叛逆。希腊的城邦制度的繁荣孕育了犬儒主义这个极端化的产儿，城邦制度的衰落催生了这个怪胎。正是在这样的背景下，一些特立独行的人，把反叛城邦制度的理想民主以极端的形式表达出来。并且认为使众多愚蠢的人的愚蠢念头把社会、城邦搞糟了，他们以怪异和反常的行为向现有的秩序、制度、观念、习俗挑战，精神上则躲进个人的心灵深处寻求宁静和快乐。犬儒主义作为这股向社会发起抗议的力量的代表，也就自然地产生了。因此说，为公民发展提供了广大的空间的城邦制度是犬儒主义出现并走向极端化的温床。

回顾人类的精神历史，每一种新生的事物的出现都意味着对传统的东西的挑战甚至是亵渎，挑战者抛下的不一定是白手套，也可能是一只狗爪子。

[1] 克里斯蒂安·罗什与让—雅克·巴霍尔合著：《哲学家的动物园》，中信出版社 2003 年 5 月版，第 60 页。

根据法国学者伊莎贝尔·布卡利在《名人死亡词典》[1]里的说法，第根欧尼的死因众说纷纭，估计他与亚历山大同日而死。有人说第根欧尼死于与狗争夺食物，成为“哲学死于狗嘴”的范例，当主流文化的宠儿们听到饿极了的狗咬死并啃吃异端的传闻时，难免有些幸灾乐祸；有人说是因胆汁渗出而死；也有人说是他屏住呼吸窒息而亡。人们将他的坟墓修建在城门口，上面立了一座狗的雕像。

[1] 陈良明、沈国华、佽晓笛、宋维洲译，漓江出版社，2001年1月版。

第欧根尼住在木桶里。

周国平指出，在拉尔修的《名哲言行录》中，归在第欧根尼名下的有哲学著作十四种，悲剧七种，但拉尔修同时指出，第欧根尼也可能没有留下任何著作。从他那种露宿乞讨的生活方式看，后一种说法似乎更可信。事实上，犬儒派哲学家的确不在乎著书立说，更重视实践一种生活原则。

庄周的蝴蝶

幸福就像一只蝴蝶，在被人追求时，总是无法捕捉得到；但是如果你安静地坐下来，它就可能栖息在你身上。

——［美］霍桑

蝴蝶和中国人的缘分似乎难解难分。普通人首先会想到小提琴协奏曲《梁祝》，所以梁祝故事是中国最著名的蝴蝶故事。读书人之于蝴蝶，立即会想到庄子。庄子最著名的寓言就是梦中蝴蝶。

事情发生在2300多年前，在宋国蒙城，一只蝴蝶在一个叫庄周的人身边，展开了蹁跹之舞。后来，他把这个瞬间记录了下来，竟然成为了让世人惊异的《齐物论》中的梦蝶名篇，并完成了汉语写作中“天人合一”的最高表述。

“不知周之梦为蝴蝶与？蝴蝶之梦为周与？”是属于相对主义的辨析，它深深显示出了庄子的宇宙观和人生观。梦的体验每个人都有，庄子这里捡了个便宜，拥有了一个比较好的梦境——“自喻适志”。其实，梦境无论好坏，关键是梦境中当事人体会到的那一分真实。由于他师承老子，道心坚固，所以在认知上和后来佛门涅槃学说有着异曲同工之妙。万事万物平等齐同，而认知上的是或非、然或否都是相对的，是人的私心成见所致，梦就是醒，醒就是梦，万物始于一，复归于一。所以庄与蝶、梦与觉相互转化，彼此渗透，最后成为浑然一体，庄子是借庄、蝶交会贯通；物、我消解融合的美感经验，让人们去领略“物化”的佳境。

用一个简单的故事，把形而上的“道”和形而下的庄周与蝴蝶的关系揭示出来。形而下的一切，尽管千变万化，都只是道的物化而已。庄周也罢，蝴蝶也罢，本质上都只是道的具体化，是没有什么高下之别的，等量而观，这就叫“齐物”。不能将两者理解为“等量齐观”，但从质的存在意义上讲，两者的存在具有同等重要的意义，也就是我们所说的“等质齐观”。

有论者指出，假如人发展到极端，否决了蝴蝶的存在，则人就变成了“鬼”；假如蝴蝶一方发展到极端，以致否决了人的存在，则人就变成了“兽”。所以，从人在意义上看，否定人和蝴蝶任何一方，都是错误的。无论是“唯心论”还是“唯物论”，其原理一旦应用于人，都将束手束脚。如果我们说人的存在只是“精神”，那么，现实将把你变成一个没有肉体作为载体的“哲学之鬼”；如果你说人的存在只是“物质”，那么，现实将把你变成一个没有能动精神的“哲学之兽”。

在这里，“梦”只是个比喻，它不但喻有“生”，还可以喻之“死”。生死正是每个人所面对的一种无可奈何的处境，在生死观上，中国绝大多数哲学家有“轮回”的独特表述，庄子也不例外。比较具有代表性的正面表述方式是《齐物论》中的这句话：“其形化，其心与之然”，这就是庄子对死亡的正面描述，更多的则是“因病发药”。所谓“病”，在此多是对死亡的恐惧。死与生是绝对有分别的，就像蝴蝶与庄子的区分一样确实。如何对待这种分别呢？那就是“物化”，就是指人应该顺应变化。这当中，就蕴含了庄子对“生”的肯定。

蝴蝶经常象征死亡。原因在于它非常轻盈而脆弱的生命，非常符合人们心目中灵魂的特点。蝴蝶还有一个特点，就是它有一个变形历程。幼虫变成蛹，然后再变而成为蝴蝶。蝴蝶的幼虫和它的外表差异极大，我们根本无法从外表上看出它们是同一个生命。蝴蝶的演化特点和中国古人对死亡的观点非常近似。所以，死亡并不是终结，而是“物化”。躯体死亡也许正是灵魂的解脱。

庄子的这种态度，类似孔子的一句话：“未知生，焉知死？”就是追求心灵的宁静。这是中国哲人们探求的核心，虽然心灵的宁静的内涵彼此千差万别，活庄子的本分与活孔子的本分也决然不同。这与西方哲学求知的心态全然不同。

几乎就在同一时间，生活在古希腊的马其顿城里的大哲亚里士多德，也正在专注于一只蝴蝶。他认定那不过是一只在苞心菜叶子上产卵孵化而成的“仙女蝶”。一只“女化”的蝴蝶搅得庄周颠倒阴阳，但在理性主义的大师眼里，却不过是由一条丑陋的毛毛虫转化而来的普通昆虫。亚里士多德遂将这蝶的来龙去脉写进他的《动物志》里。

庄周浪漫而超然的齐物哲学，到了亚里士多德那里，竟现实成了一门动物科学。美丽的彩蝶来自丑陋的毛毛虫，这真有些让人沮丧。人与蝶，亦即人与动物之间，架起的这一道精神虹桥，甚至使相距万里之遥的古代东、西方哲学变得这样亲近。这条毛毛虫在西语中也并非毫无作为，我们在基督教哲学里就看到了它的身影。神学家认为，如果你有神的眼光，你看见的毛毛虫就逐渐美丽了，再过三五天，他们就变成美丽的蝴蝶了。如果你有神的眼光，你在弟兄身上所看见的短处，因为有一天，他要变成蝴蝶，要彰显基督的美丽。感谢赞美神，那能改变我们成为蝴蝶（基督）的生命，已经在这个毛虫的里面了。毛虫有一天它定规要变成蝴蝶。

人类不过是动物的一个分支。直立之前，曾和所有动物共同匍匐在漫长的进化之路上。自然的选择，使人类在与自然万物和谐相处的同时，也以对抗、捕杀和驯养其他动物来促进自身的生存和发展。万物通灵，是人类早就懂得的道理。所以人类从崇拜万物，到学习和模仿万物，丰富和发展着人类社会。不只是在物质上仿生，在精神世界里，人们也向各个物类学习了不少东西。人和自然间的物化，就是精神上互通互补。

有感于此，爱尔兰诗人巴·叶芝说："智慧是一只翩翩的蝴蝶，而不是一只阴鸷的猛禽"，体现了智慧优雅、恒速、舒展的一面，但是，仍然没有进入庄周的境界，至多只是抵达了精神的表象。

翩翩翻飞的蝴蝶，在庄周先生的身前死后，乱纷纷地飞翔在人类进化的整个精神原野上。透过现代文明的橱柜玻璃，我们细察这些精神，会对人类原始想象力和诗意的浓郁油然产生一种敬意和热爱。因为，蝴蝶所蕴涵的生命与哲学，往往不是在玻璃橱柜之内，而应该是在自然之中。蝴蝶，其实也成了中国人最大、最遥不可及的梦境。

其实，这一文化动物早已波及西方，萨特在《文字生涯》里就展示了自己的“蝴蝶梦”：“1955 年左右，1 只怪虫出世，25 只福利欧蝴蝶脱颖飞出，载着一页一页作品，振翅飞到国家图书馆，栖息在一排书柜上。这些蝴蝶便是我。我即是 25 卷、18000 页文字、300 幅版画，其中有作者的肖像。”

在这样的意义上，我曾经写作的《蝴蝶之书》，就变成了一种对“蝴蝶哲学”的认识综合——

那是一段轻的下滑，从花冠开始，又像是对花的规避
在一个点犹疑，扑出去的翅膀忘记折返
类似缎子把褶皱的光摊开
斜侧的身体，竖立一个突然的瓷器
煅烧的黑暗，没有在比喻的高处解体，但却用脆亮的触须
与暴开的花瓣一道反诘闪电
蝴蝶把预设的线路演绎为可能或不可能，然后从绝望的缝隙飞离
这容易联想到高峰时期的爱情

不可重复和积累，只能在回忆里虚构，蝴蝶
总以慢和偶然的姿态回去

自然的蝴蝶不同于活在字里的蝴蝶
靠梦喂养的纸蝴蝶具有超验的面具
就像一个大写的花体字横架在玫瑰与迷宫之间
不断异形，异位
光辉被塑造成一种柔和的幅度，去照亮背面的事物
如同蝴蝶的反飞，倒过来的天空，人是今非，花在反对花
蝶翅的黑金
均匀地覆盖鸣叫的思想，无声，也无思
蝴蝶甚至惊险地穿过树叶的琴弦，把低音提起来，染绿
让高音更高，高到发亮，直到预感的触须与事实合一
任其融化
而蝴蝶，蝴蝶却是花的动词，它在玄学的后花园设计大本营
平衡了身体遥望灵魂的斜雨和曲径

作为象征的终结者，一切譬喻放在蝴蝶身上都是沉重的
合起是一本书，摊开是一根线。从似有所悟，又摆渡到闪烁的茫然
美总是以谦逊的生活，展开它自己以及所能触及的秘密
蝴蝶将所有的表象还给双翅
翻翅为云，覆翅为死，而蝴蝶从翅尖出走

在韵的腰肢环绕，舞蹈简捷，只剩点、线、面和圆

庄子看到的，纳博科夫看到的，都是纸蝴蝶，在修辞中成为格式

而蝴蝶依然脱壳而去，它从窗前掠过，世界被对折

连风也没有惊醒

至于“诗哲”泰戈尔把蝴蝶纳入到礼仪的叙述当中，还说：“蜜蜂从花中啜蜜，离开时营营的道谢。浮夸的蝴蝶却相信花是应该向他道谢的。”那显然是无根的，墙头草歪过去了，你说风从哪面吹来，就是了。

蜗牛的慢性迷宫

善，总是以蜗牛的速度前进。

——［印度］圣雄甘地

萤火虫捉蜗牛时，先用头顶上的尖颚触及蜗牛的肉体，并趁机注射毒液。蜗牛毫无警惕就被麻醉了，迅速失去返回避难所的能力。老练的萤火虫再次敲打它，就像刑场上阴险的指挥官，还要仔细检查一遍，是否有“诈死者”。于是，萤火虫会注射另一种液体，力度如硫酸，让蜗牛的肉变成流质，然后用管状的嘴喝下去。因此，尽管蜗牛小心翼翼，带着城堡去旅行，灾祸却仍是防不胜防。这就犹如波诡云谲的生活，缓慢，安步当车，也不能确保抵达福祉。

有关蜗牛之慢，一直引起人们的注意。它的一举一动，宛如钟摆，蜗牛与时间的承载关系，构成了哲人们追问时间的证据。犬儒派哲学家第欧根尼，就成天趴在地上观察蚂蚁和蜗牛的生活，直到小动物消匿，哲人才返回自己的蜗居——木桶，开始形而上之思。

法国作家朱尔·勒纳尔在《博物志》（花城出版社汉译本）里说：蜗牛“伤风的季节怕出门”“天气一好，他便满处溜达。可是只晓得用舌头走。”所以，蜗牛的行进方式，准确展示了“舌耕”的辛劳和缓慢。刘易斯·卡洛尔（1832—1898）在《爱丽丝梦游奇景记》中写道：“小鳕鱼对蜗牛说：‘你走快一点，好吗？’蜗牛回答道：‘我们后面紧跟着一只海豚，他正踩着我的尾巴。’”可见，海豚爬行时比蜗牛还要慢。这种慢性，仅仅是时间之慢吗？自然不是，也许，蜗牛那庞大的累赘，既是它的聪明之处，也是出于脆弱生命的一种谨慎装置。

人们不能不揣摩那庞大的蜗壳里面的秘密，并一厢情愿地往里面装填了自己缺乏的东西。于是有一种励志之论，说世界上只有两种动物能够到达金字塔顶。一种是鹰，一种是蜗牛，鹰凭借矫健，蜗牛借助坚忍，均能登顶。我想，有追求总比没有好，而不论追求的结果。那么，你就慢慢攀登自己的心中之塔吧。

法国诗人弗朗西斯·蓬热（1899—1987）眼里的《蜗牛》却是十足的乐天派：“我如此紧紧地附着于地面、如此令人怜悯、如此缓慢、如此一往直前、如此有本事离开地面缩进我的家屋，我还有什么忧愁？任你把我踢到什么地方，我有把握在命运放逐我的土地上重新站立起来，重新附着于地面，而且在那儿找到我的饲料——泥土，这最普通的食粮。”所以，诗人在不知不觉当中也成了蜗牛：“啊，当一只蜗牛是多么幸福、多么快活！它还用自己的流涎在它接触过的一切东西上面留下印记。它身后是一道银光闪闪的轨迹。”但是，我估计这样的感叹既不存在于蜗牛的背壳，也不存在于它闪亮的蜗角，而只是存在于诗人脑袋钻进躯壳后，留在外面的身体。我反对这种“鸵鸟的策略”。

但是，毕竟蜗牛之慢不是常人能够忍受的，而且，它的世界往往就是背上的建筑，文学中自然成为了设喻之象。钱钟书指出：

> 西方文学中同喻异边的例子不少，《谈艺录补订》中列举古希腊诗人称蜗牛为“戴屋者”，英国古小说将埃及妇女“足不出户”比作“蜗牛顶屋，不须臾离”，法、意诗人则用蜗牛讥讽比喻“墨守之自了汉”和“恋家鬼”，中国古时将蜗牛戴屋而行，看作是“曲谨庸懦之象”，如清陆世仪《五虫吟和陆鸿逵》之四《蜗以牛名》云：“引重原从利物称，如君只足戴家行”（《桴亭诗集》），“戴家”即蜗牛。英国17世纪玄学诗派的宗祖约翰唐善于取譬，称颂“蜗牛戴壳之无往而不自适”。皆取蜗牛作比喻，其中有褒有贬，也有无所谓褒贬的，都是同喻异边的好例子。

蜗牛背着冰凉的建筑，它时不时地回头看看，看房子周围的觊觎者，看自己湿润的足迹。就像我们有足够的耐心，总可以回忆起很多惊人的细节，这些细节其实就是抵达记忆迷宫的记号。我们还可以看到那半透明的蜗角，将一些事态在日光下苏醒。

于是，蜗牛琥珀一般的黏液与螺旋壳迷住了不少有心人。在萨尔瓦多·达利（Salvador Dail，1904—1989）与弗洛伊德唯一的一次会面时，达利拿画作给弗洛伊德看，弗的评价是："在你的画中我看到的是显意识而不是潜意识。"显然，身患癌症的弗洛伊德，没有闻出达利画作深处那蜗牛一般的变异气味，更没有明白达利笔下的时间，已经是蜗牛的"异形"。在《弗洛伊德传》[1]里就记载了两大怪才见面的详细过程：

> 1938年7月19日，斯蒂芬·茨威格陪同西班牙画家萨尔瓦多·达利来访。达利是西班牙著名的现代画家，他早就崇奉弗洛伊德，特别是很爱读他写的那本《梦的解析》。达利和其他超现实主义画家一样，以潜意识的活动作为构思线索。达利的名画《记忆的残痕》表现了活生生的原始记忆原料在心理深处的状态，使人感到记忆残痕的新鲜性和生动性。这次访问弗洛伊德，是达利多年前的宿愿。达利为弗洛伊德画了一幅素描画。这幅画以超现实主义的风格，把弗洛伊德的头盖骨想象成一只蜗牛壳的残痕！达利曾把这次难忘的会见写进他的《自传》中，并附上两幅他自己绘制的画。

[1] 高宣扬编著，作家出版社1986年12月版。

为什么不是别的，而是蜗牛的慢与软，使钟表成为了一块熟亮的鞣皮革？蜗牛的身体宛如脂肪，进一步让时间打滑。为此，时间不得不摊开它的秘密。我们看到，时间就是一只蜗牛，布满上帝指纹的蜗壳正是滴答作响的表芯。它从我们身边爬过，“比缓慢更缓慢”，但它永不停息，直到把我们甩在身后。

《影响：毕加索 vs 达利》[1] 一书当中特别留意了蜗牛的黏滞性为画家带来的灵感：

> 蜗牛在达利的世界中占据了很重要的位置，因为它放映了达利的精神之父西格蒙德·弗洛伊德的心理哲学。尤其在早期的超现实运动中，达利的作品包含了很多的心理因素。他认为任何事情不会无缘由地发生。达利对蜗牛壳的几何图形和内部构造十分着迷，就像鸡蛋一样，外硬内软。蜗牛缓慢悠闲的脚步代表宇宙中的时间，而矛盾地被达利插上了翅膀，给予了速度，使它飞快地波状滑行。雕刻中的天使手扶蜗牛的背，赐予它无限的速度。

我的确喜欢达利的《记忆的永恒》。时间如一只摊开的蜗牛，但是蜗牛在流动。时间的本质是它的实体柔韧化和时空的不可分割性，把时间画成流体最能反映其本质。时间这种奇怪的“东西”一旦物质化，它的外壳全部软化为脂肪，通常让人类产生一

[1] 现代出版社，2004 年 2 月版。

种失望感，并激发观察者追忆、“复活”的意象。于是当在我们寻常观念中时间装置时，就给人一种青春易逝、逝者如斯的巨大震撼。因为慢，而臻于丰满；因为慢，而接近完美和丰厚。达利那瘫软的时钟又仿佛一件无主体的漆皮紧身衣，等待人们为它寻找合身的模特。

时间，也许是人类最大的幻觉了，这种刻度仅从生命角度来看并不需要。置身于阴晴圆缺的天穹下，人们明白阴晴圆缺是循环的，因为循环是上天的语法。作为一种经验的延续和记忆，在古人的意识中，上天被理解为在严冬匿去，春天归来。上天的步伐不是单一的线性连缀，“过去”被融化在今天，并在明天再次出现。因此，时间机器的装置又怎能圈定生命的细节？在蜗牛的螺旋一般的背壳上，高速旋转的迷宫成为了时间的容器。蜗牛的时间不是在消逝，而是在并生并行，不断扩展。生命不是在变老，而是在丰富和深厚，在青苔密布的那种深厚中，归于尘土。

蜗牛的时间迷宫以慢性，为人们敞开了一系列不可挽回的回忆。

达利的一句话，堪可玩味：“我拥护蜗牛，反对菠菜，拥护海岸线，反对山，拥护等级制度，反对平均主义……”怎么理解都是可以的，只是不要狭隘和具象化。如同我相信的卡夫卡的话：“生活是指永远生活在生活中。”

达利作品：蜗牛。

萨尔瓦多·达利是20世纪最伟大的超现实主义画家。《蜗牛与天使》包含了一段他与精神分析大师弗洛伊德的故事。它的全名应是《蜗牛弗洛伊德》。达利在他的自传里有过生动的描述：『我终于在伦敦见到了弗洛伊德。斯蒂芬·茨威格和诗人爱德华·詹姆士陪伴着我。穿过这位老教授居住的大楼院子时，我看见墙上靠着一辆自行车。车座上绑着一个红色橡胶热水袋，竟然有一只蜗牛在这个热水袋上移动！』蜗牛的背上是一个高举拐杖奔跑着的金色小天使，天使的头是弗洛伊德的头。

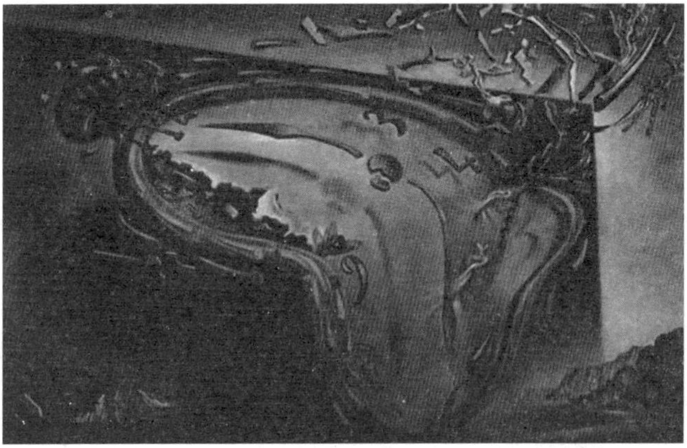

达利作品：时间。

　达利说过：『时间是在空间中流动的，时间的本质是它的实体柔韧化和时空的不可分割性。』

宽体动物

人民向官员哀告，好像向猪哀告。

——《顾准文集》，贵州人民出版社 1994 年版，第 349 页

猪属于“宽胸动物”，贪婪、愚蠢、肮脏，一直是猪的行为特征。这种性质必然还可以推导出冷酷，亚里士多德认为，有些猪没有胆汁，因为胆汁是热和活力的大本营，这就决定了它们在埋头贪吃橡实或硬果时，世界已经被进食阻断，那身肥肉只会进一步松弛。古希腊哲学家还注意到了它们好淫的腹底秘密，一是生育毫无节制，为所欲为，两排密布的猪奶就是确凿证据之一；二

是公猪们为欲望驱使而丑态百出，几乎就是登徒子猎色生活的榜样。亚里士多德发现，母猪在发情未达顶巅而交合，它会把一种叫“卡伯里亚”的东西排泄出来，这“一直是药业妇女所搜求的灵药”，当然，说春药也可以。据考证，这不过是卵巢排泄物而已，估计心理作用远远大于药效。

从外形上说，阉割的动物总是显得比不阉割者更为高大漂亮。这一条是否适应人类，当然是见仁见智的，不过就“人妖”来说，又庶几近之；从内在性力来看，阉割的猪同样是威猛的。亚氏发现，被阉的野猪长得体型特大，最为凶猛，这一情况荷马曾经有所涉及：

> 他培育了一只胜过他的阉野猪：这不像一只
> 渴饮饥食的动物，而简直是一个带着荒榛的尖峰。

这就使我们仿佛看见，在那欲望的腹部，群山矮下去了，树木焦枯了，性器却如毛刺怒张的“荒榛”，雄对万物。亚氏进一步解释道，说野猪是睾丸发痒，跑到树边去磨蹭，使睾丸发炎而成为阉猪的。这种“挥刀自宫”的秘术，想不到猪们早已经无师自通了。猪因为最善繁育，人们就从表象认定猪是放荡的动物，淫欲的象征。记得莫泊桑有篇小说讽刺好色而笨拙的土财主，题目就叫《莫兰那只公猪》。

对待万物，应该有一个仁义的观点，应用到人类身上，这套教义在许多方面具有进步性，大大扩展了罗马人颇受局限的道德领域。可是就动物而言，这套教义却把动物在《旧约》中的低下地位加以确认，甚至进一步贬抑。《旧约》虽然直言人类支配其他物种，对它们的痛苦至少还表示了些许关怀。《新约》里却完全看不见任何禁止对动物残忍的说法，也完全不曾建议对它们的利益有所考虑。当耶稣诱使两千只猪冲到海里之时，从经文的描述看来，他对动物的命运毫不在意。其实溺猪之举照说毫无必要，因为他大有本事直接驱逐邪魔，不必先让其附身于任何生物。

耶稣提供的例子，对后来的基督徒产生了影响。谈到溺猪之事以及耶稣诅咒无花果树的故事时，圣奥古斯丁写道："基督自己显示，不愿意出手杀死动物或者摧毁植物乃是迷信的极点，因为认定了我们与畜类及植物没有同样的权利，他驱鬼进入猪群，又借诅咒令没有结果子让他吃的树枯萎……无疑那些猪和那棵果树都并没有犯罪。"照奥古斯丁的说法，耶稣的用意是要指出，节制我们对待其他人之行为的道德规范，不必拿来节制我们对待动物的方式。他不肯轻而易举地消灭邪魔，而是要先把邪魔赶到猪身上，动机正是在此。

知道了这一点，基督教与罗马两种对待动物的态度相互作用会产生什么结果，便不难猜测了。最清楚的标示，莫过于竞技活动在罗马帝国信奉基督教之后的转变。

现在，我们看看猪在哲人跟前出没的姿态。古希腊哲学家皮浪是怀疑主义流派的创始人之一，怀疑主义哲学家塞克斯都·恩披里柯（约公元前200年）曾著有《皮浪学说概略》一书，作者在书中描绘了皮浪一些"奇怪"的观点。比如他认为，世上任何事物无是无非，也不必去辨其真伪，这样灵魂就能得以安宁。据说有一次他乘船出海，遇到了强大的风暴，船上的人都惊慌失措，他却安详地指着一头正在埋头拼命吃食的猪说：聪明人应该像这头猪一样无动于衷。

这种观点未免偏激，竟然将猪放到了宠辱不变的崇高位置，真让人感到汗颜。可是仔细想想，内中的道理却挺深刻。到了16世纪，蒙田对此指出：“……面对死亡，猪可以无所畏惧，可是，如果打它，它就会又叫又跳。痛苦的时候会战栗，这是天生来的习惯，这种习惯在普天之下的活物身上都存在，我们有必要去强迫自己违反这种习惯吗？”显然，蒙田是对怀疑主义那种无所谓的态度提出了质疑。

人生是一股一往无前的活水，总会出现许多不可预料的事端。泰山崩于前而色不变，风波骤起而泰然处之，就显得很重要。转危为安往往需要高超的心智，也需要好的心态。然而，欲望的无节制膨胀，往往使人丧失理智，一有风吹草动，便蜂拥而上。人们正是由于不为自己的失态而惭愧，而常常失态。平心而论，自以为高明的人，有时候还真的不如猪。话说到这个份上，就不妨看看哲学家利希滕贝格为我们拿出的进一步证据。

俗语说“乌鸦嫌猪黑”，物以类聚还反目相向。是黑色的皮毛构成了它们的通感原则，也许这不是毫无关联的联系，毕竟具有黑色皮毛的动物太多了。德国思想家利希滕贝格（G. Chr. Lichtenberg，1742—1799）为我们做了一个绝妙的解释：“我经常发现，在放牧猪群的地方，常有乌鸦站在猪背上，等猪刨出虫子，它们便飞下来啄食，然后又飞回到原处。这对于发掘不止的编纂者和不费吹灰之力就拿过来为我所用的精明作家是一个极好的讽喻。”这就是说，在利希滕贝格眼里，猪是勤劳的工人，在为别人制造剩余价值。这个比喻唯一不周延的地方也许是：猪本就不吃虫子！

虽然据说，猪血可以凝定黄金，但猪血在西语里显然是最为肮脏之物。安提奥古四世进入耶路撒冷，立即宣布废除犹太人的各种宗教节期，焚律法书，禁割礼。一次他在耶路撒冷，于三日内把所有不服他命令的四万犹太人处死，又将一万人带回叙京做奴隶。在圣殿内他设立偶像，强迫犹太人向之敬拜，又在殿内将猪血遍洒各处，大大肆意亵渎及糟蹋犹太人的宗教生活，如下句言：“将真理抛在地上，任意而行，无不顺利。”富有意味的是，东方人是把猪血泼在宫墙、寺院墙壁上以此避邪，只是不知道，这是否是道貌岸然的体制妖邪们的一种自我保护措施。

在对猪的本性认识上，虽然东西方有着惊人的一致，我认为东方人的认识还是要丰富些，究其原因，恐怕是农耕文化更为繁荣的缘故。

良渚文化中的“神人兽面”，兽目实是女神乳房，猪口又即“有牙女阴”——这是一尊生命意识极强的蕃殖女神造像，猪（或虎）在文化史上是“饕餮”和“情欲”的象征。地中海的一尊“女张其牝”，跨坐猪背的生命女神塑像以及密宗的摩利支天跨骑野猪，都是极好的旁证。而阴性的（玉）猪、猪龙当然可以赐雨。

猪是水神兼雷雨之神，所以河伯冯夷化身为封豕（大野猪）。《周易》里有见豕“负涂”，“遇雨”则吉，就暗示猪是雨水之神。在星象学上，猪也是水畜。所以古人要用“玉猪龙”祈雨。唐段成式《酉阳杂俎》说：“贞元年中。宣州忽大雷雨，一物堕地，猪首，手足各两指，执一赤蛇啮之。俄顷云暗而失，时皆图而传之。”可见猪首神可兼为雷公雨师。

另外，猪能吃毒蛇，所以雷神猪手执赤蛇咬啮，象征雷／猪的镇鬼避邪。汉魏以来常见怪神／兽啮蛇图象，或鸟或虎或鹿——余下的就是猪形了。或说，在这类“圣物吃蛇”的图纹里，蛇代表邪恶，无怪乎我们心目中蠢笨的猪可以称为“天豕”或雷雨之神了。

说起饕餮来，什么家畜也没有猪那样贪嘴、大腹、能吃。野猪自从被驯化以后，人们就希望它既懒惰又笨拙，以便作为什么都能吃的捡食者而尽可能地肥胖。《神异经》说：“西南方有人焉，身多毛，头上戴豕，贪如狼恶，好自积财，而不食人谷，强者夺老弱者，畏群而击单，名曰饕餮。”这是中原文献中几乎唯一将饕餮与猪相联系的记载。

我偶尔在动物园看到野猪，猪鬃高耸而怒张，似乎在鬃毛下埋伏着一颗地雷。记得荷马在《奥德赛》里把“项鬃”比喻为“冠盔”，这让人联想起戴胜化出的妙词——“花衣”和“盔缨”。这是动物为我们带来的隐喻，醉心于修辞的诗人应该感谢它们。猪偶尔抬起头来，用那双死鱼眼珠斜视你，“眼瞪者谨迂”，也许是也许不是，猪不管这些，它们咕咕咕，胆小而乏力，埋首于土地……从它们的背脊上看过去，天边的云就仿佛是剥下的猪皮。

（晚清）吴友如绘制：《猪》

黄守愚先生指出，膨字最初写作『彭』，取象于孕妇膨大的肚子，又指代为大母猪。远古先民信仰生殖崇拜，人猪不分，猪人互指，譬如称男人为『脚猪子』，称女人为『猪婆子』，也可为一证。而黄、皇、彭三字可通转，那么『黄』也能释为大母猪。因此，文献中的『黄神』『有黄』就是大母猪神。

据袁珂编写的《中国神话大词典》之汉族神话《猪娘治水》条，天上银河猪婆龙常喜于玉帝作对，下凡与青年猎人鲧结为夫妻。鲧筑堤防水，因而被凶猛的洪水卷走，丢了性命。野猪婆抚养大禹成人之后，吸取教训，指点大禹采取疏导的方法治水，获得成功。虽然无法确证鲧为母野猪还是公野猪，但猪娘治水的神话故事倒是反映鲧、禹本为野猪神的真相。

鸭子的阶级性

野鸭或许能被人驯服，但是一旦被驯服，野鸭就失去了它的野性，再也无法海阔天空地自由翱翔了。

——［丹麦］索伦·克尔凯戈尔

一个居住在新西兰海边的人，总是喜欢在每年深秋转冬时，一个人注视着野鸭子成群结队地向南方飞去。他觉得这些野鸭子很可怜，于是在附近修筑了一口池塘，并准备了一些鸟食，希望野鸭子们可以免去迁徙生活的劳顿。不久，有些野鸭子在每天深秋的时候就不再辛劳地飞往南方，而是在这个人准备的池塘里过冬。

渐渐地，越来越多的野鸭子来到这个池塘居住。它们不用再为生活发愁，也不用担心会被冻死或者是饿死。就这样，三年过去了，野鸭子们变成了十足的家鸭，臃肿而懒散，再也不能展翅高飞了。

在这个故事的结尾处，哲学家克尔凯戈尔（G.S. Kierkegaard，1813—1855）写下了这样的名句：野鸭或许能被人驯服，但是一旦被驯服，野鸭就失去了它的野性，再也无法海阔天空地自由翱翔了。

个中自有玄机。汉斯·克里斯蒂安·安徒生（1805—1875）与克尔凯戈尔生于同一时代，他的超级浪漫主义被克尔凯戈尔、文学评论大家勃朗兑斯等人一直不曾停止过对他的批评。著名童话《丑小鸭》中，“丑小鸭”最后竟是一只美丽的天鹅，即使他“生在养鸭场里也没有什么关系。”此篇童话一般都认为是安徒生的自传，描写他童年和青年时代所遭受的苦难，他对美的追求和向往以及他通过重重苦难后所得到的艺术创作上的成就和精神上的安慰。但克尔凯戈尔对这种自恋是不屑一顾的，他用另一个版本的“鸭子故事”，来告诉人们：野鸭在舒适的环境当中，是如何一步步失去了野性与自由的。这是否就是文明赋予野生动物们的一层可怕的油漆呢？可见，野生动物一旦被文化的油漆所“加冕”，它们立即展翅难飞，末日也就到了。但是，这个故事从侧面却让我们明白了对野鸭的古老驯化方式。

……

家鸭（Anas domestica），通称“鸭”，鸟纲，鸭科。喙长而扁平，尾短脚矮，趾间有蹼，翅小，覆翼羽大。根据专家们的研究，家鸭是由绿头鸭（Anas platyrhynchos）驯化而来的。家鸭在我国古代文献中称“舒凫”或“鹜”。

卫斯先生指出，人们最初将野鸭驯养为家鸭，必然要经过一个强制饲养的过程，为了适应鸭的生活习性，最初驯养野鸭可能是在人工挖掘的池塘里进行的，因为只有经过这样几代或几十代的驯养，野鸭的野性才可能退化，家鸭的“文明”才可能显示出来，人们才可能将这些早年驯养过的野鸭的后代赶到天然的小河或湖泊里去，中国养鸭的历史才可能真正开始。[1] 大约公元前2500年，有一个叫“益”的人，就是专为部落联盟首领舜饲养鸡鸭的官员，《周礼》特意记载了负责养殖家畜家禽的官职——掌畜。鸭官自然是通晓家禽心理学的，那么对鸭子的教诲，是该用人言，抑或鸭语？

而这个驯化过程，固然是食物需求与文明累积的佐证，但鸭子扑腾在水面的身影，同样引起了作家们的反思。在世界现代戏剧史上，竟有两个与野鸭有关的经典话剧。一是挪威剧作家易卜生完成于1884年的《野鸭》，一个是1970年苏联剧作家万比洛夫的《打野鸭》，均以野鸭为题，表达了现代人的生存窘境。

易卜生在《野鸭》中写道：“野鸭受伤时，会沉入水底，被水草缠死为止……”野鸭既象征罪恶，也象征生命，宛如波德莱尔的“恶之花”，谁说“罪恶”不能开出美丽的花朵呢？这就犹如一个悖论，它总是向着有利于当事者的角度而转化。苏联剧作家万

[1] 见《山西农业科学》1987年第1期。

比洛夫的《打野鸭》中的主人翁齐洛夫则更为痛苦：他遭受了一系列挫折后，打野鸭的梦想一直存在于他的心中。只有在湖水边才感到自己是个人，“那是一个永远远离喧嚣嘈杂的清静世界，齐洛夫原本纯正的人性也将在打野鸭中复苏……”所以，湖面上无忧无虑的野鸭，断断想不到，人们看着它，还会联想起自己的命运。

但一些人坚持把鸭子看作一面镜子，他们不但要看到“鸭性”与人性，而且还要看出阶级性。这近于天方夜谭的事情，却是我在位于成都的“建川博物馆”里所亲眼目睹的。

博物馆珍藏有一只“文革”瓷瓶。花瓶高约50厘米，属于典型的粉彩瓷器，瓶沿口和瓶底一片空白。瓶身正面，用绝大面积，描述了六女一男参加批斗鸭子的场面。参会者面带微笑，指指点点。主角是一只鸭子，张口高叫，振翅欲飞。但绑缚双脚的粗大绳索粗大得不成比例，就是吊起一个人也将稳如磐石。绳子不仅仅是地心吸引力作用下的张力表现，而且体现了“拧成一股绳”的意气指向以及鸭子被正义之绳悬滞于松树枝之上的示众意义。在此，松树起到了“传帮带”的作用，符合“文革”时期“主题论”以及“三突出”的美学范式。于是在这棵虬曲盘节的松树树干上，一张大字报几乎覆盖了树的腰身，使国画传统的精微笔法被树精一般的政治激情予以了糨糊式的遮蔽，上写：

×××私迷心窍，
放出鸭来吃公粮，
这种思想不改造，

不是有人说过么？没有做不成的事，只有想不到的事。但“文革”当中的异事却不在这样的豪言壮语圈定之内。有人已经在观察和研究，长期偷吃生产队粮食的麻雀，是否是受帝国主义派遣而来。在这种争当急先锋的氛围中，批斗一只鸭子，也就成为了不正常的正常现象。所以，当鸭子跃升成为大批判的对象，如果不是鸭子在进化之路上获得了大跃进式的智力发展，那就只能说明，批判者们邯郸学步，开始与鸭子相伯仲了。

在主题画的背面，画作的创作者用行楷笔法抄录了毛泽东的一段著名语录。估计是书写者强调形式美感，排成了一张三字为一行的奇异字面，粗粗一看，很容易误以为是“三字经”“八行书”一类的东西：“凡是错／误的思／想凡是／毒草都／应该进／行批判／决不能／让它们／自由泛／滥”。

那么，批判一只鸭子何以可能？

在大割尾巴的年代，围绕鸭子的批判并非个案。在刘济昆先生编著的《文革大笑话》[1]当中，收有《批判禽兽》一文，生动记载了1973年于会泳、姚文元对外贸部编辑的出口《中国画册》当中各种禽兽的阶级分析。

在我生活的川南，农村每家每户都养了几只鸭子或鸡，这要成为他们的救命钱。据富顺县农业局程正鸣老人回忆，20世纪50

[1] 警官教育出版社，1993年6月版。

至80年代，他一直在富顺县板桥区区公所工作，就曾多次发生了生产队队长不准农民的鸭子下田偷吃集体稻谷的事情，并威胁要割尾巴——不但要割人的尾巴，也要割鸭子的尾巴。一次，农民们问一个生产队队长：社员的鸭子不准下田，那么你家的鸭子为什么又可以敞放呢？这个幽默的队长说：我家的鸭子从不吃谷子，它们一脑壳扎进污泥，是在找螺蛳吃。哦，农民们明白了：原来生产队长的鸭子有革命觉悟。

在瓷瓶上，走资本主义道路的主人已经缺失，但红色审判照常进行。被资本主义所豢养所纵容的鸭子，自然成为了众矢之的。有鉴于此，我就不妨推论一下批判会的设置。

首先，正是鸭子主人的缺失，才富有教育的深刻意义。恰恰在于批判之于鸭子，比批判之于人，能够收到出乎意料的教育效果。滔滔雄辩不是说给鸭子听的；革命不是对牛弹琴；滔滔雄辩是说给鸭子之外所有人听的。希望在场的各位社员，能够以此为鉴，管好被私欲豢养的鸭子，尤其是，要泯灭走资本主义道路之心。这种“指鸭骂人”的活学活用之策，与成语中市井小人的指桑骂槐技术完全一致。问题也就在于，这种并不光明的批判指向，在这幅《斗鸭图》之中，竟然得到了移形换位的革命性大挪移。但是，这不但没有让我感到滑稽，反倒是让我产生了一种奇怪的亲近感——也许，这幅《斗鸭图》才是品位十足的现实主义作品。

其次，更让我惊异的，还在于鸭子的造型。

按理说，作为主人的“替罪鸭”，作为鸭子对主人养育之恩的一种回报，必须诚心诚意替主人悔过，接受贫下中农的再教育，并为自己的口福之欲而深刻检讨。但画面上的鸭子——这哪里像一只垂头丧气的鸭子，分明是一只被险恶机关套住了的野雁——尽管机关是以阴谋的方式出现的，但它因为愤怒而狂力挣扎，它想回到蓝天。于是，野雁打开了丰满的翅膀，羽毛的花纹以繁复而绚烂的造像，复活了流淌上千的国画精神的稀微元素。翅膀扇着罡风，它在高声抗议人类的阴谋。

我们可以在历史上找到近似的例子。

在《人类酷刑大观》一书当中，记载了动物们的厄运。动物没有能成功逃逸出宗教裁判所的法律准绳，它们也必须以人的立场来接受审判。在中世纪对付与动物有关的案件中，有三种不同的审判程序。对于昆虫或啮齿类的动物通常是将它们驱逐出境；如果只对动物本身提起诉讼，往往是对动物的主人予以惩处；但那种贪图“可耻的快感”的罪行——比如犯有与兽通奸的罪行，动物同样要被判处火刑。

这就使我们发现，“要文斗，不要武斗”的礼仪之邦，仅仅是以批判会的温柔形式实现政治的意志，从触及肉体到直捣灵魂，以达到“治鸭救人”的目的，最终实现“我们一起去战斗”的伟大宗旨，对动物尚没有采取大开杀戒。这里所体现出来的温情主义，可以理解为被周扬大肆渲染的革命人道主义——鸭子也可以为革命奉献一顿美餐。

观看者或者叫参加批判会的群众，竟然是一脸喜色地观看着大字报和鸭子，这是十分有意思的。他们是一批奋战在广阔天地里的青年农民。他们背着喷雾器、扛着锄头和扁担、挂着草帽，竟然以“红衣服、绿裤子、海魂衫”等等相互冲突的颜色，努力实现了“姹紫嫣红、莺歌燕舞”的人民公社美好生活的大写真。

但是，我更关心那只倒悬的鸭子。俗话不是说过么？煮熟的鸭子还会飞！世事难料，如同鸭子的命运。

1934年，鲁迅先生在《倒提》一文里感叹：“鸡鸭这东西，无论如何，总不过送进厨房，做成大菜而已……然而它不能言语，不会抵抗，又何必加以无益的虐待呢？”正因为这些国人偏偏对不会言语、不会抵抗的弱者（包括被缚的动物和人）施以残虐之刑，更在于此类行径自古屡见不鲜。这就引出了先生的结论：“可惜中国人但对于羊显凶兽相，而对于凶兽则显羊相，所以即使显着凶兽相，也还是卑怯的国民。”所以，国人很容易成为看客，就像被一只无形的手提着，纷纷伸着鸭脖子。但是人们似乎忘记了，比做缩头乌龟更不利的，是在于被捏成鸭脖子以后，人们已经丧失了抗议的权力，甚至还不如那只高声叫嚷的鸭子。在毫无声息的现实里，那些狼奔豕突的文化皮条客、老鸨、御用文人、骗子等等，反不如做鸭子来得实惠。

四川建川博物馆镇馆之宝——斗鸭瓶。

动物的伪装不仅仅限于模仿环境物体的形态和颜色，许多动物在遇到强敌时，往往以装死来化险为夷。绝大多数鸭子见到狐狸后，会拼命逃跑。但有的鸭子一旦被狐狸抓住了，就会马上一动不动：伸长脖子，翻着白眼，翅膀紧贴身体，好像死了一般。等狐狸一疏忽，它就立即逃之夭夭。

天鹅让银子变暗

天鹅是音乐之神阿波罗的标志。它的声音柔和悦耳。这是否得益于它那长而弯曲的脖颈呢？据说，有个叫西格诺斯（意为天鹅）的人，成了利古里亚人的国王。利古里亚人住在波江彼岸，在塞尔特人的领地以外。这位国王死后，像阿波罗所希望的那样，变成了天鹅。这就说明了，天鹅何以被看作濒死之时才叫的鸟。

——[法国]克里斯蒂安·罗什等合著《哲学家的动物园》

东方人的阴阳智慧总是左右着他们的观察与判断。水与火、左岸与右岸、手心与手背，天鹅高高在上，那么低伏于下而且面目丑陋者，癞蛤蟆被孤立出来，与天鹅构成了反词。《水浒传》《红楼梦》都这么写了："癞蛤蟆怎想吃天鹅肉！"人们念念有词这么多年了，如今，癞蛤蟆不但吃定了天鹅肉，"天鹅一心要嫁给癞蛤蟆"的事情也很多啊。

玩笑开了，说点我的看法。这就像实践空气动力学的两种东西，天鹅的造型总是向上的，飘得落不了地；癞蛤蟆像超级跑车一样被涡流压伏于地。它们的交流，仅限于目光。

当东方的美学视野开始大规模抬举仙鹤的时候，西方世界则把目光死死盯住天鹅。东方人从仙鹤的洁白之身上看到了出尘之兆，"骑鹤"一词太美了；而西方人则从天鹅的华丽的身姿间，不但发现了高蹈的美学，还进一步认定了它的情欲和预言天赋。法国博物学家布封进一步解说道，天鹅既是"爱情之鸟"和"神奇的歌手"，还是鸟类"太平共和国的首席居民"[1]。于此亦可见它的异样纯洁，即使在"心灵美"方面也无可挑剔，堪称美好德性的全能代表。

但稍加分析就发现，在希腊神话里，天鹅的美德与其说是暧昧的，不如说是矛盾的。

太阳神阿波罗与仙女克丽默涅相爱，生了个儿子取名法厄同。法厄同有一个最要好的朋友叫赛格纳斯，他们至诚相待，亲如兄弟。后来法厄同胡乱驾驶太阳车闯下大祸被宙斯击毙，宙斯怜其兄妹，便将她们变作江边的垂柳，日夜迎风洒泪凭吊惨死的

[1] 见布封《自然史·天鹅》。

弟弟。赛格纳斯化作一只天鹅到处去寻找法厄同的尸体，宙斯念他对朋友的忠诚便将他提升到天界，成为终日翱翔在银河之中的天鹅座。这似乎是为了阐释天鹅具有忠贞的德性，但我们无法忘记的是，宙斯不也化身为天鹅，进入到美女丽达的体内吗？由柔媚而暴君，也许是这个原因，天鹅开始具备了淫欲的镜像。

宙斯的天鹅之爱，是对男权性宣泄的肯定，似不可能启发后人在美学以及性力方面做进一步的肯定和歌颂。但从性意识深处分析，对四处播种情欲的男性，人们往往只能借助神话与动物来取代他们，也只有这样，这种纵欲的快感在漫长的岁月里才较易被人们所接受。

作为阿波罗的圣动物，天鹅的作用也不明确。传说阿波罗的灵魂进入了一只天鹅体内，由此产生了毕达哥拉斯的寓言："所有杰出诗人的灵魂都进入天鹅体内。"另据相传天鹅在临终前，唱的歌最优美动听，人们就用 swan song 来比喻诗人、音乐家、演员等的最后作品是生命的绝唱。

从《伊索寓言》开始，天鹅之歌就已经成为生命绝响的隐喻。柏拉图也坚持认为，诗人俄尔甫斯的灵魂选择了天鹅，附天鹅之体再生。而且，天鹅的歌声是无比美妙的天籁之音，代表了面对死亡的欢娱和企盼加入音乐众神的希冀。莎士比亚亦对这种迎接死亡的欢唱十分入迷，以致在他的多部作品中加以引用。但作为一个特定的词组，直到 1831 年才出现 swan song 最早的书面记录。如今，swan song 更多地被用于表示一个人的临终遗言，或更为常见的，形容一位艺术家最后的作品，或一切最后的事物。

西方有一个叫肯普纳的诗人写了一首诗，来描述人对生命的不了解，这首诗叫《西里西亚天鹅》。他这样写道：“苍天在上可作证，天鹅岂愿循旧规。世人尾随赴黄泉，犹恐失却好时机！起舞何愁无时空，芸芸众生皆痴迷！目光短浅可怜虫，不见棺材不流泪。”按照古代希腊神话的传说，天鹅死了以后会飞回它们的神（阿波罗）那里，在死之前会唱歌。这首诗的大意是说：苍天作证，天鹅事实上是不愿意飞它生命中最后的一段路程，但是世上的人看见天鹅飞离它们最后一段路程而唱歌时，以为有什么好处就一路跟下去，为天鹅美丽的姿态和歌声所痴迷。诗人说，这些看着天鹅的姿态和聆听歌声的人，一路跟随下去，不过是目光短浅的可怜虫，以为这是一段快乐的路程，哪里知道其实是到了路的尽头，直到看见自己的死亡，才为自己的人生流泪。

现在，我们在杨绛翻译的《斐多》里，可以目睹苏格拉底对天鹅的平视态度了。斐多是崇敬苏格拉底的青年当中的一个，亲眼看到他景仰的老师是如何赴死的。苏格拉底笃信灵魂不生、不死、不灭。苏格拉底曾经梦到一只天鹅站在自己的膝盖上，突然又飞走了。后来他说，柏拉图就是那只天鹅。谈到自己的不幸并非不幸时，他曾经这样说道：“天鹅平时也唱，到临死的时候，知道自己就要见到主管自己的天神了，快乐得引吭高歌，唱出了生平最响亮最动听的歌。可是人只为自己怕死，就误解了天鹅，以为天鹅为死而悲伤，唱自己的哀歌。天鹅是阿波罗的神鸟，我相信它们有预见。它们见到另一个世界的幸福就要来临，就在自己的末日唱出生平最欢乐的歌。我一丝一毫也不输天鹅。我临死也像天鹅一样毫无愁苦。”

如同他曾经把自己的灵魂寄托给“牛虻”一样，这次，苏格拉底将自己“物化”为从容面对死亡的天鹅，不仅融文学于哲学之中，而且在哲学史上，他是最早把自然哲学转到对社会伦理的思考，把哲学从天上拉回到人间（西塞罗语），最早使纯洁的灵魂“物化”的第一人。同样，苏格拉底自然也成为第一位使用“天鹅隐喻”的大才。

美到极致的事物，往往就潜伏着招致不测的阴影。天鹅有一个鬼魅般的天敌，那就是海东青。有一首打油诗写道：“海青身至小，天鹅身至大，海青彻天飞，天鹅生惧怕。”据说辽代有个皇帝就特别爱吃天鹅肉，并经常施放海东青去进行捕杀。在琵琶古曲《海东青拿天鹅》中，我们似乎听见海东青飞翔带起的风声，听见天鹅欢悦的鸣唱声，真不知是海东青捉住了天鹅，还是天鹅避开了海东青？最后，大自然恢复了诗样的宁静，禽鸟们在天空自由飞翔，似乎这其中就有天鹅远去的身影。

天鹅之歌像喇叭的叫声，甚至犹如凄厉的军号，如何又成为了文人笔下“美如天籁”的比拟呢？在天鹅的发声术方面，尽管布封有着精到的分析，但这种威胁似的咆哮声是无法产生韵律的，所谓哀婉动人，多是想象所致。我估计是天鹅的雍容姿态，促使人们有理由相信这种美丽的误会，就像面对一位美女，我们很自然地把她想象为莺声燕语，而实际上呢，她完全可能是河东狮子。这种一厢情愿的最高潮，就是圣桑的《天鹅》了，其中的主语完全可以不叫天鹅，但音乐家执意要铺垫成天鹅的语境。于是，宛若置身于欧洲古堡的护城河中，天鹅在碧波中浮游，脚蹼将琴弦拨开，崇高而又纯净的水便升跃起来，整个背景像被露水洗过一样，使得万物回归于平静。无论是用钢琴，还是用大提琴演奏《天鹅》，都能让躁动的心归于安详。真得感谢圣桑，他让《天鹅》在人间游弋，使我们拥有了天鹅的梦。

法国诗人阿尔芒·苏利·普鲁多姆（1839—1907）是第一位获得诺贝尔文学奖的诗人，他终身不娶，守着精神爱情中的女郎。他在《天鹅》一诗里展示了这种干净如水的感情。也许，纯洁之水，不过是天鹅情欲的舞台而已。这从一个侧面也暗示了毕生不近女色的柏拉图，对天鹅的高声赞美，似乎总让人感到包含有某种异样的情欲——

湖水深邃平静如一面明镜，
天鹅双蹼无声地滑行。
它两侧的绒毛啊，
像阳光下融化的白雪如银。
巨大乳白的翅膀在微风里颤动，
带着它漂游如一艘缓航的船。
它高举美丽的长颈，
时而潜入湖水，
时而在水面低回。
又弯成曲线，
像浮雕花纹般优雅，
把黑喙藏在皎洁的颈下。
它游过黑暗宁静的松林边缘，
风度雍容又忧郁哀怨。
芊芊芳草啊都落在它的后方，

宛如一头青丝在身后荡漾。
那诗人在岩洞听它的感受，
那泉水哀哭着永远失去的朋友。
都使天鹅恋恋流连，
静静落下的柳叶擦过它的素肩。
接着又远离森林的幽暗，
昂着头驶向一片空阔的蔚蓝。
为了庆祝它所崇尚的白色，
选中太阳灿烂之间。
等到湖岸沉入了一片朦胧，
一切轮廓才化为晦暝的幽灵。
地平线上只剩晚霞一道，
灯芯草和菖兰花才都纹丝不摇。
雨蛙们在宁静的空气中奏乐，
一点萤火在月光下闪闪烁烁。
于是天鹅在黑暗的湖中入睡，
湖水映着乳白青紫夜的光辉；
像万点钻石当中的一个银盏，
它头藏翼下，睡在天地之间。

居住于陷阱的狐狸

狐狸多智巧，

刺猬只一招。

——以赛亚·伯林《俄国思想家》

动物一直在形而上领域晃动着身影，足以引起哲人们的别样之思。按照不成文的习惯，所谓“狐狸”，是指注重感性经验和细节分析的英美哲学家，如逻辑实证主义与语言分析学派。例如在德国的学术重镇耶拿大学，青年黑格尔就追随天才的谢林，后来自己也成为“耶拿之巅”，那里就有一座狐狸之塔（Fuchsturm），逐渐成为智慧的象征。该塔约建于13世纪，少年尼采曾在此把栏临风，特意在日记里予以记载。而“刺猬”则是指热衷建立宏伟架构、崇尚整合的欧洲大陆主流哲学家，诸如康德、黑格尔以及20世纪的萨特、海德格尔等。据说，唯独维特根斯坦是一个奇特的例外。他兼有“狐狸”与“刺猬”两种气质，从而当之无愧地成为沟通英美哲学与欧洲大陆哲学的桥梁。

对狐狸特有的狐疑特性，哲人们曾反复借喻至不同领域。比如，在分析君主应当怎样守信的问题上，马基雅维利更是提出了著名的狮子与狐狸的比喻。他主张君主必须效法狮子和狐狸，“由于狮子不能够防止自己落入陷阱，而狐狸则不能够抵御豺狼，因此，君主必须是一头狐狸以便认识陷阱，同时又必须是一头狮子，以便使豺狼惊骇。”[1]鼓吹如此阴一手阳一手的御术，不得不让人反感。难怪在《牛津英汉百科大字典》中，马基雅维利甚至被称为“无节操的阴谋家，卖弄辞令的权谋政治家。”他的著作《君主论》被称为是“邪恶的圣经”。

前不久读克里斯蒂娃的精神传记《汉娜·阿伦特》[2]的一条注释颇有兴味，是阿伦特反思老情人海德格尔亲口讲的故事：

> 海德格尔十分骄傲地说：“人们说海德格尔是一只真正的狐狸。”这就是狐狸海德格尔的真实故事：

[1] 《君主论》，潘汉典译，商务印书馆1985年版，第84页。

[2] 江苏教育出版社2006年10月1版，第18页。

从前有只狐狸，由于不够狡猾，总是不断地落入陷阱。而且，他不会分辨陷阱的真假。于是他为自己挖了一个陷阱作为洞穴住了进去，好像这是一个普通的陷阱一样（不是出于狡猾，而是因为他总是把别人的陷阱当成洞穴）。不过他决定要以自己的方式变得狡猾起来，自己动手做了一个陷阱，按照他本人的尺寸设计，作为替别人设置的陷阱。后来，他又一次表现出对陷阱的无知：没有人能够真正地进入他的陷阱，因为它摆明了是个陷阱而已。这时，我们的狐狸有了一个离奇的主意：他要以最堂皇的方式把陷阱布置一下，处处贴上标语，醒目地写着："大家来看看这里的陷阱吧，世界上最漂亮的陷阱……"

如果有人想去他家看看他，就不得不进入他的陷阱。当然，所有人都出得来，除了他自己。可是狐狸住在自己的陷阱里，骄傲地说："我的陷阱里有这么多人，说明我已经变成了天底下最好的狐狸了。"此论断看来不无道理，只有一生都待在陷阱里的人最了解陷阱。

此文首见于阿伦特1953年的笔记《狐狸海德格尔》(*Heidegger the Fox*，收入 Jerome Kohn 编的 *Essays in Understanding*：1930-1954，1994 年出版）。克里斯蒂娃认为，阿伦特没有停止对"狐狸"设下"陷阱"指出质疑。但情况果真如此吗？

这里要谈谈"列那狐"的文化隐喻。无论是法国的"列那狐"（Renard），还是英国的"列那狐"（Reynard）以及德国的"列那狐”（Reineke），狐狸都是奸诈、狡猾的象征。甚至在现代法语中“列那（renard）”一词，已成为狐狸的专有名词。1794年诗人歌德根据这个故事写成叙事诗《列那狐》。列那狐与中国传说中的纯白色的妖狐不同，它有淡红的皮毛，暗示了火的意象，这意味着狐狸和山猫、松鼠等等被看作魔鬼的忠实随从。远在古罗马，它就是火神，人们追逐尾巴绑着燃烧火把的狐狸穿过田野，以此预防粮食遭火灾。用狐狸血画海星钉在门上，可抵抗邪魔。在北欧神话中，狐狸是大骗子洛基（Loki）的动物象征。在这样的动物学意义下，海德格尔的自称，就显得不同寻常了。

18岁时，汉娜·阿伦特邂逅35岁已婚哲学家马丁·海德格尔，展开了一段6年的恋情连续式。她明知海德格尔具有狐狸的性格[1]，后来因名利和仕途的考虑，海德格尔曾单方面终止与她的关系，阿伦特还是完全地把自己给予这个哲学皇帝。1928年4月，阿伦特在写给海德格尔的信中说：“你指给我的路，比预期的更加漫长、艰险，它要耗费整整一生，漫长的一生”；“如果我失去了对你的爱，就失去了活着的权利”，最后的落款不是一般性措词“你的汉娜”，而是“上帝保佑，我死后更加爱你”。

在初恋之后的岁月里，尤其是当海德格尔与纳粹合作的丑行被公之于世之后，阿伦特对海德格尔一如既往的忠诚、维护，保持和他的继续交往甚至为他辩护，为在美国出版他的著作极力奔

[1] 引自爱丁格尔 Elzbieta Ettinger 的《阿伦特与海德格尔》，戴晴译，春风文艺出版社，2000年。

波，一再努力希望和他单独相处。阿伦特就像一个“中蛊”的女人，爱得那样不可救药！

有人认为，我们不能简单地把海德格尔这种既“是”又“不”、既“接受”又“拒绝”、既“肯定”又“否定”的态度看作狐狸策略，因为非此即彼的二值逻辑已经行不通了。嘿嘿，我并不这般认为。其实，纵然海德格尔拥有迷宫般的智慧，但面对一个懵懂漂亮学生的爱情，他必须从迷宫里折返出来，在激情地面，随意挖掘一个坑道。仰视海德格尔的后人，多半会认为那就是智慧迷宫的进口。这种人其实不明白，男女激情也是维系迷宫智慧所必不可少的一种消费资源。海德格尔曾把《存在与时间》的写作归功于阿伦特的激情，而这本书带来的成功也终结了他与阿伦特的恋情。

还是回到狐狸的洞穴。于是，老海在洞穴上还特意挂了一块牌子，上面清楚地写道：大家过来呀；这是一个陷阱，是世界上最漂亮的陷阱。没有一只狐狸会由于错误而迷失在这个陷阱里，尽管如此，还是有些心思怪异的狐狸来进入陷阱，去看个究竟。这个“此地无银三百两”的计策必然会成功，它的保险系数恰在于海德格尔算准了人类的弱点。阿伦特决意进去看看，海德格尔这只狐狸就如愿以偿了。智慧的迷宫据说就在狐狸洞穴后面，而他，自然成为了引路人和保护神。

这只居住在里面狐狸十分自豪地说：“这么多的狐狸到我的陷阱中来拜访我，我现在已经成了所有的狐狸中最棒的狐狸了。”的确，在里面也存在着某种“澄明”之理：没有任何狐狸比一只终生居住在陷阱中的狐狸，更了解陷阱的性质。

中世纪的动物寓言集也把列那狐贬为狡猾的骗子：“它饿了有找不到吃的时候，会把全身溅满淡红色泥土，让自己看起来像浑身是血，然后躺在地上，屏住呼吸。鸟儿见它躺在那儿，（显然）满身血迹，舌头伸出来，以为他死了，便停在他身上，就这样成了他的美食。魔鬼也一样，在生者面前，他假装死了，直到张开利齿，逮住他们，吞吃他们。”看来，海德格尔用此伎俩，捕捉住了阿伦特这只嫩鸟。

西谚说，狐狸知道许多事，刺猬只知道一件事。意思是狐狸机变百出，刺猬只知道防御。以狐狸自称的思想家伊塞亚·伯林1956年在《刺猬与狐狸》[1]里面说，思想家分刺猬和狐狸两种，“刺猬”建立了关于人类行为、历史经验与政治价值的无所不包的统一性理论；“狐狸”则在所有地方都看到了多样性，他们拒绝那种将人性服从于普遍视野的冲动。就是说，前者偏重于理性，存一大智，后者偏于经验，但诡计多端。他还说，女人要打消做思想家、刺猬的观念，要树立做狐狸的观念，而且修炼成精。按照这个逻辑，阿伦特怕是永无修成之期了。

有鉴于狐狸在思想中的穿凿，英国诗人塔德·休斯的《思想的狐狸》一诗就显得十分逼真：

……

[1] 彭淮栋译，载《学术思想评论》第四辑，辽宁大学出版社，1998年11月。

穿过空地，像一只眼睛，
广阔深邃的碧绿颜色，
闪闪发亮，全神贯注，
来干它自己的事情，直至

带着突然强烈炙热的狐狸气味
它进入了头脑里黑暗的洞穴。
窗外依然没有星辰，钟声滴答，
纸上却已印下了文字。

有人说，人们可以从很多人那里研究哲学，只有海德格尔才让人懂得什么叫真正的思想。但是，克里斯蒂安·让贝的话似乎更应该成为一个强有力的先置条件：“一个哲学家，若声言其生活与思想无关，那他就被视作梦呓者。”

国外出版的阿伦特与海德格尔传记封面图片。

鸡鸣与时间管理学

柏拉图为人类下定义云：“人者，无羽毛之两足动物也。”可谓客观极了！但是按照来阿铁斯（Diogenes Laertius）《哲人言行录》六卷二章所载，偏有人拿着一只拔了毛的鸡向柏拉图去质问。

——题记

近来，有人在网上反思《半夜鸡叫》的“可行性和阶级性”，得出的结论竟然是——“显然，‘半夜鸡叫’违背生活常识。它对当时口口声声提倡文艺创作必须‘来源于生活而高于生活’的圣经来了个地道的‘黑色幽默’。而且不无荒唐的是，中国有那么多明白人，为啥就没听说有人对其提出质疑？”既然问题已经提到了众人皆醉我独醒的程度，我们似乎就应该对这一部著名小说来一番重新打量了。

《半夜鸡叫》出自高玉宝于1955年出版的小说《高玉宝》的第九章。此书在国内外有二十几种语版，仅汉文出版的《高玉宝》印数已达450多万册，并被改编为24种连环画和12种文艺演唱形式及其戏曲书籍，其中尤以上海美术电影制片厂于1964年拍摄的同名木偶片影响深远。作者开创了自己的名字与书名合二为一的先河，这在国外文坛也是十分罕见的，他一夜之间暴得大名，体现了由“文盲成长为著名作家”的苦心孤诣。

我不想讨论这部书的阶级性甚至文学性，作者激烈的漫画式的文笔在那个年代是有权扭曲人物形象的，符合那时的写作体制规则。我感兴趣的是周扒皮以及他老婆这两个人物。周扒皮本名周春富，但他老婆一直没有在小说里正式出场过，即使是周扒皮惨遭痛打，又中日本鬼子两枪后，大小便失禁，服侍他的一直是儿媳大烟囱。在周扒皮的言谈里，只有一处提到自己的老婆：“都是你妈惯坏的……”这个神秘的女角估计已经过世，要不然就是一个坚守妇道的旧式妇女，无法在高玉宝低微的视野里出现。但高玉宝一度身兼猪倌和倒尿桶的双重任务，不跟地主婆见面是说不过去的，结论只是第一种，即周扒皮是个鳏夫。至于地主婆的死因，大快人心的推论是：两个吝啬鬼相互克扣，有一个终于体力不支，退出了扒皮比赛。正如《泼留希金》所指出的鳏夫通病：“泼留希金就像一切鳏夫一样，急躁，吝啬，猜疑了起来。”周扒皮吝啬到什么程度？在本书第十章里有粗略描绘：周扒皮身受重伤之后，延请医生治病，医生见其付款迟缓、充满怀疑，就喊出了50万的费用，而且出诊费等另计。周扒皮遭受枪伤和蚀财的巨创，眼看是难以康复的了。

悭吝并不是老年人的专利。一个人年轻时代的品行，在极其坚韧的发财个性支配下，步入老年时只会变本加厉。中国人常常称赞吝啬为“会过日子”，孔夫子曾告诫老年人“戒之在得”，看来人越老越贪婪、越发吝啬，处在下坡路上的欲望之车，在惯性和动力双重作用下只会越来越快。在高玉宝的《半夜鸡叫》当中，作为老年人的周扒皮采取了“半夜鸡叫”的惊人之举，在于他首先必须克服来自传统伦理的巨大压力。雄鸡一般在四更天叫第一遍，四五更之间叫第二遍，破晓前叫第三遍，所以民间有“鸡叫三遍天将亮”的说法。但雄鸡如果半夜打鸣，会被看作是“不吉利”的征兆。

根据克劳迪亚斯•艾伊连在《动物习性》（约公元1世纪）中的记载，公鸡的叫声可以杀死毒蜥，这是有文字记录以来，人们第一次将公鸡与毒蜥联系在一起，由此可见鸡叫的威力。

其实，人们平时所说的“公鸡”“母鸡”“小鸡”“鸡子”等名称，在商代甲骨文里就已出现了雏形。甲骨文中“鸡”字的形状，反映了当时以绳系鸡喂养的情形；商周青铜文字中“鸡”字如同站在鼎器中的公鸡，证明鸡已经被用于祭祀。

所谓鸡有五德，是以鸡之冠距、敢斗、相告食、守夜、不失时等特性，分别象征了文、武、勇、仁、信五德。正如台湾版《中国文字学故事大辞典》所指出的那样：“如果一定要把鸡看成是系（绳）系住的，似乎是有点过分追根究底，还不如简单明了地把

'系'当作叽叽的叫声，不过是一种单纯发声的音符而已。"这就至少说明，鸡是以叫声来显示种属存在的，时间的刻度在它们的叫声里获得了彰显和放大，极大地拉近了鸡们与人类的距离。但是，敢于问鼎时间，是泄露天机的行为，人们对时间的敬畏之情，自然要转移到鸡身上来。

陶潜诗"狗吠深巷中，鸡鸣桑树颠"，刻画了公鸡与时间最为优美的身段美学。这两句显然脱胎于汉乐府《鸡鸣》篇的开头二句："鸡鸣高树颠，狗吠深巷中。"桑树的葱绿，与公鸡的绚丽，足以酝酿出尘之想。田园生活的喜人情趣，充满诗情画意，诗意盎然。我们需要区别的关键还在于，"烂柯"固然是一种忘却的时间美学观，但"忘却时间"，本身就已经是时间的一种呈现。因此，"鸡鸣桑树颠"与"不知有汉，无论魏晋"就构成了两种时间概念：历史时间和个人时间。

鸡更有一个凄美的名字叫"烛夜"。李时珍说："按徐铉云，鸡者稽也，能稽时也。郭义恭《广志》云，大者曰蜀，小者曰荆，其雏曰鷇（音叩，需要母鸟喂食的小鸟），梵书曰鸡，曰鸠七吒……鸡类甚多，五方所产，大小形色往往亦异；朝鲜一种长尾鸡，尾长三四尺；辽阳一种食鸡，一种角鸡，味俱肥美，大胜谁鸡；南越一种长鸣鸡，昼夜啼叫；南海一种石鸡，潮至即鸣；蜀中一种鶤鸡，楚中一种伧（音仓）鸡，并高三四尺；江南一种矮鸡，脚二寸许也。鸡在卦属巽，在星应昂，无外肾而亏小肠。凡人家无故群夜鸣者，谓之荒鸡，主不祥。若黄昏独啼者，主有火患，谓之盗啼。老鸡能人言者、牝鸡雄鸣者、雄鸡生卵者，并杀之，即已。俚人畜鸡，无雄即以鸡卵告灶而伏出之。南人以鸡卵画墨，煮熟验其黄，以卜吉凶。”

因此，“霜天闻鹤唳，雪夜听鸡鸣，净得乾坤清纯之气”，鸡鸣很自然地成为了古人通感于天的管道。鲁迅诗《亥年残秋偶作》“竦听荒鸡偏阒寂，起看星斗正阑干”，周亮工在《书影》卷四里说：“古以三鼓前鸡鸣为荒鸡。”那么，卡在“荒鸡时分”的周扒皮，犯下的天条，就十分严重了。

在《半夜鸡叫》里，周地主对时间苦苦思索之后的灵感，在突破天命伦理的防线后，他还要突破自然的节律。节约金钱不如节约时间，时间不是金钱，时间的价值是至上的。他自然起床比长工们更早，并且还要施展口技功夫，不但要扰乱长工们的时间概念，还要让鸡窝里的雄鸡混淆视听，在周扒皮的提示下履行自己报晓的义务。“鸡叫”成为了认识时间的一个无比重要的基点，而对这一基点的重新命名无关宏旨，比如把凌晨3点当成凌晨5点，在人们根本缺乏时间概念的环境里，重新命名的时间，删改时间就等于篡改账本，几乎就成为了一盏上帝的明灯。在它的照耀下，命名者的个人价值正在希望的田野上紧张地铺张扬厉。这种打破生物节奏的初衷，让我想起了国外流行的时间管理学。

如何在有限的时间内完成尽可能多的事情，获得有限时间内的最大财富，是管理大师们拼命思索的难题。就目前的前后四代时间管理学看来，周扒皮使用的是第三代管理学：简单点说，即“通过每天的规划与安排优先顺序，实现人定胜天的理想价值。”用鸡叫来勾销时间的从容不迫，删除梦想的权利，跟现在使用闹钟等计时装置催促人们赶在“时间前面”一样，目的是一致的。可以说，周扒皮无师自通地成为了时间管理学的实践者。

在吝啬鬼、守财奴的拥挤画廊里，莫里哀笔下的阿巴贡和果戈理笔下的泼留希金，巴尔扎克笔下的葛朗台和吴敬梓塑造的严贡生，无不体现了他们对金钱的贪婪以及对别人和自己和家人的吝啬，但几乎没有像周扒皮那样偷窃时间上瘾的形象。我想，凭借这一描绘，周扒皮就进入了这一永恒的画廊。这大概是著名作家高玉宝没有想到的吧。

当然，周扒皮也不是汉语时间当中第一个行使偷窃手段的人，在宋代孔仲平所著的《续世说》当中，就收有一则奸人献媚的事例：隋朝太史令袁冲对隋文帝说，隋朝兴起以后，他发现白天渐渐变长了，显然是盛世之兆。皇帝大悦，立即把年号改为“仁寿”，但工匠的工作时间都开始变长，老百姓叫苦连天。认真推延起来，这对上下级该是推行“夏时制”的先锋，他们抢劫时间所带来的剩余价值，并以遵循天命的姿态跃然于历史中。

周地主没有帝王的意识，他只能小偷小摸地推行自己的时间管理学。偷窃时间，就是偷窃沉睡着的黑色时间。这种偷窃术就像是往黑色时间和梦境里注水，以稀薄的个体努力，来企图迫使时间透明，并企图把时间装扮成不知疲倦的精神斗士，协助自己完成榨取最后一滴油的事业。但是，我们就发现，时间非但没有透明，反而进一步黑下去了。周扒皮人性的黑暗，却是权力者亘古不变的颜色。一旦把自己人性的黑暗加入茫茫黑夜，那就只有绝对的黑，它实际上构成了一个时间的空洞，成为被奴役的劳动者的天空和视野。

葡萄牙著名作家费尔南多·佩索阿（1888—1935）在《第二时间》一文里谈到了一种古怪的时间感受：

我没有思想和感觉的痛苦。在这所房子里，时钟在事物的核心占据着一个精确的位置，敲响了四点半，这响亮而空荡荡的声音。

夜晚太大、太深、黑暗而且寒冷！

我打发着时光，穿越静谧，就像纷乱无序的世界穿越着我。

突然，一个神秘之子，如同夜晚的一个纯真生命，一只雄鸡叫了起来。好了，现在我能够睡觉了，因为心中有了早晨。我感到自己的嘴角在笑，头部轻轻地压向交叉着养护我面庞的柔软枕头。我可以把自己抛弃给生活，我可以睡觉，可以忘记自己……在新的睡意黑压压把我冲刷的过程里，我记起了啼晓的雄鸡。没准真是这只雄鸡，啼破了我第二生命的另一种时间。

“另一种时间”即是当事人的感觉时间，他在这一时光里可以做多米诺骨牌的任何组合游戏，只是那只雄鸡的啼叫，出现了恒在时间与感觉时间的碰撞，在此，“啼叫就是照亮”，使作家得以命名另一时间中的洞见。这个以卵击石的努力给当事人带来了少量的欣悦，更多的无奈。而周扒皮获得的利益恰恰与此相反，是更多的快感和少量的睡眠牺牲，在此，“啼叫仍是黑夜”，将他如同瘀血似的黑暗内在融合于华北平原的寒风中。

而更奇怪的还在于，现在从事酷吏般管理的老板往往理直气壮，他们像金鱼一样待在四周全是玻璃的“鱼缸”里，俯视员工的一举一动，连上厕所也规定了具体时间，超出规定里面就自动停水停电。按照高玉宝的小说，周扒皮学完鸡叫是要回家睡觉的，这些置身“鱼缸”的老板无处可睡，事必躬亲，翻着死鱼眼睛，只能拿给员工观赏了。

据报道，高玉宝又写了几十万字的《高玉宝》续集，准备出版。我倒是建议他应该续写周地主《半夜鸡叫》的高潮，因为周地主神秘的老婆一直没有出场，已经埋下了丰厚的伏笔：周地主昏昏懵懵往鸡笼走，正在做深呼吸，猛听见一阵鸡叫，被吓了个半死。原来他温柔敦厚的老婆不甘心失败，来个比学赶帮超，决心把时间的命名权抢夺回来，演绎出“牝鸡司晨”的时间管理学……

“风雨如晦，鸡鸣不已”，显现出中国古人的一个信念：鸡可以看见鬼魂。但是，我意识到，在时间的天平上，偷窃时间、涂染时间的人是十分广泛的，以他们的黑暗，模糊了天平的刻度，但是，他们是最后的赢家吗？！

利维坦与贝希摩斯

这就是伟大的利维坦的诞生——用更尊敬的方式来说，这就是活的上帝的诞生。

——［英国］霍布斯

按照所有创世神话的规律，在“时间开始了”的阶段，大地和天空总是被怪物所控制。怪物其实是不可理喻的事物代称，这就仿佛“混沌”一般，巨大、凶恶、威力无边。因此，各级文化为世界营造了这些无法无天的佛兰肯斯坦式的杰作，构成了文明的隐喻。

利维坦“Leviathan”的字意为“裂缝”，在《圣经》中是象征邪恶的一种巨无霸海怪，通常被描述为具有巨鲸、大蟒或鳄鱼的模样，由此人们似乎可以推测其锋利的唇齿的绝杀力。因此，空间与时间逐渐演变为它利齿边缘的闪光，其缝隙宛如深渊里的地沟。利维坦常与另一种怪物贝希摩斯（Behemoth）联系在一起。关于利维坦的记载，是紧跟在《约伯记》中记载贝希摩斯的下一章，书中描述的利维坦实际上就是一条可怕的巨鳄，拥有坚硬的鳞甲，锋利的牙齿，口鼻喷火，腹下有尖刺，令人生畏。在基督教中利维坦成为恶魔的代名词，并被冠以七大罪之一的“嫉妒”。

在遥远的迦南文化中也有利维坦的原型——一条名叫洛唐（Lotan）的七头蛇，最后被巴力所杀，这位巴力就是闪族人传说中的伟大的丰饶之神和自然之神，在希伯来人眼里则是邪神。

《旧约》的外典《以色列书》第六章中曾经记载，上帝在创造天地的第五天创造了山和海，第六天用黏土创造了利维坦和贝希摩斯，当世界末日降临的时候，利维坦、贝希摩斯将一起成为圣洁者的食物。伊诺克的预言书上说：“两个怪物将在那一天被分开，雌的被称为利维坦，它居住在喷泉的深渊之中；雄的被称为贝希摩斯，它占据了整个丹代恩沙漠。”

《圣经》之《诗篇》第74章13、14节说，上帝决意“击打水中蛟龙的脑袋”并“砸碎利维坦的头颅”。这是创世观念的遗迹，强调了上帝与浑沌势力的斗争。与混乱的斗争并非只是一次性事件，大洪水、撒旦、折磨基督的人，都类似怪兽在水的浑沌里仍然不断地伸出脑袋。或者说，上帝与浑沌的不断斗争也许实际上是一种永恒的斗争。上帝是旋风，是猛烈的毁灭，是灾祸与大洪水的始作俑者。显然，作为造物主，他必须在秩序与浑沌之间模糊的边界线上才能展示伟力。

“利维坦”有时被用来隐喻那些邪恶的政权，也经常被认为是指在巴比伦神话中的创世史诗中那个被马尔杜克杀死的海怪。

作为怪兽的利维坦，在英国保王党思想家托马斯·霍布斯（ThomasHobbes，1588—1679）的世界里获得了进一步庞大的酵母。霍布斯在1651年出版的《利维坦》中[1]，他用这种海兽的名称，借以表示国家具有威慑一切的权力。他以一种崭新的思想，回答了构成近代国家的两个课题：可运作的政治制度与维持国家存在所必需的政治或伦理凝聚力。

霍布斯可谓是近代政治哲学的鼻祖，他政治学灵感源出《约伯记》。雅各“从旋风中回答约伯”时，质问约伯“你能用鱼钩钓上鳄鱼（利维坦）吗？能用绳子压下他的舌头吗？……人指望捉拿他，是徒然的；一见他，岂不丧胆吗？没有那么凶猛的人敢惹他。这样，谁能在我面前站立得住呢？”利用利维坦的恐怖造型来象征国家，国家岂不就是上帝威严的门面？非常有意思的是，霍布斯晚年还写过一本讲述英国1640—1660年的“长期国会史”（罗素语），书名《贝希摩斯》（*Behemoth*）指的就是另一怪兽，《圣经》中说这是一种“骨头好像铜管，肢体仿佛铁棍”的神话动物，通俗地说就是河马的“夸大型”，它与利维坦一样，显然都

[1] 书的全称为：《利维坦，或教会国家和市民国家的实质、形式和权力》。

是阔嘴利齿的巨灵。

根据《西方妖怪大百科》的记载，贝希摩斯在流传到阿拉伯之后被误写为“Bahamut”，关于它的传说也发生了很大的变迁。巴哈姆特的传说代表着阿拉伯人的宇宙观，巴哈姆特形似巨鱼，漂浮在一片没有泡沫的汪洋大海上，在它的背上是一头巨牛，牛背上扛着一座红宝石山，山上有一天使，天使头上是六重地狱，地狱之上是地球，地球上面是七重天堂。在巴哈姆特的身下是一望无际的海洋，海洋下面是黑暗的深渊，再下面是火的海洋，最下面爬着一条巨蛇，如果不是因为惧怕真主阿拉，这条蛇会把所有的创造物都吞入肚中。Bahamut 是如此之大，人的视线根本无法达到，《天方夜谭》第 496 夜的故事说，耶稣在看过巴哈姆特之后，曾经昏倒在地三天三夜不省人事。

霍布斯一直为君主制辩护，而在代表着民主政体的众议院和代表着贵族政体的参议院中，充满着敌对、仇视、背信弃义和冲突。而君主政体就不存在这样的问题，没有人可以和国王或王后相提并论，每个人都是他们的下属，这就为君主履行保持和平的职责创造了很好的条件。君主政体也不是没有问题，但霍布斯说，没有瑕疵的人类制度是不存在的。而君主政体的主要问题是继承问题，但它是可以得到解决的，最佳的方式是由现任君主选择能够保证国家主权和政策连续性的继任者。

霍布斯是绝对国家主义理论的主要倡导者。绝对国家即“绝对主义”，它的另一种译法就是我们熟悉的“专制主义”。霍布斯对英国君主制的极端推崇，一定会让歌颂英美民主的自由主义学者十分惊异。但是，正是被自由主义者视为先圣的温斯顿 • 丘吉尔在细读了《利维坦》之后，改变了他早年对民主政体的信仰。他说："虽然君主政体是带有许多问题的政府体制，但它有一项唯一的可取之处就是：它优于其他所有的政体。"换句话说，只要不违反利维坦一般的国家命令，个人便享有自由，这可看出近代消极自由的雏形。

据当代德国哲学家卡尔·施米特（Carl Schmitt，1888年7月11日—1985年4月7日）《霍布斯国家理论中的利维坦》里的解读，霍布斯用"利维坦"作为他论述国家学说的书的名称，带有"阴险的用心"。《利维坦》采用的是隐微的写作方式。表面是在基督教思想下谈论国家问题，其实是要废除基督教的政治神学。施米特解释说，这些没有国度的人（犹太人）企图搞乱对他们来说异教的世界，霍布斯用"利维坦"作书名的真正含义是：用以抵抗这种无法无天的威胁。这就是说，利维坦本来喻指"千山上的野兽"，也就是异教徒，但霍布斯反其意而用之，实际上是针对犹太人，以便最终征服和吞没利维坦。

由于《利维坦》全力攻击罗马天主教，批判教权高于王权以及"教皇无过论"。《利维坦》被视为"无神论"异端而遭迫害。1666年国会查禁《利维坦》。为此霍布斯撰写《关于异端以及对其惩处的历史论述》，进行申辩。不久议会撤销取缔无神论法案。但霍布斯的政论著作禁止在英国出版。

当政府关心冲突时，如霍布斯见到的那样，冲突并非有关土地、妻子、牲口的冲突，而是有关政府控制本身，有关政府内人们的合作以及有关合作的目的等方面的冲突。政府承担着繁重的经济任务，这就是为何冲突如此繁杂多样和后果如此利害重大的原因。在世界上所有的政治制度中，大部分政治是经济性构成的，而大部分经济亦是政治性的表露。而实际上呢，最大的冲突在21世纪正在被文化冲突所代替。

这个时候，不同语境中的利维坦，同样开始了它“与时俱进”的蜕变。

Non est potestas Super Terram quæ Comparetur ei
LEVIATHAN
Or
THE MATTER, FORME
and POWER of A COMMON-
WEALTH ECCLESIASTICALL
and CIVIL.
By THOMAS HOBBES
of MALMESBURY.
London
Printed for Andrew Crooke
1651

霍布斯的《利维坦》封面

多雷笔下的超级怪兽《利维坦》

毫无疑问，极权主义是20世纪产生的一个巨型利维坦，它的基本思想在卢梭的《社会契约论》中已经得到阐述，当然按照波普尔的观点，柏拉图的《理想国》中就有萌芽。但是，真正付诸实施并且作为一种制度形态存在的则是在20世纪。

纯粹的苦行

骡子们互相蹭痒，使伊拉斯谟想到了各种各样的阿谀奉承之辈。“阿谀奉承并不总是可鄙的。夹杂着爱的阿谀奉承……唉，雄辩的大部分就是由这些东西组成的，医学的大部分也是由这些东西组成的，可以说，诗则完全是由这些东西组成的。”

——摘自克里斯蒂安·罗什等《哲学家的动物园》

1586年，意大利博物学家、哲学家齐奥万尼·德拉·波尔塔（Giovanni Della Porta）完成了玄学式论著《论人的面相》，意欲阐明人类肉体与心灵的关系。他认为，每个动物都有一种确定的激情，依此类推，与动物长得相似的人也会有这种激情。驴子愚蠢，骡子顽固，兔子胆怯，公牛沉默，猪肮脏贪婪等等。博物学家进一步说：如果一个人与某个动物相像，“就可让他明白，他的行为方式与那个动物也会相同。”估计驴子是不会有人引为知己的，而骡子更是断子绝孙，但有些人的确长着一张驴脸，简直不蠢都不行。

历史上，围绕骡子的性力以及“无后”的文化说教，一直甚嚣尘上。《伊索寓言》第九卷里，《骡子》一文就说有匹吃大麦长大的强壮骡子，总是自言自语说：“我父亲一定是一匹能奔善跑的马，我非常像他。”有一天，因为需要，骡子不得不被拉去不停地跑路。回来后，它才愁眉苦脸地想起自己的父亲是驴子。伊索的结论是：“人们如遇好运出了名，也千万不要忘记自己的本性，因为生活如同潮起潮落，前途难以预测。”这跟出名有关系吗？如此劳苦的骡子，竟然一想起父亲就立即英雄气短，看来，所谓阶级“血统论”的渊源，可以在此找到源头。类似的骡子出生论，在拉·封丹的寓言诗里也有记载。

骡子是马和驴子跨行爱情的结果。天生就是苦役的象征，没有繁衍能力，只有一次性生命。“铜骡、铁驴、纸糊的马”，是指骡的体质强于马，弱于驴。骡子没有骏马冲天的萧萧的长鸣，但比骏马更忠诚驯服，骡子没有毛驴苦哇苦哇的悲鸣。骡子从不提出要求。骡子力大，但也有着要命的秉性——骡子脾气。一头骡子若是扭了性子，它的脚便如石笋，无论怎样鞭打，也无济于事。

骡子是脱离生命被人异化的“异形”。骡子就是骡子，它不明白世界上的事情，它更不需要把苦行视为靠近上帝的唯一道路。骡子唯一明白的是，苦役就是生命的全部。而且，唯有在苦行里，骡子才能体验到活着的意义。这一残酷的认识论，很容易让人联想起希腊神话里的西西弗。

西西弗因一再行骗、遭受诸神惩罚，最后在地狱中不停地把一块巨石推上山顶。石头又滚下山去，而他必须把这巨石重新推向山顶。在作家加缪眼中，西西弗无疑是现代人荒谬处境的写照，因为像西西弗一样，他们在从事毫无意义的劳动，他们看不到生命的价值、存在的意义。他认为西西弗是一个荒谬的英雄，更是一个人类的榜样，因为他是自己命运的主人。人们从西西弗身上看到了自己同样可以得到的幸福："他爬上山顶所要进行的斗争本身就足以使一个人心里感到充实。应该认为，西西弗是幸福的。"

这是不是就可以引申出——骡子就是幸福的呢？估计坐在温暖的壁炉边喝着热咖啡的文化人会代替骡子回答这个问题。看看沉默如石头的骡子吧，它们什么也没有表示，一种因长年苦役而历练出来的淡定，如同它们干枯的皮毛。骡子永无休止地劳动，而且吃得很少。人们赞扬这样的好牲畜。有骡子的人都幸福了。

值得一提的是伟人乔治·华盛顿。1793年，华盛顿在日记中写道："我在提高农场效率方面从不吝惜。"他改进了美国人的养猪方式，他的另一项试验则给美国农业带来了深刻影响。1785年，两位欧洲贵族分别送给他一头公驴。华盛顿让它们与母马杂交，生出了美国第一代骡子。他发现骡子比马更强壮、耐力更久，吃的饲料却比马少。于是他将骡子迅速推广，结果赚了不少钱。

所以，在"神贫主义"的基督教语境下，骡子倒是对"利益的走卒们”具有绝大的启示。有时在农村的夜晚，我偶尔会听见骡子的叫声，低沉、断续，毫无美感，像破裂的瓦器。

黑夜里的黑牛

如果幸福在于肉体的快感，那么就应当说，牛找到草料吃的时候是幸福的。

——［古希腊］赫拉克利特

我的住宅位于成都锦江望江楼对岸，在河流的拐弯处有一个名为石牛堰的分水工程，原理与都江堰一致。民国时节风传张献忠在望江楼前的江心埋有大量金银，引来无数人挖宝。宝贝没有找到，最后挖出一对重逾二千斤的石牛，造型浑厚古朴，如今静卧在望江楼下的锦江荒草中。那是用以“避水”的神物，在四川的大江大河里，均有分布。即便升格为“神牛”，看来牛的命运也好不到哪里去。四川旧时有“打春”习俗，芒神在汉代是用土塑的耕夫偶人，至清末、民国则为纸竹所饰。土牛为土制，也有用竹扎纸糊成牛形者，往往大牛肚里装许多小牛犊。“打春”仪式中，鞭碎泥牛之后，人们抢土牛的泥巴即等于抢到了牛肉，或说“其家宜蚕，亦治病。”或“春日，鞭牛碎之，则竞取归置诸牛阑，谓可禳疫。”[1]，或曰“邑人争攫土牛之泥以归，置诸灶中，用避虫蚁。”（清光绪十年刊《射洪县志》）总之，如此粉碎“神牛”的行动，反而会趋利避害。

牛，真是太苦了。

不同文化背景的人，即使面对同一种东西，得出的结论完全可能是不同的。克里斯蒂安·罗什与让-雅克·巴霍尔合著的《哲学家的动物园》里引述古罗马诗人卢克莱修的话：牛是介于狮子和鹿之间的动物。诗人选择了两种具有极端意义的动物，是希望牛具有一种中庸性质：“牛的生活得益于比较温和的气候；牛对愤怒和恐惧无动于衷，永远不会被气晕了头，也不会被刺骨的严寒弄得四肢麻木；狮子残暴，鹿胆怯，牛介于这两者之间。”这也许是西方人的“牛观”，但我以为，卢克莱修的这个见解十分空泛，远没有体现牛的德性。

牛既是通灵之物，又是祭坛上的牺牲品。远在史前时代，原始人就已经用牛骨随葬，这是椎牛祭神之始。巫师把宰杀的牛肩

[1] 清光绪二十五年刻本《蓬溪县续志》。

胛骨留下来，挂于室内，或埋在山脚，不让人畜干扰。他们认为牛骨有通神的作用，他们尤其喜欢祭祖用的牛骨，认为它更加灵验。在东方语境中，由于农耕文化的缘故，牛的地位尽管如同低伏的大地，但牛是大地的动词，是希望的拽动者，它被赋予各种光晕是很正常的。但沉默的牛并不领这个情，它们从生到死就是奉献，甚至，推开了背上的文化之光，继续行走于苦难之中，牛用弯角把天空里的彤云顶开，它不需要这些装饰，用脊背托起了夕照和弯月。甚至，牛就是为了丈量苦难才委身于这个世界的。因此，每每看到一些人议论牛角之争，说“中国的水牛角的形状不同于非洲水牛，实在对生存斗争不利，既不能御敌，又无从自卫，毫无优越之处”之类，我就想说，牛来到这个世界，的确不是来搏杀的。

更准确点说，牛几乎就是忍辱负重之征象。牛以一种时间的慢性，稀释了过于沉重的意象，因为慢，反给人们一种悠闲、知足的印象；再因为牛的庞大体格，又被加入了愚蠢等含义。谢林是黑格尔和荷尔德林的朋友，提出了“绝对同一”哲学，却被黑格尔讽刺为“黑夜里的黑牛”。但如避开这层讽刺，“黑夜里的黑牛”的确可以成为思想者由“未明”走向命名的漫漫历险历程。

革命者罗莎·卢森堡（1871—1919）与牛有一段因缘很少为人所知。列宁对她的赞美是：“她是一只鹰，翱翔在资产阶级的鸡群之上！”既然是雄鹰，即使在长期的监狱生活中，她也从来没有停止过观察。她丰富感情特别表现在对一群水牛的态度上。那些水牛产自罗马尼亚的草原，是战利品，拖着沉重的货车到监狱里来，受到赶车士兵的毒打。她特别描绘了她站在一头淌血的水牛面前的心情：

> 那牲口望着我，我的眼泪不觉簌簌地落下来——这是它的眼泪啊，就是一个人为了他最亲爱的兄弟，也不会比我目睹这种默默受难更为痛心了。罗马尼亚自由而肥美的绿色草原，遗落到多么遥远不可及的地方去了！那里阳光普照，微风轻拂，和这里多么不同啊！那里鸟儿清脆地鸣啭，牧人富有旋律的呼啸声也和这里多么不同啊！可是在这里——这个陌生的恐怖的城市，这阴郁的厩舍，这些掺杂着烂稻草的、令人作呕的腐朽的草料，这些陌生的、可怕的人们，以及这殴打，这从新的创伤涔涔流出的血滴……
>
> 啊，我的可怜的水牛啊，我的可怜的兄弟，我们两个都是那样无力、疲惫，但在痛苦和怀抱着热望这几点上我们是相同的。

这一段文字出自被敌对者称之为“嗜血的卢森堡”撰写的《狱中书简》。看看吧，卢森堡深入并升华了这些痛苦，她并不像宗教人士那样一味地悲怜，而是在这无尽的苦难里，寻找到一种来自大地的力量。她获得了真谛之光，获得了“活下去”的无尽后力。她甚至为自己的女性革命者的身份而深感骄傲，我们不妨重温一番罗莎·卢森堡的名言：“当大街上只剩下最后一个革命者，这个革命者必定是女性。”

法国哲学家史怀泽说：“伦理不仅与人，而且也与动物有关。动物和我们一样渴求幸福，承受痛苦和畏惧死亡。如果我们只是关心人与人之间的关系，那么，我们就不会真正变得文明起来，真正重要的是人与所有生命的关系。”严格地说，我正在思考的问题，也是处于这个范畴的。于是，每到我感到忧郁时，我脑子里偏偏又想起了在烈日高照下，一头耕牛吃力地犁着干裂的土地，它仿佛是我的灵魂，浸在黑暗的深水里，偶尔，露出慢滞的眼光。黑夜里的黑牛……正如罗莎·卢森堡所言：过去我存在，现在我存在，将来我存在！

而值得一提的是，1919 年 1 月 15 日，带有犹太血统的德国左翼政治家罗莎·卢森堡和李卜克内西就是在“伊甸园”公寓被受到当局纵容的极端民族主义分子杀害。凶手之一，一个名叫荣格的士兵，正是他在“伊甸园”旅馆里开枪击中卢森堡，并和同伙一起把她的尸体抛向护城河。他曾这样回答询问：“这个老母猪已经在河里游了！”保罗·策兰据此在《你躺在》中写下钉子般的诗句：“……那女人 / 母猪，不得不在水中挣扎，/ 为她自己，不为任何人，为每一个人——”[1] 这种悖论式的刺骨咏叹，让我洞悉卢森堡那来自黑夜中火样的壮丽。

对这样的思索，法国诗人勒内·夏尔（1907—1988）则提供了另外的答案。在《四种迷人的动物》当中的《公牛》，使我们目睹了一场尖锐的死亡对峙：

[1] 见王家新译《保罗·策兰后期诗选》，《诗歌 EMS》总第 60 期，第 42 页。

你死时，夜不再降临
被嘶喊的黑暗所包围
太阳在两个相似的尖点上

爱的猛兽，剑中真理
互相刺杀的一对在众人中独一无二

犄角之间的距离，既是爱与真理的交汇点，又是生与死的临界点。何去何从，并未困惑住世界。汉娜·阿伦特在她的《黑暗年代的人们》中也有专门叙述:“卢森堡的死成为德国两个时代间的分水岭。”这是否就是犄角之间的分流？

罗莎·卢森堡（RosaLuxemburg）像。

罗莎·卢森堡在监狱中。死前在监狱里写下的《论俄国革命》中肯定十月革命，『不仅从实际上挽救了俄国革命，而且也挽救了国际社会主义的荣誉』

鸵鸟

人们常说，鸵鸟会在猎人走向它的时候闭上眼睛，似乎它不再看见危险，危险就不再存在。鸵鸟的敌人不会向它大声吆喝：“睁开你的眼睛，看看吧，猎人正在走来，快逃往另一个方向，你就可以躲避这个敌人了。”

——［德国］费希特《维斯塔》

安布罗斯·格威内特·比尔斯在西方最负盛名的讽刺、幽默、调侃、反语辞书《魔鬼词典》里指出：鸵鸟是一种很大的鸟（显然是由于它犯有种种罪行），大自然没有把第五个脚趾赋予它，而虔诚的博物学家们恰恰是从这个脚趾窥见了大自然的伟大匠心。没有一对发达的翅膀，这倒不是鸵鸟的什么缺陷，因为博物学家们已坦率地指出，鸵鸟是不飞翔的。

这个解释，似乎没有触及问题的实质，尤其是，活动在西语当中的鸵鸟。现在即便是一位学龄前儿童，也知道鸵鸟是什么样的动物：第一，它是不会飞的鸟；第二，遇到危险的时候，它把脑袋扎到沙子里——愚蠢到以为看不见危险，危险便不会降临了。

有关鸵鸟埋首的典故，可以找到诗人席勒（1759—1805）那里。

席勒曾经拿事物的物质存在及其效用和事物的形象对立起来，认为人只有从形象显现的观照中才能获得完全的自由，这种思想仍然是发挥康德的“不涉及利害的观照”说，席勒的独到见解在于把审美的自由看作政治的自由的基础。这个思想是他的《审美教育书简》中的基本思想。它反映出当时德国知识界的一种相当普遍的心理倾向：对德国现实的庸俗鄙陋深为厌恶，想逃到一种幻想的乌托邦里去求安身立命之所。这是鸵鸟把头埋到沙里去避猎人的办法，它是遁世者所共同采用的，他们一般都把这种避难所美化为天堂。恩格斯在《诗歌和散文中的德国社会主义》一文里曾提到席勒，说他“到康德的理想里去逃避鄙陋”，“归根到底不过是用夸张的鄙陋来代替平凡的鄙陋”。[1]这是对席勒一针见血的批评。这同样引起了哲学家费希特的注意。他把这种鸵鸟式的人物戏称为“梦游者”。他们生活在梦境之中，被一种幻想

[1] 《马克思恩格斯全集》，第四卷，第256页。

的幸福所笼罩。即使前面是万丈深渊，也会勇往直前。他们身陷绝境，脸上却绽放出只有在天堂里才能看见的灿烂的笑容。

这就可以发现，鸵鸟的头，还没有被修辞“按”到沙土当中。那么，鸵鸟之头是如何被淹没的呢？

“鸵鸟政策”这个词组产生的时间并不久远，最初见于1891年9月1日出版的英国新闻和文学刊物《朴尔·摩尔新闻》上。[1]原文是：“鸵鸟遇到危急，把头钻到沙堆里，以为就会平安无事。”所谓“鸵鸟政策”，就是指不敢面对现实而自我安慰的意思。但在英语当中，其实一直有这个利用鸵鸟的设喻，固定短语“逃避现实、拒绝承认现实”即 bury one's head in the sand，由此产生了这一成语。

这种纯属臆测的推论，极大地丑化了鸵鸟。有一点动物常识就可以发现，鸵鸟埋首于沙堆掩耳盗铃的说法是何等荒谬。若真是那样的话，不用等危险加之于身，鸵鸟已经被沙子闷死了。

鸵鸟家族分为四支：一支分布在非洲南部，叫作非洲鸵鸟；一支分布在美洲南部，叫作美洲鸵鸟；一支分布在澳洲南部，叫作澳洲鸵鸟，它包括动物园里常有的鸸鹋和食火鸡；还有一支分布在新西兰，叫做几维鸟，它个子细小，体重如鸡。

鸵鸟的翅膀很小，失去了飞翔能力，但它们有发达的双腿，遇到危急时便迈开双脚迅速跑。据记录，非洲鸵鸟每小时可跑60公

[1] 见王艾录著《现代汉语词名探源词典》，山西人民出版社2000年1月版。

里以上，连快马也难追上它。它不但跑得快，而且还强健有力，腿还是自卫的利器。就连那些凶残的豹呀、狼呀，万一碰到它，也吃不消它那犹如犁铧一般的脚趾，轻而皮开肉绽，重则一命呜呼！

“鸵鸟政策”虽是虚构，但是鸵鸟确实有时也埋首沙中。雄鸵鸟向雌鸵鸟追逐求婚的过程中，当雄鸟追到雌鸟身旁的时候，雄鸟就把头埋入沙堆中。这样，雌鸟则不再逃避，而邀请雄鸟拔出头来，然后双双起舞。

由此可知，雄鸟埋首沙中，是求偶的表现，不是为了逃避险情。

鸵鸟不论雌雄，在遇险而逃的途中，也可能突然立定，把头插入沙堆，而将屁股翘得老高，摆出一副奇怪的姿势，使追兵迷惑，不知虚实，就望而止步了。鸵鸟则乘机歇息一会儿，继而又加足马力，健步如飞而去。

沙漠考察队员还曾经目睹过另外一种情景：鸵鸟在遇敌而逃时，突然将头插入沙堆，颈子跟着钻进去；马上又把头向后变过来，并且把头从沙堆下面伸出，弯向腹部。这样就让双眼露在沙堆外，以便观察。穷追的猛兽扑到时，冷不防被它那铁腿踢得晕头转向，等到清醒过来，鸵鸟早已不知去向了。

这就是说，一味把脑袋扎进沙堆回避灾祸的蠢事，大概只有人类才做得出来。一些人已经这样做了几千年，而且肯定还会继续干下去。人类面对威胁的枪口和独裁的屠刀时蒙起双眼，眼不见为净，便是最为形象的“鸵鸟政策”了。这种视而不见的心态已经深入到文明生活的每一个角落，正像人类对待环境污染、掠夺性开采一样，长期以来采取了听之任之的态度，仿佛只要没有污染到自己的窗台下，便没有什么大不了的。

既然问题的存在，并在无形中或无意中影响到了人们的社会生活，人们是否可以采取“鸵鸟政策”而否认它呢？因为对有些人来说，采取“鸵鸟政策”对自己是有利益的，因此否认事实是否比承认它、研究它有更大的好处呢？问题在于对谁有好处，以及由谁来界定这些好处？我认为应当对此加以研究。因为，研究几件事情的利与弊有益于对我们的道德价值观念的厘定，可以帮助人们理解一些以前不理解的问题，帮助人们意识到以前没有意识到的问题。

正如方刚在《动物哲学》里指出，我们面对许多社会问题都感到恐怖，觉得无力应付，只有把脑袋扎入沙堆后，才会活得舒畅，却忽视了危险正如洪水猛兽般袭来。我们曾经否认人口膨胀，我们曾经用“待业”来回避“失业”，我们曾经说社会主义社会不存在严重的犯罪吸毒，我们曾经声称妓女只是屈指可数的几个，我们甚至一度否认艾滋病在中国的存在……当我们不是采取迎接挑战的对策，而是选择回避的策略时，那发出挑战的一方其实已经在第一局中取胜了。好在我们今天终于开始坦然地面对这些问题，大张旗鼓地谈论这些话题，这便有了解决问题的希望。但是，欣慰的同时更大的忧患却在于，还有更多的危险仍是我们的禁忌，而最大的危险在于，谈论这些禁忌本身便是一个顽固的禁忌。

于是，文明把自己脆弱的脑袋扎到沙堆里，却把屁股撅给了猛兽！

对鸵鸟的误解在某种意义上帮助了人类，“鸵鸟政策”烛照着人们的心灵。只是千万不要忘记：鸵鸟首先是利用自己长的脖颈居高远眺，一旦发现危险，鸵鸟会立即采取行动加以回避。人们没有鸵鸟那样的长脖子，所以，逃命的唯一希望便是早些昂起头来，正视危险。

鬣狗

人性从来没有真正屈膝过，而是在暂时撒满“鬣狗性”的灰烬底下继续燃烧。

——［俄国］萨尔蒂科夫·谢德林

鬣狗只分布在非洲和亚洲南部，可分土狼和鬣狗两类。背脊处皆有鬣毛，尾毛蓬松，犬齿较长。鬣狗前肢比后肢强壮，奔跑起来总有一种踉跄感。作为肉食性猛兽，凶暴勇烈是它们活下去的唯一利器，连狮、豹犹礼让三分。黑压压的一群鬣狗，动辄上百只，其首领都是母的。母狗不仅块头比公狗大，而且更具攻击性，最奇特的是阴蒂特别粗大，状似一根“假阴茎”。有人检测鬣狗血中荷尔蒙，发现雄性素浓度母鬣狗比公的高；而最低等级的公狗也比其他母狗低。高浓度的雄性素与生理构造，显然与其攻击性密切相关。

一般来说，较具有攻击性的雌性，就人来讲，也是极为男性化的女人。“女强人”，这个“性倒错”的现象可以解释古希腊寓言的妙处，《伊索寓言》就指出，鬣狗每年都要变更性别，有时变为雄的，有时又变为雌的。可见这种说法不是空穴来风。伊索还写道，有条鬣狗看见狐狸，便指责它，说自己想要和它交朋友，狐狸却不理睬。狐狸回答道：“你不要指责我，而应该指责你自己，因为我不知道把你当女朋友好呢，还是当男朋友好。”可见，把阴翳的鬣狗赋予双性的摇摆角色，本就是一种怪异而凶险意志的表达。

文化传说告诉人们，鬣狗因为忘恩负义，不知道感恩而受到过天神的惩罚，那么由此看来，鬣狗并不是勤奋的自食其力者。的确，鬣狗非常爱贪小便宜，经常尾随其他的捕食者偷取它们的猎物或是趁火打劫，难怪它会被称之为大牌机会主义者。我想，人们之所以认为鬣狗是一种专吃腐肉的可恶东西，是因为它长得丑陋，它们的皮毛永远是脏兮兮的，还因为它主要在夜里捕食，而大多数人无法观察到。诚然，鬣狗也吃腐肉，但它们更经常的是自己捕食，技能高超。

我曾经看过一篇报道《咬断后腿的狼》，说的是美国一个野生动物保护协会的成员，为了搜集狼的资料，他走遍大半个地球，他在非洲草原就目睹了一个狼和鬣狗交战的场面。那是一个极度干旱的季节，在非洲草原许多动物因为缺水和食物而死了。生活在这里的鬣狗和狼也面临同样的问题。狼群外出捕猎统一由狼王指挥，而鬣狗却是一窝蜂地往前冲，鬣狗仗着数量众多，常常从猎豹和狮子的嘴里抢夺食物。由于狼和鬣狗都属于犬科动物，能够相处在同一地区，甚至共同捕猎。可是在食物短缺的季节里，狼和鬣狗也会发生冲突。这次，为了争夺狮子吃剩的一头野牛的残骸，一群狼和一群鬣狗发生了冲突。尽管鬣狗死伤惨重，但由于数量比狼多，很多狼也被鬣狗咬死了。最后只剩下一只狼王与五只鬣狗对峙。

显然，狼王与鬣狗力量相差悬殊，何况狼王还在混战中被咬伤了一条后腿。那条拖拉在地上的后腿，是狼王无法摆脱的负担。面对步步紧逼的猎狗，狼王突然回头一口咬断自己的伤腿，然后向离自己最近的那只鬣狗猛扑过去，以迅雷不掩耳之势咬断了它的喉咙。其他四只鬣狗被狼王的举动吓呆了，都站在原地不敢向前。更加吃惊的莫过于躲在草丛里扛着摄像机的这位动物学家。终于，四只鬣狗也拖着疲惫的身体一步一摇地离开怒目而视的狼王，狼王得救了。

这固然体现了狼的决绝，但鬣狗那可怕的战斗力也是具有非常威力的。因为那位摄影家没有继续跟踪下去，我估计，逃走的狼王仍然无法摆脱鬣狗的追捕。

尽管如此艰辛，这些技能并不能保证鬣狗可以饱食终日，它们经常找不到食物，练就了可以饥饿四天仍然可以进行长距离奔袭的体格，一旦发现奇怪的猎物，鬣狗很有耐心，跟踪几天，甚至更久，直到对手被恐惧包围而发狂，即使在这种情况下，鬣狗甚至可以吃一点土来“欺骗”胃囊，而不会贸然出击。在非洲的乞力马扎罗山附近，有一种吃皮革的鬣狗，据说这种奇特的鬣狗专门喜欢吃质地良好的鞣革的靴子。估计是它们肠胃的特别癖好。这才是鬣狗最为可怕的心性和适应能力，有这种心性的人，都挥舞着一把无形的锯子。

阿拉伯人相信，鬣狗白天是人，夜晚蜕去道貌岸然的仪表，立即变成自由的鬣狗，浑身跳跃着仇恨的火焰，会把白天得罪它的人逐一剿灭。鬣狗几乎成为一种富有深远意味的“人兽”。通常，鬣狗只会待在沙漠或旷野里，很少接近人烟密集的地区。在历史记载中，曾经有十来只鬣狗一反常态，侵入古埃及孟斐斯近郊，并杀害居民。事发后，人们拿着棍棒赶跑了这群不速之客，但每个人心里莫不以为这是王权即将衰败的恶兆。在当地，到处都流传着：“鬣狗之年到了！”这几乎是上帝惩罚的象征。

据说鬣狗的肉太难吃了，带着死亡的浓烈味道，如果秃鹫稍微有别的食物的话，都不愿吃鬣狗肉。因此，映入想象视界的鬣狗往往咧着嘴，口水垂在嘴角，双眼充满血丝地立在那里。鬣狗长啸了一声，犹如地下判官的笑声，跟着便朝万物的颈子扑了上去。即使是钢铁，它们也可以咬出痕迹，并发出摩擦玻璃的咕咕声。这个声音，足令人类毛骨悚然。

鬣狗的发声术自然不止是钳子般的咀嚼，而是一种狂放的大笑。在非洲大草原上，入夜后草原深处会传来嚎叫声和令人毛骨悚然的哈哈大笑声，那是鬣狗在围捕猎物或互相打斗。鬣狗最显著的特征就是它们的狂笑。亚里士多德在《动物志》里描写道，鬣狗“先似人的呻吟，后作剧烈的呕吐声”以诱惑附近的家犬，待消灭或驱逐家犬后，它们才放心地对待人。这种毫无顾忌的笑声显示了超一流高手的境界，蔑视规则，以自己的攻击来修改律令，很多人或家畜往往一听到鬣狗回荡在夜空中的笑声，竟被生生吓死。我想，说不定现在凄厉的警报，就是对鬣狗发声术的仿照。

阿纳托尔·法朗士（Anatole France，1844—1924）的《黛依丝》写4世纪在沙漠中修道的基督隐士，寂静的夜晚，肉体的欲望像钢针一样刺激他们的精神，疼痛使他们哀号，天空繁星密布，远处有鬣狗的长嚎，同修士的哀号相呼应。应该指出，这不是唯一把鬣狗的笑声与修道士作比的例子。俄国作家谢德林专门写了一篇《鬣狗》的文章，尤其注意到了鬣狗那双水汪汪的眼睛，眼神善良，让人信赖："当天主教神甫为了神的最高荣誉，想把教徒的良心搜索一番时，往往会出现这种温存的眼神。或者说，有些受到信任、以绝密方式誊写值得庆贺的奖赏名单的官员，为了给所有人以希望，同时又能保守国家机密，对大家一律报以微笑的时候，也会出现这样的眼神。"我想，读者不难从中发现更多自己熟悉的角色，企图与你促膝谈心者，都具有鬣狗那亲切的眼神。

动物们都忙于自己的生活。要是鬣狗一边奇怪地倾斜着走路，一边憎恨地看你一眼，那可能只是因为它恨所有的生物。即使如此，鬣狗也还是那种偷偷模摸、鬼鬼祟祟的样子，似乎在表示，整个世界都与它为敌——可能的确如此吧。

歌德（1749—1832）到了雅各宾专政时期，完全否定激进的暴力手段。他在《威尼斯铭语》中以及一些戏剧里，都大力蔑视群众，嘲讽革命。和他一样，席勒在《大钟之歌》中把参加暴力革命的群众贬为鬣狗。而尼采在《偶像的黄昏》里指出，诗人但丁不过是“在坟墓上作诗的鬣狗”，大大发泄了天才哲学家对诗人歌颂上帝的强烈不满。

黎巴嫩哲理诗人和杰出画家纪伯伦（1883—1931）在《泪与笑》里特别提到了两种文化动物的对话：

黄昏时分，一只鬣狗在尼罗河岸上遇到一条鳄鱼，他们停下步来，互相致意。

鬣狗开口说道：“先生，你的日子过得怎样？”

鳄鱼答道：“我的日子过得糟极了。有时候，我因痛苦和烦恼而哭泣，我一哭，人们总是说：‘不过是鳄鱼的眼泪罢了。’这话之使我伤心，真是没法儿说。”

于是鬣狗说道：“你讲起你的痛苦和你的烦恼，可你也替我想想吧，想一会儿吧。我凝视着世界上的美，凝视着它的奇观和奇迹，纯粹出于内心的喜悦，我笑了，甚至像白昼一样的笑了。而丛林里的居民们却说：‘不过是鬣狗的笑罢了。’”

“鳄鱼的眼泪”与“鬣狗的狂笑”，一直是常用的短语。这两种表达方式，往往在自然界不容易目睹到了，倒是人类对此一再发扬光大。女人带着鬣狗的味道，而一只穿过薄雾和死亡的鬣狗摇动着大地的心脏。

鲶鱼

鲶鱼上竹竿是说——鲶鱼黏滑无鳞，爬竿毕竟困难。后因以“鲶鱼上竹竿”比喻上升艰难。欧阳修《归田录》卷二：“梅圣俞以诗知名，三十年终不得一官职。晚年奉召修《唐书》，书成未奏而卒，士大夫莫不叹惜。其初受敕修《唐书》，语其妻刁氏曰：‘吾之修书，可谓猢狲入布袋矣。’刁氏对曰：‘君於仕宦，亦何异鲶鱼上竹竿耶！’闻者皆以为善对。”清代赵翼《七十自述》诗之七感叹道：“寸寸鲶鱼上竹竿，生平一第最艰难。”

——摘自《词锋断片》

日本人认为，地底下躺着一条巨大的鲶鱼，它翻一下身，便会地震，平时，一位神举着石槌监视着它，可是神偶有松懈，鲶鱼就会乘机翻身。这个传说并不是取决于鲶鱼的体形大小，而是着眼于它不断滋生出的诡异动向。所以，只有神才能制服那条脾气古怪的鱼。

科学家经过长期观察鲶鱼后发现，鲶鱼对轻微震动的感受十分灵敏，而地震前所引起的微弱电流的变化，也能被鲶鱼特别灵敏的感受器感觉到。鲶鱼还有特别丰富的味觉器官，叫味蕾。人的舌头上也有味蕾，大约 9000 多个，而鲶鱼的味蕾却有 10 万个。而且这些味蕾不光长在口腔里，还长在皮肤和触须上。地震前，水中的电流和水质发生变化，使鲶鱼不断翻身。其他鱼儿也会出现“鱼翻白肚水上跃”的反常行为。由此可见，民间传说与信仰，总是具有一定的事实基础。

滑动在欧洲人意识里的鲶鱼，最后在一个著名的生活典故里停息下来：挪威人爱吃新鲜的沙丁鱼，可上市的沙丁鱼只有一位老渔民捕的鱼是活蹦乱跳的。其奥秘在于：他在捕来的沙丁鱼中掺了少量的鲶鱼。鲶鱼放进鱼槽后，由于环境陌生，自然会四处流动到处挑起摩擦，而大量的沙丁鱼发现多了一个“异类”，自然也会紧张起来，加速游动。这样一来，使得捕来的沙丁鱼一直保持兴奋状态，活蹦乱跳的，所以能卖出高价。这就是现在被广泛引用的“鲶鱼效应”的来历。

台湾作家李敖在《上山、上山、爱》中就曾考察了鲶鱼的文化指标：“这种鱼嘴边有像猫嘴巴一样的须，俗称猫鱼，就是鲶，也叫鲇。就是左边一个鱼字旁，右边一个占有你的‘占’字。中国有一句成语，叫‘鲶鱼上竹’，传说鲶鱼没有鳞，身上又黏又滑，上竹竿是困难的，‘鲶鱼上竹’就表示力排万难不成功也要成功的意思。鲶鱼中有一种玻璃鲶，产在印尼和印度，它的身体好像老是在照X光似的，在阳光下或灯光下，它全身骨头不但全部透出来，甚至身上的器官，也一览无余。所以可以这么说：玻璃鲶不照X光，却把自己X光化……”，这就向我们进一步说明了鲶鱼敢于战斗的无遮蔽的公开性。

现存的鲶鱼大约有2500种，分别属于30个科，大部分栖息在淡水中。不同的鲶鱼在身长和体重上的差异比较大。最小的一种鲶鱼身长只有几厘米，而欧洲的一种大鲶鱼体长可达4米以上，体重可达300千克，差异非常悬殊。鲶鱼的年龄也有很大差别，小型鲶鱼寿命在10～20岁之间，巨型鲶鱼寿命能达到60岁以上。淡水鲶鱼广泛地分布于全世界各种各样的淡水区域。从穿过山脉水流湍急的河流，到缓缓流淌甚至湖水，都可以看到它们好斗的身影。海水鲶鱼则栖息在热带地区的海岸附近。鲶鱼喜欢潜游水底，晚上比白天更为活跃，一些种类的鲶鱼常有相互残食的习性和弱肉强食的现象。和达尔文蛙相似，雄性鲶鱼也是把雌鲶鱼产的卵含在嘴里，以此孵出小鲶鱼。不同的是，雄鲶鱼在这段时期不能进食。美国的著名生物学家刘易斯•托马斯（Lewis Thomas，1913—1993）博士在《细胞的生命礼赞》里指出：“作为地方首领的鲶鱼有一种特别的气味，而一旦它失去了这一地位，它就会有不同的气味，所有的鲶鱼都会识别它地位的丧失。”但这种特殊的气味对一般鱼类来说，就有一种威胁的意味，这也可以说明“鲶鱼效应”的内部联系。而且从鲶鱼的单词catfish来看，cat所具有的广泛的攻击性、阴暗性、诡异性等等指称，也预示了鲶鱼的文化形象。

这就至少说明，“鲶鱼效应”并非是某个哲学家或经济学家的“发明”，它是来自生活智慧的。但在哲学谱系当中，的确有一位哲学家发现过类似的哲理，这就是索伦·克尔凯郭尔（Sren Aabye Kierkegaard，1813—1855）。克尔凯郭尔在1843年出版的巨著《或此或彼》“诗篇”一章当中就说：

> 科内琉斯·内波斯讲到过一位将军，他与一个很大的骑兵团一起一直被禁闭在一个要塞里；为了使马匹不至于因过分不活动而受伤害，他便每天鞭打马匹——我以相似的方式生活于这个时代，像个受困的人，但唯恐受到静坐过久的伤害，我大声说我累了。

这种通过外力干扰来获得活力的方式，就像牧人面对严寒天气，在羊圈旁放一个狼的标本一样，使濒临于冻死的羊群获得不安，不安营造出来的“集体恐怖”一直使它们无法入睡，从而避免了被冻死的可能。

后来，美国著名企业管理专家史蒂芬·伦丁、哈里·保罗、约翰·克里斯坦森合著的管理经典《鱼》，则集中介绍这种提高士气和改善业绩的奇妙方法，即激发活力并释放潜能。使我们不由得从人生的角度来看待这个问题：即使你无法选择生活本身，你可以选择采用什么方式来面对生活。

但是，当我们辩证地思考寓言具有的逻辑时，就会发现我们还是没有找到解决问题的答案。鲶鱼的哲学肯定能带给我们某些启示，但我们不是鲶鱼！我们也不是沙丁鱼！就像“别人抢走了我的奶酪”，那的确是非常糟糕的事情。寓言故事不是实际，可是，寓言却是形而上的存在。

“鲶鱼效应”在人才学中泛指与众不同的人、能给群体和企业带来活力的人，这样的人最受欢迎。面试时，特别是在集体面试的时候，考官非常注意观察每一个人的表现，最有活力、最有创意的应聘者会最受青睐。所以，在轮到你发表意见时，要力求主旨明确，观点鲜明，论证有力，力争脱颖而出。那种“某某前面所说的，我完全赞同”之类的随声附和，只能替别人做宣传，会被考官认为是没有主见、缺乏独到的见解，最终只能得到被淘汰的厄运。

从理论上说，“鲶鱼效应”跟人才学、管理学的关系是非常密切的。但如果以中国传统的中庸观点来看待的话，这条鲶鱼往往会被视为“害群之马”，是“一颗耗子屎坏了一锅汤”，轻则“重点教育”，重则立即被清除出列。可见，中国人在人才使用和发掘方面，还有很长的路要走。

鸭嘴兽

有一种反常现象，比如鸭嘴兽，逻辑上它们不必存在；而当它们竟存在时，倒像是真实事物的可怜的模仿品。

——摘自《词锋断片》笔记

100多年前，一般人和科学家们并不相信有鸭嘴兽这种动物存在，因为它的长相实在古怪，既像爬行动物，又像哺乳动物，还很像鸟类。鸭嘴兽经常在半明半暗的黎明或黄昏，从河边的地洞里钻出来。鸭嘴兽的嘴有传递触觉的神经，可以弯曲，对振动也很敏感，并不像鸟类的喙是坚硬的角质。它的嘴巴是一张由柔软如皮革的表皮包着的拉长了的嘴巴，表皮可分泌出潮湿的黏液。它那对小而亮的眼睛长在头的高处，既可以看清两岸，也可以扫视天空。连着眼睛向后伸展的两道沟纹就是它的耳。鸭嘴兽的耳没有耳壳，这可以帮助它适应水中的生活。在鸭嘴兽胖胖的身体外面披着一层褐色而有光泽的密毛，这种毛入水时不会透水，出水时也不会被水濡湿。它身体后面的大尾巴扁平而有力，起着舵的作用，可以帮助它快速潜泳。鸭嘴兽的四肢又短又粗，五趾间有蹼，特别是前肢的蹼非常发达。在陆地上的时候，它会把蹼合起来。而当它一旦进入水中，就会把厚蹼展开，活像是几个大桨。在雄性鸭嘴兽后腿上还有一枚弯曲的毒距，和蝰蛇的毒牙很相似，带有致命的毒液。

鸭嘴兽捕食的时候通常会紧闭双眼，迅速潜到河水里，擦着河泥向前行进，依赖敏锐的嘴去寻找食物。大概经过一二分钟以后，它的面颊里就会装满食物。这时，鸭嘴兽就会浮出水面，睁开眼睛，贪婪地享受美味。

鸭嘴兽让人感到奇特的另一个原因就是：虽然它属于哺乳动物，但却和爬行动物一样下蛋。鸭嘴兽的蛋需要十几天的孵化，幼兽就出世了。起初幼兽并不进食，但过不了几天，鸭嘴兽妈妈就会用自己的乳汁来喂养它的小宝宝。仅从卵生这一点来看就不难知道，鸭嘴兽作为哺乳动物是相当原始的。

1799 年鸭嘴兽标本第一次登陆英国，震撼西方世界，欧洲人好不容易才相信这不是好事者的恶作剧，天底下真有这种生物！到底该把它归为哪一类？会下蛋表示鸭嘴兽是低等动物，或者只是走上不同的演化路线？这些谜团就吸引了无数科学家：吵吵嚷嚷数十年，鸭嘴兽最后甚至卷入“演化论”对“创造论”“渐变说”对“突变说”的学术大战，成为争论的焦点！

除了科学史的大发展，还有许多你绝对不知道的小趣事。猜猜看，养一只鸭嘴兽会碰到的最大问题是什么？二次世界大战时，鸭嘴兽担负着什么样的秘密任务？在澳洲原住民的传说歌谣里，鸭嘴兽扮演着什么样的角色？这一切，都隐藏在鸭嘴兽的神秘世界里。

1820 年间的生物学家认为，怪异的鸭嘴兽是与食蚁兽及树獭同一科的，但是后来从澳洲传来的消息是，这个动物会产卵，有什么比这个是更好的证据来证明变种而来的物种呢？这是活生生的证明从产卵的两栖类到胎生的哺乳类之间的关联，法国博物学家杰夫瑞宣称对发现鸭嘴兽联系这两种物种感到十分高兴。

1832 年，刚从巴黎回来的英国生物学家欧文，因为鸭嘴兽卵生的事与杰夫瑞对抗。他的证据并不明显：欧文在鸭嘴兽的子宫内没有找到可分泌制造蛋壳的组织，也发现其骨盆窄小，似乎无法产卵。欧文宣称哺乳类的特征是母亲有育幼的能力，他切开尚未长毛刚孵出的小鸭嘴兽，发现它们胃内有凝结的母乳，甚至发现在母鸭嘴兽腹部有可分泌母乳的分泌腺。杰夫瑞承认失败。不过，事实上，鸭嘴兽是可分泌乳液的哺乳类，也是卵生。鸭嘴兽的蛋要在许多年后才被发现，但是欧文在刚出生的小鸭嘴兽的嘴中，应可轻易地发现它有敲开蛋壳的牙齿，就像是两栖类嘴里所具有的一般；如果他的确曾看到了，那他就是将此点完全忽视。[1]

[1] 以上内容参考、引用了远流出版公司出版的陈立人著作《水中传奇》。

以渊博著称的恩格斯在1895年给卡尔·施密特(Carl Schmitt，在第三帝国期间被称作“纳粹的桂冠法学家”）写了一封信，信中说：“1843 年我在曼彻斯特看见过鸭嘴兽的蛋，并且傲慢无知地嘲笑过哺乳动物会下蛋这种愚蠢之见，而现在这却被证实了！因此，但愿您对价值概念不要做我事后不得不请求鸭嘴兽原谅的那种事情吧！”恩格斯一度拘泥于传统认识，盲目地相信了教科书。后来，当他弄清了这种认识是错误的之后，就告诉施密特，他也曾经迷信过书本，希望施密特不要再做那种蠢事。

我们知道，哲学认识从诞生之初就超越了对事物的复制阶段，使人类在无意中找到了另一种记录延续思想的方法，使人类的认识到达另一种境界。古希腊哲学家柏拉图是模仿说的鼻祖，比如他也认为音乐模仿的不是自然的音调，而是“善与恶的灵魂”。但什么是“善与恶的灵魂”呢？显然，这个界定是不清楚的。也就是说，我们往往为已有的知识、逻辑框架所局限，对于返回事物本身的努力，存在极大的不信任。这也正体现了“一种反常现象，比如鸭嘴兽，逻辑上它们不必存在；而当它们竟存在时，倒像是真实事物的可怜的模仿品。”

其实，世界上没有什么不可能的，不应该用看待普通知识的观点来看待世界。一件事物在未被“命名”以前，人们都认为是不可能的，但当人们信念中的一件不可能的事物被“命名”以后，人们就会理所当然认为这件事是可能企及的了。

正是在这个意义上，当代意大利的著名哲学家艾科（Umberto Eco）把自己的新著命名为《康德和鸭嘴兽》。何以要提到鸭嘴兽？因为鸭嘴兽是一种虚构的动物，它挑战每一个已经存在的门类器官。当它出现的时候，人们无法对其一辨真伪，“我们的困难是，对于康德，我们能够做些什么，是否他一定要界定鸭嘴兽？”“鸭嘴兽这个词，不是我们对于理解它的最好的方式吗？对它进行一种设计，是作为一个画家而不是作为一个科学家去理解它。也许用人工的视觉来复制鸭嘴兽，把它当作一幅艺术作品来看待，设计它和再生它，你能够发现它的运动，它的姿态，甚至可以从科学的角度来理解它。这是建立概念系统的一种方式，以至于它只能透过美学的功能才可实现。是的，关于这个系统，我有一个理性的系统，比如说看待老虎，一个孩子，可能在先没有看过老虎，知道它后，才看到它，在戏院，在动物园，但是社会已经提供它一个充分的，定型的，因果的，关于老虎的臆想，而我相信，这是一个社会的结构。”

这个观点有助于我们开启另一扇认识之门。当然这并不是说人们没有意识到“鸭嘴兽思维”，波兰女诗人安娜·卡缅斯卡就在诗歌《之间》里表达过这种微妙的体认——

真理总是存在于
血滴和大地的
谷粒之间
它们如此不相同
以致于能够迅速
变成一只胖鸟
一尾银色鳟鱼
一个新出生的人

要表达是什么
在简单事物和不可能的事物之间
在你与我之间
在生与死之间
在梦与醒之间
在触摸与爱情之间
在手与思想之间
在悲伤与安慰之间
而在那里
怎样的一场骚动
多么狭窄而封闭
在一切都被收容之处
因为没有别处
没有别的时间没有别的生命
没有别的幸福没有别的痛苦

鳄鱼之智

当一个印度尼西亚人在丛林里遇到一只老虎时，他称呼这只野兽“祖父”；假如他碰到一条鳄鱼，他称呼这条爬虫“师父”，换句话说，在朦胧的丛林里，人们说老实话是不行的。

——［印度尼西亚］政治家纳苏蒂安将军

我们在《动物世界》里可以看到一个熟悉的画面：一只鳄鱼突然从水下暴起，死死咬住正在喝水的羚羊。鳄鱼像一把爆发力极好的钢条，把羚羊的脖子缠住。这固然是充满暴力与鲜血的捕食场面，有些让人毛骨悚然，但是它却告诉人们：高速奔驰在大地上的美洲豹、狼以及翱翔的大鹰等等，行动、力量都可谓达到了某种极致，但它们同样有不少时候是空手而返的。但鳄鱼不同。行动迟缓的鳄鱼却能够一蹴而就。它静静待在水下，拥有足够的耐心，等候猎物上门。所以看来，鳄鱼的可怕，并不在于它的凶猛与残忍，而是它拥有的超级耐力。这就让人联想起恐怖的塞壬的歌声，但卡夫卡说，不是歌声最可怕，而是在于塞壬的沉默。

尽管鳄鱼根本不是鱼，但在柏拉图对鱼类所下的定义中，显然是把丑恶的鳄鱼纳入到考察范围的："这一类（鱼类）是由完全无知无觉的东西造出来的。变形之主以为在这一类中给予纯洁的呼吸是不再值得的，因为它们是各种罪恶的后代，而存在着不洁之心。变形之主把它们投入水中，使它们通过深厚的污泥，来呼吸那神妙而纯洁的空气。这就是鱼和牡蛎以及其他所有的水生动物，作为有了莫大的无知之罪而得到的处罚，被遥远地分离开来了。"柏拉图的观点充满了神秘论，虽然不具备理性眼光，但其人文性还是具有参考意义的。在这当中，鳄鱼一直被视为魔鬼的化身，人们不懂在于：为什么上帝要造出这种类似于利维坦的超出人力控制的巨兽呢？

这就好比《圣经》里提到的巨兽"贝希摩司"一样，实际上是希伯来文的"兽"一词的复数形式，是世界上最巨大和强壮的动物之一。重要的不是确认那动物是什么，而是人是无力控制和捉拿这一野兽的。"比希摩"的力量和强壮远超过约伯所能对付的。既然约伯不能掌管"比希摩"，那么他自然也不能胜过和篡夺神的地位了。这就可以发现上帝的心计，创造出利维坦、鳄鱼等等巨兽的目的，是暗示人们既然无力控制它们，那自然就更没有指望篡夺神位。因此，鳄鱼显然是负有使命的，即看管人类的僭越之心。也许造物主过于忙碌，赐予了鳄鱼坚硬无比的盔甲，但忘记了为它配制足以支配力量的智慧，因而，鳄鱼还是处处受制。

在著名的西方悖论当中，“鳄鱼的疑难”就指出，一条鳄鱼抢走了一个小孩，然后对孩子的母亲说：“你猜我会不会吃掉你的小孩？猜对了我就把小孩还给你，猜错了我就把小孩吃掉。”母亲想了一下就找到了绝妙的杀手锏：“你会吃掉我的小孩。”在这个勾销了饮食美味的回答面前，鳄鱼只好甘拜下风。

但是，鳄鱼的食物链一点都不阴险或邪恶。在此，任何丑恶都存在观者的眼里，任何负价值事实上都只是一种投射。一些艰苦地跋涉于佛罗里达林泽的环境保护者，表达了他们怕在无意中一再踩到鳄鱼的感受，科学家缪尔就写道：“许多好人相信鳄鱼是魔鬼所创造的，这解释它们无所不吃的胃口，以及丑陋。但无疑这些动物是快乐的，并栖居于创造我们万物的创造者所指定给它们的地方。在我们看来它们是凶狠而残酷的，但在上帝眼中它们是美的。”毋庸置疑，这种美的确是理解了造物主意图以后的进一步认识。

在公元前 7 世纪，亚述王亚苏巴尼巴尔曾把囚犯扔给巨犬做大餐，而埃及人则倾向于用鳄鱼。这影响到埃及人对鳄鱼的崇拜。毕竟，鳄鱼实在过于厉害，举个例子来说，一条 54 公斤的鳄鱼，咬合力竟达 700 公斤。在这两排锯子的缝隙里，自由或道义几乎就是残渣和齑粉了。在此以后，鳄鱼开始作为国家的使者，行使着刽子手和精神打击的双重暴力。如果以这种观点来反观韩愈的《祭鳄鱼文》，就发现这是专制体制导演的一场旨在增加其威信的双簧戏。

车尔尼雪夫斯基显然注意到了鳄鱼丑恶的外表，他在《艺术与现实的美学》里分析了所谓美与丑的动物性："有人看来，动物界的美都表现着人类关于清新刚健的生活的概念。在哺乳动物身上——我们的眼睛几乎总是把它们的身体和人的外形相比的，——人觉得美的是圆圆的身段、丰满和壮健；动作的优雅显得美，因为只有'身体长得好看'的生物，也就是那能使我们想起长得好看的人而不是畸形的人的生物，它的动作才是优雅的。显得丑的是一切'笨拙的'东西，也就是，在某种程度上，依照处处寻找和人相似之处的我们的概念看来是畸形的东西。鳄鱼、壁虎、乌龟的形状使人想起哺乳动物——但却是那种奇形怪状的可笑的哺乳动物；因此壁虎和乌龟是令人讨厌的。蛙的形状就使人不愉快，何况这动物身上还覆盖着尸体上常有的那种冰冷的黏液；因此蛙就变得更加讨厌了。"这解释了一些爬行动物引人恐惧的原因。但鳄鱼的眼睛，却是美学家没有注意到的关键。

亚里士多德认为，鳄鱼的眼睛近于猪眼，发出一种死亡、愚蠢的光。为了适应水中的生活，鳄鱼的眼睛一直突出水面，像一架不知疲倦的潜望镜，觊觎着一切可以入口的东西。它往往采取一种诡秘的偷猎法取食。水面的猎物一旦出现，它便在水底潜行，对水面猎物毫无惊动，只是在接近猎物的那一瞬间，便以迅雷不及掩耳之势向上猛冲，将猎物捕获，大饱口福一顿。鳄鱼突出于上部的双眼，好处在于它恰好适应了鳄体从水底远距离窥视水面猎物的功能。据此，学者们推断，鳄鱼历经漫长的进化后，眼睛慢慢地移到头上部，演变为具有偷猎式绝技的鳄鱼。

鳄鱼在吞食食物时，总在不停流泪。这种眼泪就是鳄鱼眼睛附近生着的一种腺体制作的恶作剧，只要鳄鱼吃食，这种附生腺体就会自然地排泄出一种盐溶液。对此，德国哲学家利希滕贝格说："三分钱的铜币看来也比眼泪值钱。"其实不是钱的问题，而是"鳄鱼的眼泪"还会引发更多的灾难。

谈一个远一点的事情吧，就是鲁迅先生的性格。曹聚仁与鲁迅有过比较深入的交往，所以他对鲁迅性格特征及其形成原因的把握，就比较准确。他说："芥川龙之介，他看了章太炎先生，比之为鳄鱼，我觉得他们师徒俩，都有点鳄鱼的气味的。""鳄鱼的气味"是比喻一种尖刻、机智而又老辣、幽默的性格气质，几乎是可意会，不可言传的。这种性格，曹聚仁认为是"从幼年的忧患与壮岁的黑暗环境中陶养而成的"。如果这个比喻可以成立，我宁可相信章太炎与鲁迅是秉承了鳄鱼的本力，而绝对不是其被国家主义赋予的暴力。

（晚清）吴有如绘制：《鳄鱼》

战马的尊严

丢了一个钉子，坏了一只蹄铁；
坏了一只蹄铁，折了一匹战马；
折了一匹战马，伤了一位骑士；
伤了一位骑士，输了一场战斗；
输了一场战斗，亡了一个帝国。

——西方民谚

一将功成万马亡

在法国博物学家布封眼里，马是世间绝美的物种，他精心描绘的“匀称”和“优美”是叹为观止的，连马的尾巴也是尤物：“……它不能和狮子一样翘起尾巴，但是它的尾巴虽然是垂着的却于它很适合；因为它能使尾巴向两边摆动，所以它就有效地利用着尾巴来驱赶着苍蝇，这些苍蝇很使它苦恼，因为它的皮虽然很坚实、又生满着厚密的短毛，却还是十分敏感的。”这显示另外意义上的“马尾巴的功能”。但战马显然胜于普通意义的走马，甚至优于骏马，因为它不是T型台上的宠物。布封接着说：“它和人同受着战争的辛苦，同享着战斗的光荣；它和它的主人一样，具有无畏的精神，它眼看着危急当前而慷慨以赴；它听惯了兵器搏击的声音……”

世界上最好的战马，公认的有英国纯血马、德国汉诺威马、阿克哈—塔克马（汗血宝马）、法国塞拉·法兰西马以及阿拉伯马等等，它们矫健的身影扩展了历史的空间，使得历史得到了一种速度化的感觉。

战争中的死亡仿佛一锅沸水，往往降临到那些不想死的人头上。下意识的死念使一个骑士以亲近死亡的方式搏杀。相反，决心不死的士兵会勇敢地作战，并避免死亡。骑兵高举马刀，马刀与身体是一条直线，同马背形成45度夹角。骑士把马镫踏直，呐喊着往前冲。这是一种决死的状态。战马闻到了死亡的味道，除了死命奔跑，它们还把剩余的力量，分布在牙齿与前胸，用前胸撞击，用牙齿撕咬。在危急情况下，嗜血的战马可以把敌人的脖子完全咬断。这使得食草的天性彻底被血肉覆盖，然后它们狂叫起来，犹如雷霆在击打大地的中途突然破裂。亚里士多德就指出，战马与战马之间，永远也忘不了仇敌的嘶鸣，它们无论任何时候，都能从嘶叫声里找到夙敌。

一将功成万骨枯，也可以说成是一将功成万马亡。拿破仑身经百战，前后有19匹战马在他胯下战死，但他却活了下来。战败前的拿破仑素为黑格尔所景仰，对哲学家而言，拿破仑的表现足堪誉为“战马背上之世界精神”。这样的话，我们用此推论西方一个有关战马的传说就有意味了。外国公园里经常见到的雕塑是一位英雄骑在一匹战马上。但战马的姿势透露了主人的死因：如果这匹战马的两条前腿悬在空中，那么，这位英雄是战死杀场；如果这匹战马只有一条前腿悬在空中，这位英雄是在战场上英勇负伤后不治而亡；如果这匹战马的四条腿都在地上，英雄多半是死于其他原因。因此，拿破仑的骑马雕像只能使用后者了，马在低头沉思，思考着奋起前蹄或前蹄悬在空中的往事。战马比失意的皇帝背负着更为沉重的屈辱，战马一度高声嘶鸣，但它的禀赋使它很快返回到惯常的沉默当中。

阿拉伯先知、伊斯兰教创立者穆罕默德的战马叫布拉卡（Burak），拥有人的面孔和声音、驴的耳朵、马的身体、孔雀的翅膀和尾巴，眼睛如蓝宝石般湛蓝，像星星一样闪闪发光。穆罕默德每晚都会骑着它游历天堂。有关布拉卡的传说极多，它具有令死神退却的腰身。

亚历山大的战马布西法拉斯

英雄和战马总是无声的，只有马刀破风的声音跟随其后，即使成为雕像同样在展示内心的话语。比如，面庞有“女人相”的亚历山大大帝，是英雄主义的典范，或者说成为了难以逾越的巨大屏障，一直笼罩在西方无数的帝王将相心目中。这个一剑砍断号称“世界最难绳结”的亚历山大，更成为“决心”的象征。或者说，他迅速直截的行动往往可以一举戳破狡猾虚伪的表象。当年，凯撒本来在罗马西班牙行省当财政官，一事无成，据说有一次看到亚历山大的雕像，心脏如同被巨石击中。他沉吟许久，立即辞官回到罗马寻找指挥千军万马的机会。后来，他煞费苦心寻找到一匹战马，长有类似人一样的脚（这显然是畸形），虽不能与亚历山大的坐骑相比，但也足以傲视麾下战马的滚滚波涛。

有一个传闻说，幼年的亚历山大得知他的父亲征服了一块土地，就会哭着说：“难道父亲没有留下一点儿的土地给我征服？”

提到亚历山大大帝，就不能不提到他的坐骑，他与战马就如同是一把剑的两面刃口。这匹马叫布西法拉斯，来自色雷斯草原的马种，是亚历山大十几岁时获得的。据说，有马商把布西法拉斯带到亚历山大的父亲、马其顿国王菲力浦跟前。这马十分神骏，但完全不受一般人控制。可是亚历山大说，自己可以降得住它。他抓住辔头，把马牵向正正朝太阳的位置，他发觉布西法拉斯看到本身影子移动，就会情绪不安。他见布西法拉斯变得暴躁了，就用手温柔抚慰，然后轻轻一跃，稳稳坐在马上。这就像情人一般，布西法拉斯完全听从于他，他开始纵横天下。

看到亚历山大有如神助的表现，菲力浦兴奋得难以自抑地说："我的儿子，找一个与你相称的王国吧。马其顿对你来说太小了。"

英国哲学家洛克（John Locke，1632—1704）在《人类理解论》里针对他们人、马合一的现象，特意指出："我们如果常常因为某种原故提到特殊的马，亦如常常提到人一样，则我们在马方面，亦当如在人方面，有很惯熟的名称。因此，并赐福牛头伯劳 Bucephalus（原义为'牛头马'，是亚历山大的战马名字）一词亦可以同亚历山大的名字一样，常为人所引用。因此，我们常见，赛马者常用固有名称，来区别他们的马，就如他们用固有名称，来区别他们的仆人似的。因为在他们中间，常需要提到此一匹马，或彼一匹马（在它们不在眼前时）。"

战马布西法拉斯的意思是"公牛头"，全身浑黑，在头部有个状似公牛头的白斑，由于快如闪电，跑起来连骑兵中最快的马都赶不上，亚历山大经常落单。亚历山大骑着这匹马东征西讨，曾经战马走丢过一次，他在那个区域发出公告，严厉警告当地人如果不把这匹马还他，他会杀光全区域的人。很快，当地人就找到战马送还给他。这匹马死于他毕生四大会战中的最后一战：海达斯佩斯河会战。但并非战死，而是暴亡。

亚历山大的军队打败波斯军队后，在中亚掠夺粮食、牛羊，激起了中亚土著居民的反抗。一次，亚历山大的军队在一个小镇上的粮店里轻易地抢到一批粮食，谁知一千多名马其顿士兵吃后，竟手脚发麻，面色苍白，很快就死掉七八百人。原来，当地人在粮中下了毒。在一片青翠的原野上，亚历山大的战马吃了些青草，竟死掉二百多匹战马，原来是土人在草原上撒了毒药。

后来，亚历山大为了纪念布西法拉斯，在渡河点对岸建了一个城池。后来的历史学家尝试要找到这个城的遗址，以便确认亚历山大当年的渡河点。

看起来，亚历山大与战马合二为一，俨然已经是“半人半马怪”横空出世。卢克莱修曾经指出：“半人半马怪的形象不是来自活的半人半马怪，因为自然界从来就没有孕育过这种野兽；但是，在马的形象和人形象偶然间碰在了一起的时候，这两种形象就很容易地合而为一了。”[1]

战马的沉默

但富有意味的是，中国人没有这种人、马合一的命名习惯。他们永远相信，即使是千里马，也是供高级别贵人骑乘的工具。就像昭陵六骏名称虽然具有隐喻美学，飒露紫、青骓、什伐赤、

[1] 克里斯蒂安·罗什与让－雅克·巴霍尔合著：《哲学家的动物园》，中信出版社 2003 年 5 月 1 版，第 38 页。

白蹄乌等等，但它们永远不可能与李世民并驾齐驱。

我发现，越是级别高的勇士，他们的战马的知名度与之是成正比的。但这并不是徒有虚名，这些战马的确具有超常的禀赋。它们会流泪，用泪水来反照一种透明的深情。最让人惊异的说法是，战马骑久了以后，从马的长相上，可以联想起他主人的相貌，正如相濡以沫、情深意笃的老夫老妻常会相像一样。如果这种传闻属实，我们似乎也可以从布西法拉斯的头部，发现亚历山大的峥嵘头角。异人有异相，异马自然也有出位的头骨。

英国诗人、历史学家托马斯·卡莱尔（Thomas Carlyle，1795—1881）在《文明的忧思》里特别指出了战马沉默的意义，他转引诗人歌德的“相马经”：“一匹那样的马站在道路中间是多么令人印象深刻，多么让人为之感动，它除了含义不明的马嘶别无高论，它的灵巧只在马蹄，脚趾受到了限制，绑在一起，趾甲合在一起成了一个马蹄，包着一层铁皮。他认为，更为重要的是这宽厚、高贵的四足动物炯炯有神的眼睛，它们的奋然腾跃，以及它们发出雷鸣声的脖颈的曲线。”因此，卡莱尔得出的结论很清楚：“有学问的狗自由地狂吠，但战马总是沉默，远离了那种自由”。这种来自战马的沉默素质，不但造就了古罗马铁骑的万钧之力，也使英雄主义的品格找到了安栖地，并在沉默中得到了清洁和托升。

偶尔在深夜，回忆起早年诵读过的诗句“夜阑卧听风吹雨，铁马冰河入梦来。”“四山旗似晴霞卷，万马蹄如骤雨来。”[1]，

[1] 清·徐珽《大猎》诗。

不禁心绪不宁。

战争如同战马的甲胄，使它们的眼睛里一直长留着悠远的火。当战马从战争的硝烟中逸去，火就熄灭了，战马就仿佛松开绳索的一堆木柴。留下来的马匹已被套上了枷锁，它被赚钱劳动驯化，直到成为为生计劳顿而憔悴的老马。老马不再是勇士的朋友，它只是吃草料，干粗重活，时不时地，还要受到激烈的鞭打。这种被异化的马，血气丧失，皮毛黯淡，只是一堆正在腐烂的肉和骨头。但正是在这个时候，尼采却抱住它们，放声痛哭……

当然，战功卓著的御用之马会被保留，在衣食无忧的环境里颐养天年。这样的马，自然成为了“宫殿的走马”，它们会遁入另外一种时间，生命变得更薄，薄得让哲学家尼采也抱不住了——

如同骆驼不但穿过了针眼
临走时，还没忘记用蹄子
磨钝针尖
马在铺满花岗石的甬道
渐渐靠拢尽头
就像一根火柴在擦皮上磨

蹄声是“提升”的暗喻
如履碎冰的肌肉，在寻找冰下哑散的铜铃
墙头，没有出墙的花和逾越的大鸟
墙楼反而被蹄声越托越高
它用斜影铺出来的草原

黄昏时分，马蹄发出的鸣响
如同蟋蟀挥舞破铁

马立在阴影中跺脚、交换重心
黑夜顺鬃毛直挂中天
星斗泛着白光
将天空跑成了弯曲的滑地
上天没有为马留下一丝火星
甚至没有忘记拿走
最后的勒肚带

失去了草地和束腰
马立在暗地睡了
连梦也没有
像个孕妇
把膨大的肚皮放到旷野

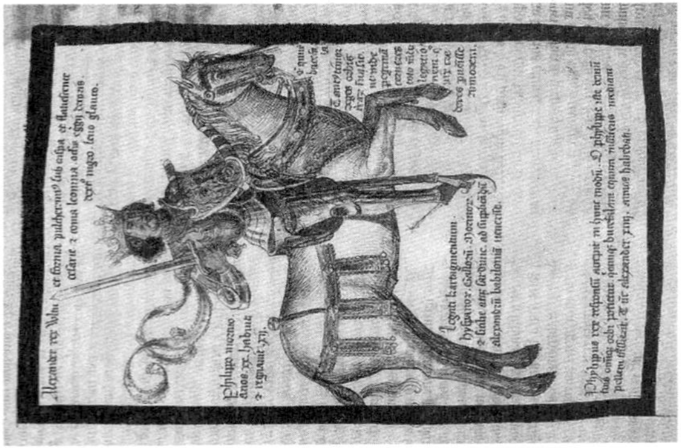

亚历山大与他的坐骑 bucephalus。

战马的蹄到肩隆称为体高，胸到臀称为体长，马从侧面看必须呈高方形，也就是说腿比身要长。其次是步法，骑乘种快跑（袭步）时步距很大、又低又长，感觉轻盈飘浮，前腿踢出就像插入水中一样笔直。挽马种则相反，用的是跺步，这样可以得到最大的挽力，但速度就慢了，蒙古马就有这种特点，被称为『锄头腿』。此外还有轻型、长颈、小蹄、腿的骨围要细等要求。还有一点很重要，这也是区别骑乘种与非骑乘种最容易的一点：悍威，是指马的气质。勤勤恳恳、任劳任怨的只能当挽马。悍威分下悍、中悍、上悍和烈悍，越是重型马越没有悍威。当然，烈悍的马不好调教，弄不好会养成恶癖。不过如果调教好了，役用性是很强的，会是真正的好马。英纯血、阿拉伯、阿哈（即我以前说过的阿克哈-塔克马，汗血宝马的后裔）就是天生悍威很强的马种。

战马的训练有以下几个步骤。首先，在2岁马龄的幼马中选择强壮高大者阉割，每天进行耐力和爆发力训练以及骑乘习惯性训练。然后是冲锋训练，这个过程最开始是蒙眼的。草原民族的战马一般是战士自己训练的，这种马和战士的默契感很好。但由于缺乏系统性训练，在大规模的战争中一般效果有折扣。正规军队的战马由统一的牧场监训练，这种马和军人的配合稍逊一筹，但马与马之间的协调性较好。这个过程一般要2到3年。战马进入服役期后，每天的跑马也是必不可少的，不然马会逐渐退化。明末辽东马军就因出现这种情况而在战争一开始就陷于被动，并不得不重新训练战马。战马一般是不吃草的，只有精心喂养的战马才会具有更快的速度和耐力。

独角兽

一种清晰的独角兽的概念，并不表明实际存在独角兽一样。

——［美国］约翰·罗尔斯

几乎每一种文化中，都以镶嵌光怪陆离的动物传奇为其夺目的华章，因为动物打开了人性背光的一面，使我们尚未定型的思想，被动物以象征主义的造型手法表达出来。动物的传奇是如此奇妙，它们从虚无中现身，为某种思想谱写下诡异的色泽。最早的独角兽出现在希伯来人的《圣经·旧约》中，也可以为希伯来人的发明。这种额头长有一只角的马，最初被译作monokeros，后来才演变成英文中的unicorn。独角鲸也许是这个神话动物的最近的亲缘，不过独角鲸生活在遥远的深海而不是山川草原；生活在陆地上的犀牛，前额也有一只尖利的角，可惜相貌差距甚远。

独角兽是高雅优美的生物，是一匹浑身雪白的小马，灵活敏捷，前额有一只充满魔力的长角。它有时被描绘成雌性的，温顺谦和。最早提到独角兽的是古希腊历史学家、医生凯特西亚斯作于公元前389年的一篇手稿，据他说这是“一种与马差不多大小的野兽，身体为纯白色，头部为暗红色，眼睛为深蓝色，头顶有一犄角，长约一英尺半。”罗马博物学家普林尼曾对它作了比较详细的描述，说是一种“非常暴躁凶残的野兽，体似马，头似鹿，足似象，尾似野猪，吼声低沉有力，额头上的犄角为黑色，大约两尺来长。”独角兽生性喜爱洁净，对纯洁的人或物有特殊的好感，捕捉独角兽的唯一办法是让一位年轻的处女走到独角兽身边，此时独角兽会温顺地躺在她脚下，将头部枕在她的膝盖上入睡。当代学者布尔斯廷在《发现者》中，转引古代作家的记载也说：独角兽敬重少女和贞女，见过她们多次，渐渐变得驯服，便走过来睡在她们身旁，于是印第安人和埃塞俄比亚猎人挑选英俊健壮而美貌的青年，男扮女装，以各种鲜花香草为饰，利用这种办法来诱捕此兽。据说独角兽头上的那只角具有神奇的治疗功能，在凯特西亚斯的手稿中曾经记载说，把那只角磨成的粉和药水调配在一起可以防止许多疾病，将角挖空用来盛酒的话可以去除酒里的毒。

亚里士多德的动物分类法大体完成以后，普林尼写的《自然史》中列举了“单眼人”“吐火女怪”等许多奇怪的生物。中世纪以讹传讹的情况更多，什么九头蛇、树鹅、飞龙等等。就连16世纪“最伟大百科全书派的博物学家”格斯纳，在他的《植物学》中，也列举了不少稀奇古怪的动物名称，尽管他对这些7个头的水蛇、公鸡蛋中孵出来的蜥蜴状蛇怪、独角兽等并不相信其实有，但还是把它们写进了《动物学》中。

> 独角兽据说生存年限为五百三十三年。有时，它们将角丢在海边，角先变成蠕虫，然后变成一匹青春期的独角兽，而失去角的老兽则因衰老无力而孤独死去。在西方神话中独角兽为象征高贵、权力和勇敢的神兽，被形容为“伴着帝王而生的神物”。它的形象常被描绘在王室徽章和国徽上。有关于它的神话传说广泛流传于西方，很像中国传说中的龙。

但在独角兽作为一个词汇存在时，人们并没有发现它身上的灵光，甚至把它视为可以驾驭的畜力。这种企图役使动物帮助人类工作的实用态度，从《旧约·约伯记》中的一段关于独角兽的谈话便可见一斑：“你认为，独角兽会为你所用，并待在你的兽栏里？你能将它装上轭，让它犁田耕地吗？你能指望它吗？因为它如此强壮。你想让它为你工作吗？你愿意信任它将带来你的种子，并收入你的谷仓。”因此，我们可以说，生物学从一开始，便带有极强的实用色彩，它更像是一只隐藏于人类精神花园深处的独角兽，其尖锐的触角高耸入云，不时地搅动思想之水的波涛。

到了中世纪的时候，独角兽才成为“权利”“高贵”和“纯洁”的象征，它的角象征着“精神之箭”“上帝之剑”“阳光”

和“神的启示”。在《圣经》故事中曾提到独角兽因未被带上诺亚方舟而淹死在汪洋大海之中，从此灭绝了踪迹。相传独角兽的角一次可以刺死一头大象，在《一千零一夜》辛巴达的第二次航行中有相关记载。独角兽的唯一敌人是狮子，在16世纪的一段诗中记述了独角兽与狮子的一次决斗，独角兽的角刺入树干拔不出来，结果被狮子咬死。到了18世纪初，英格兰与苏格兰合并，英格兰的豹和狮子与苏格兰的独角兽同成为大不列颠帝国皇家军队的徽章形象。现代故事常把独角兽简单地描写为长有独角的白马。现在，我们从意大利当代作家翁贝尔托•埃科的作品里知道，马可•波罗的东方之行，正是要寻找从西方逃逸的“独角兽”，而这种错误认同产生的原因，在于“他正是他的‘背景书籍’的牺牲品”。

尼采指出：“人是有权胡说的动物，是一种怪兽，一种超兽。”那么这种怪兽或超兽到底是什么呢？有人指出，尼采指的就是独角兽。理由是他在《瓦格纳事件》里进一步说：“自从一种新的动物，那帝国怪兽，著名的犀牛，在德国精神的葡萄园里定居，我的话就不再被人理解了。”这个指称很清楚，是指上帝占领了德国的思想，这对一心想宣布“上帝死了”的尼采来讲，必然是一个莫大的威胁。

当独角兽从历史的迷雾里显身于文学的领域，它还是保持了它的纯洁性，并以一种令人屏气的纯光，逼视着敢于靠近的万物，使万物臣服，心悦诚服地拜倒在它脚下。里尔克专门为《致奥尔弗斯的十四行诗》第二部第四首诗歌写下了如下注释：“独角兽具有古老的、在中世纪一直备受推崇的贞节含义：据说它（对于凡夫俗子是非存在物）一旦出现，它就在处女为它捧着的‘银镜’

中（见 15 世纪的壁毯），也在‘她心中’，亦如在第二个同样纯净、同样隐秘的镜子中。”

这是美丽如迷宫的一首诗——

哦，这就是那个乌有之兽。
她们不了解它，却始终爱它——
它的行走，姿势和脖颈，
还有它那寂静的目光。

它固然不存在。却因为她们爱它，
就有了纯净的兽。她们总是
留下空间。在保留的清晰空间里，
它轻轻抬起头，几乎不必存在。

他们饲养它不用谷粒，
总是只用或然性，它应在。
这或然性赋予它如此强力，

使它从前额长出一只角。独角。
洁白的兽走近一位处女——
映在银镜中，映在她心中。

这个纯粹而超拔的意象，与豹子一样，经常出没于诗人的梦境中。在《马尔泰·劳里兹·布里格笔记》中，里尔克写有一篇随笔《贵妇人与独角兽》，可以看作是这首诗的散文化表述。而诗人在另一首《圣母领报》里，追忆独角兽的诞生：

> 哦，如果我们知道
> 她是怎样的纯洁！
> 卧在林中的牝鹿，难道不就是
> 因眼见她而迷失了自己，
> 才全无媾配，产下独角兽，
> 那来自光的动物、纯洁的动物——

这与“吞卵而孕”或“踩踏巨人足迹而感孕”一样，“纯洁”的无接触生育顾盼生辉。诗歌回旋着一种神奇、独角兽一般的特质，溶化了文字与雕塑的单薄意象，以一根尖锐的触角，进入到阅读者的灵魂。这就像宙斯将永远博得女性的爱情与男人的崇敬一样，独角兽是“绝对精神”的体现，它百毒不侵，凛然不可冒犯。中国当代诗人向以鲜也以他的《独角兽》一诗表达了自己奇特的梦想性质。在想象中，人们的确听到了那只“独角”的声音，看到邪恶被击退后的干净大地。

独角兽在哲学家视野中除了代表上帝与纯洁之外，还一度成为了那匹“白马非马”的裁判的裁判。哲学家罗素一生非常反对宗教，尤其对天主教与基督教的攻击，更是不遗余力。他自然注意到了独角兽雾气似的身影，他排斥了一切虚妄，只用来辨析名与实的概念。他指出，在逻辑问题中，逻辑学并不比动物学更多地承认独角兽的存在，因为逻辑学和动物学一样都是研究真实的世界。而胡塞尔的研究对象却是意识全部可能性的纯粹本质，因而这种理论的合理性不以任何具体情况为转移。这也是胡塞尔认为现象学是一种严格科学的理由。

那么，独角兽具有什么样的人间象征呢？我们由此很容易联想到人类自己。经济学家马克威茨在《资产选择》里说过："理性人，就像独角兽一样，实际是不存在的。"但这并不能阻止独角兽造梦的权利。

在美国作家詹姆斯·瑟伯的作品集《当代寓言》中，收有一篇寓言小说《花园里的独角兽》[1]，却为人们提供了独角兽的另一种精怪般的造型。

> 一个男人坐在厨房角落的小饭桌旁，刚从他的炒鸡蛋上抬起眼来，就看见花园里有只洁白的头顶长着金色角的独角兽，在安详地啮嚼着玫瑰花。这个男人上楼到卧室去，见妻子还在酣睡，他叫醒了她。

妻子一听丈夫的诉说后，觉得出现了一个重大"机会"。什么机会呢？也许，他们早已经厌倦这种按部就班的夫妻生活了，他们渴望重新开始。于是，女人"飞快地起了床，穿好衣服。她兴奋激动，眼里闪出幸灾乐祸的亮光。她打了个电话给警察，又给一位精神病医生打了个电话。"

[1] 杨德译，载 1980 年第 3 期《译林》。

但结果却出乎预料。当女人把男人对独角兽的描述话语“照搬”给医生和警察以后，他们一致认定，这个女人的脑子出了问题——因此，她成为了这起“独角兽事件”的始作俑者，她被来人强行带往精神病院。“从此以后，这个丈夫过得很快活。”故事的寓意很明显，“在雏鸟未孵出前，就别急着去数蛋。”也正如中国古语所言，螳螂捕蝉，黄雀在后，更可能还有树下藏弓。所以，出现在花园中的独角兽，既可能是幻象，更可能是一场预谋中的虚拟烟雾。距离尘世生活遥不可及的独角兽，竟然成为了繁杂心术的算盘珠子，真是有辱神灵啊。

独角兽已经由偶尔显露世间的圣兽转变成为仅仅游离于人们内心的虚幻之兽。在今天，如果你看到一头独角兽悠然自得在街上走动，那么你就要警惕了，因为独角兽的出现不再意味着政通人和，风调雨顺，而只是意味着你从现实进入了幻境。在无比现实的社会中，分不清虚幻与现实的界限，这固然是极其危险的倾向，但懂得区分的人，比如诗人、哲学家，凭此媒介，就实现了飞翔的出位。

除已经注释的外，本文还参考了如下著作：

1. 彼得·毕格著《最后的独角兽》，吉林文史出版社 2004 年 1 月版。

2. 乐黛云等主编《独角兽与龙》，北京大学出版社 1993 年版。

3. 詹姆斯·瑟伯著《花园里的独角兽》，本书文中有关《花园里的独角兽》段落，转引自《蓝色的马与红色的竹叶，一则关于色彩的故事》，见《人本电子报》1998 年 12 月 22 日。

4．王新华著《独角兽、蛇发女怪和人头狮身龙尾怪兽——从一部作品看吉安·卡洛·梅诺蒂》，见上海音乐学院网站2005西方音乐学会学生参赛论文。

5．《刘进图系列（二十）：独角兽》，原作Adrian Mitchell，Arthur A. Levine，2000年4月版。

6．《传说中的独角兽》，台湾上人文化事业股份有限公司2004年版。

达利的《独角兽》。

传说中代表纯洁的独角兽，在达利的雕塑中是男性的象征。它的角穿越了有心形豁口的墙，一滴血正慢慢落下。在它的蹄下躺着的裸体女人，进一步说明了它的男性特征。

潜伏在体内的豹

豹子会改变身上的斑点吗？

——《旧约·耶利米书》

一些原始人认同自己就是某个动物，拥有豹子、老虎、大鹰或狮的灵魂；原始人将自己与自然结合，他们不曾想征服什么，只是希望能够与自然和谐相处，伤害了这类动物，就等于伤害了自身。如果仔细分辨，狮子就是精神，虎一般象征理智，而豹子象征生命，因此在原始人心目中，“豹女”是一个人，她的“动物灵魂”才是一头豹子，而不单指此人所拥有的该动物形象。那么，当“豹女”行使权力的时候，豹子并不一定在她的身体里一同受制于人，但是，“豹女”的情人们竟然以为自己就占有了豹子的性力。一切事物都被赋予人的心理素质，如果某种重要的心理内容被赋予在一个人的身上，他就成为超自然的存在，于是产生了巫师和术士。古代人和现代人，可归纳成：古代人只管做他的事，现代人知道自己做的事。对此，尼采说，“生命的一般外观不是贫困和荒芜，相反的是富足和丰饶，甚至是一种荒谬的奢侈。”既然华丽游走的豹纹可能已经接近于“荒谬的奢侈”，那么豹子的许多活动就变得不太平和了。[1]

而对于内心羞怯、敏感的诗人赖内·马利亚·里尔克（Rainer Maria Rilke，1875—1926）来说，豹子与之实在相去太远。但背反的事实却往往是：越是与自己有着巨大差异的元素，越能够成为自己的精神指向。受到老师罗丹的素描影响，里尔克一度成天待在巴黎植物园里，尽情涂鸦着颤动的精神素写。这时，埋伏在铁栅栏后面的豹子，以阴郁的眼神看穿了他的冥想。也就是在这个毫无对证的时刻，里尔克与豹子产生了“移形换位”的交流。然后，他们彼此揳入，在诗歌里拉扯着来到白光笼罩的旷野。

正如有关翻译家所指出的，阅读里尔克，必须首先去阅读《圣经》。经书可以去祛魅，在这个光明普照的平台上，我们才能聆

[1] 本段参考、引用了《寻求灵魂的现代人》相关内容，[瑞士]卡尔·古斯塔夫·荣格著，贵州人民出版社，1987年版。另外参考了陈慧吟阅读论文中对该书的《古代人》所写的笔记概述。

听里尔克的祈祷之声。

通过基督教典籍，我们可以发现里尔克躲闪在豹子身形后的呻吟。有关豹子的宗教行走路径比较清楚，这一点，诗人钟鸣很早就在《豹子》一文里道明了。留驻在但丁《神曲·地狱篇》中的豹子，一般都认为象征着淫欲。因为但丁描述的是，豹子在破晓时分，是随着神爱所推动的美丽事物而出现的，这让人联想到《新约·马太福音》中的耶稣变容。当耶稣带着彼得、雅各和约翰登上高山后，耶稣突然改变了形象。他用一种洁白的猛兽造型考验信徒的定力。他的脸面像太阳一样明亮，衣裳洁白如光。《圣经》的经文曾影射过，豹子就是耶稣，而且有人肯定这是一只白色的豹子。因为耶稣经常通体有悦目的白光，宛如玉的灯罩一般，这与但丁描写的皮毛斑斓悦目的野兽不谋而合。里尔克意识中的上帝，是无处不在的“万形”，光明与黑暗俱在其中。他说——

每当我看见你，
你的万形就逸散；
你行走如纯光的豹子，
我是树林，我黑暗。

因此，出没于里尔克视线里的豹子，既是上帝的肉身，也是强力意志的体现。台湾诗人洛夫在《诗人之镜》里认为，“不是里尔克创造了‘豹’，而是‘豹’创造了里尔克。”

这是一个自证的过程。他企图证实上帝、豹子、自己的三位一体。结果呢，他发现一头豹子埋伏在体内。他唯一恐惧的事情只是在于：唯恐豹子埋藏得不够深入！自己留不住它！于是，他开始祷告。豹子埋在他的上翘的尾音里，埋在他的脊背，毛贴着皮肤，能够闻到河流、森林、篝火的气息，能够听到很久以前，茨微塔耶娃喷着热气将俄罗斯的早晨融化的声音，能够摸到女画家保拉·贝克尔和妹妹克拉拉·韦斯特霍弗作品的颜色和凸凹的肉身，能够看到莎乐美穿着黑色翻领皮袍沿着结冰的河穿过冬季的布拉格向香榭丽舍大街走去。那豹子一遍又一遍掠过他的身体，像象牙梳子一般翻开他的灵与血，占领又放弃，在毁坏之后又垦殖，是北方的长风一遍又一遍吹过，通达根性的透彻与敞开。而他在豹子身下辗转翻腾，像一个鞭子下的陀螺，把每一次鞭子的闪电，铭记成忧伤的花纹以及驯服的圣火，他记住了豹子忘却尘世的柔和线条——像一根修长的钉子，钉尖还凝聚着一点白霜……

强韧的脚步迈着柔软的步容，
步容在这极小的圈中旋转，
仿佛力之舞围绕着一个中心，
在中心一个伟大的意志昏眩。

这是里尔克的哲学诡计，是他浸泡在基督之水之中的恍然彻悟，为此他制造了一种绝境里的机遇。

在谈到美术作品里的动植物现象时，里尔克说："它们绝非心血来潮的产物，绝非一种寻求前所未见的新形式的轻率尝试的产物。危机创造了它们。人们从某种艰难信仰的无形法庭逃进了这种有形，从某种不定遁入了这种实现。"于是，他设置的有形"法庭”就出现了：最勇猛的强力生命被关在栅栏里，以致导致了一个“伟大的意志晕眩”。他以令人闭气的笔调，惊心动魄地素写了一个伟大的灵魂一旦失去自由的处境和情状，蕴含着存在哲学的意味。这种意志被一头强劲而收敛的豹子集合起来，当它被关在思想的栅栏里，它仅仅唤起人们的审美情感，但当它一旦走出理性的禁地而步入肉身和神性，它就成为血与火的象征，并将审美推入一种恐惧和战栗的生命历险。虽然具体的豹子被栅栏阻止于理性的囚笼内，但豹子的精神已经逸出了栅栏，并悄然行走于上帝的旷野。唯有如此，才能摆脱现实的羁绊，听从于主的召唤。当厄运来临时，我们是否有幸像诺亚那样被置身方舟之中，这完全取决于上帝的安排。同样，当强力意志如同豹子逼近我们的心灵，又有谁能够请豹子回到书本，让它像猫一般躺倒？

“通过四肢紧张的静寂——在心中化为乌有”，并不是真的“乌有”。因为上帝是“万形”，正如基督教哲学家勒塞指出的，他以“一种的无畏的、幻觉的展望，让以拉斐尔为首的天使的光明之国与上帝的黑暗交界，乃至天使的光明在‘上帝的黑力’之前简直‘化为乌有’。”这就是说，唯有在豹子这种表面的忧伤和虚拟的失败中，才葆有了全在的力量与意志。

卡夫卡在《饥饿艺术家》里，发现了里尔克以及他的豹子所相互镶嵌的精神迷宫，这就是说，作为意志的主体，人的肉身已经倒下了，但意志的力之舞才刚刚开始。卡夫卡写道，“自由似乎就藏在它利齿的某个地方。它生命的欢乐总是同它大口里发出的强烈吼叫而一起到来。”当意志哲学以豹的弧步走入历史，成为一种超人意志时，抵抗比顺从更具备人的自信和昂扬，而当这种超人意志退出历史舞台后，公正的论说比道义的审判更具有人文意义上的独立和自由。

里尔克的诗思方式是奇特的。在《里尔克传》当中，卡斯讷曾指出，在里尔克那里，“理智是围绕着感情而起始或形成的”。这句话极其传神地道出了马尔特对他童年时代的神秘女人阿贝洛内的评语中的涵义，马尔特说：“阿贝洛内依然可能在后来的岁月中试图用心灵思想。”[1] 于是，我们可以这样说，诗人一直在围绕豹子旋转，直到它们完全在旋转中“静止归一”，成为一体。从旋转的圈子外部来看，这个旋转的意象梦魇似的围绕里尔克疯转，他驱动着体内的豹子，还是豹子驱使着他？在里尔克的一个诗歌残片里，他还坚持说，“我围着古老的灯塔……已绕行几千年”，正是这“意志晕眩”的后遗症。

多年以后，宣称“诗是来自痛苦经验的运动”的罗马尼亚诗人保罗·策兰（Paul Celan，1920—1970），其《语言栅栏》一诗仍然是“豹子旋转”的后遗症体现，有几句十分惊眼：

> 语言栅栏
> 眼在栏杆之间。
> 萤火虫一眼睑
> 向上划动，
> 释放出一瞥。

[1] 引自“汉语里尔克”网站相关资料。

也许遗憾的是，保罗·策兰没有把栅栏视为一种虚拟的设置，他非要撞出去不可，他在语言的栅栏上头破血流，最后投河自尽。至少，他没有看透里尔克所说的栅栏里面的豹子——“他是一切，无边的一切”。

亨利卢梭绘制的《被美洲豹袭击的马》。

滤去原始时代血与火的残酷，留存的只是天真、稚拙、宁静与生命的单纯。

快乐并痛苦的牛虻

我被派遣到这个城市来，好比是马身上的一只牛虻，职责就是刺激它赶快前进。

——［英］艾捷尔·丽莲·伏尼契

虻虫首载于《神农本草经》，原名蜚虻，在《本草衍义》中记为“虻今人多用之，大如蜜蜂，腹凹扁，微黄绿色”，人们习惯上把吸血的、骚扰牛马等牲畜的虻类称为牛虻。俗名还有马蝇、瞎虻、牛蚊子和牛苍蝇。就是这么一种普通的小动物，仅以叮咬之力，不但没有让哲人们反感，反而引来了无尽的思索——

不管我活着
还是我死去
我都是一只牛虻
快乐地飞来飞去……

时隔二十多年了，仍然记得首次读完李俍民翻译伏尼契的小说《牛虻》的情形，读到牛虻临刑前给女友琼玛的诀别信中写到两人小时共同朗读过的这首儿歌时，那只牛虻又穿越时空飞舞在我的眼前……

亚瑟具有“黑色的睫毛下一双深蓝色的眼睛，梦幻一般神秘”，从清逸俊雅的大学生成为脸上一道长长的刀疤、瘸着腿如黑豹般坚毅无比的意大利党人牛虻，他在甘蔗园做苦力，在杂耍班子遭受灵与肉的践踏，偷运军火直至一起走上刑场——“当太阳升起的时候，我将走进院子，怀着轻松的心情，就像一个放学回家的学童……”噢，这么多年了，我还是记得非常清晰，当牛虻在被打了数枪“鲜血染透了白色的衬衫”，“血肉模糊的身躯挣扎着”对神父蒙泰里尼说：“RADER（父亲、神父），您的——上帝——满意了？”

小说《牛虻》昭示着后人：没有救世主。肉体可以腐烂，精神却可以穿越时空。

伏尼契的小说有两条线索——

其一，“牛虻”来自古希腊神话。天后赫拉嫉妒丈夫宙斯爱上了少女伊娥，把情敌变为丑陋的母牛后，还不解恨。她又想出了一种新的折磨方法来惩罚情敌。碰巧她抓到一只牛虻。她让牛虻叮咬可爱的小母牛，咬得小母牛忍受不住，几乎发狂。她惊恐万分，被牛虻追来逐去，逃遍了世界各地。她逃到高加索，逃到斯库提亚，逃到亚马孙部落，逃到博斯普鲁斯海峡，逃到阿瑟夫海。她穿过海洋到了亚洲。最后，经过长途跋涉，她绝望地来到了埃及。在尼罗河河岸上，伊娥疲惫万分，她前脚跪下，昂起头，仰望着奥林匹斯圣山，眼睛里流露出哀求的目光。宙斯看到了她，深深感动了，顿生怜悯之情，他即刻来到赫拉那里。他拥抱她，请她对可怜的姑娘大发慈悲。姑娘虽然迷途在外，他说，她没有诱惑他，她是清白无辜的。他指着神祇立誓的斯提克斯河，即阴阳交界的冥河，向妻子发誓：以后他将放弃对姑娘的爱情，不再追求她了。就在这时，赫拉也听到小母牛朝着奥林匹斯圣山发出苦苦的哀鸣声。这位神祇之母终于心软了，允许宙斯恢复伊娥的原形。

这暗示了牛虻首先是一个不屈不挠的追求者，但牛虻因此成为了不受欢迎的独异思想的代名词；

其二，伏尼契自幼尊敬古希腊哲学家苏格拉底。哲学家苏格拉底自喻牛虻，表示自愿针砭时弊，即使为此而死也在所不惜。作家伏尼契以“牛虻”作为主人翁亚瑟的名字，意味着他必然是一个坚定的反教会统治的革命者。

古希腊人的具有论辩的热情，仿佛知识的牛虻，尤其表现在苏格拉底的身上，这位自诩为“雅典的牛虻”的哲学大师整天蓬头赤足，在街头与人辩论成为了他最大的乐趣。

苏氏的妻子仙蒂柏颇有悍名。因为这位大师终日坐在雅典的大街上，或在神庙前，和一般青年讲学论道，既不要分文，也没有其他谋生的职业，从不关心自己的家庭。所以在妻子的眼里，苏格拉底不但是一个游手好闲、无所事事的人，而且是一个只带回麻烦而从不带回面包的寄生虫。苏氏常自称为“牛虻”，他的妻子也这样叫他。牛虻是吸牛血的蝇子，她竟将丈夫比作家中的“吸血鬼”，平时夫妻间纠纷常起；可是每当仙蒂柏大发雷霆的时候，这位大哲学家总是默默地接受，泰然处之，使强悍的妻子常感到英雄无用武之地。据说有一次，在苏氏仍作无言的抗议时，他的妻子气闷不过，在盛怒之下，将一桶水泼浇在丈夫的头上，这位大师只微笑着说：“我知道在阵雷之后，一定会有疾雨的。”

《柏拉图对话录·申辩篇》是一篇不长的文章，以他的老师苏格拉底作对话的主角。《申辩篇》给人们的印象更多的是在塑造的苏格拉底的人格形象上，而不是里面涉及的哲学问题。苏格拉底是一个街头哲学家，他站在城市的广场上，拉住那些为了生活而奔波的人们，对一些人们不加思考就接受下来的东西进行追问，吸引了很多青年人来追随他，但也引起了雅典城邦内很多公民的反感，有三个公民以腐蚀青年和蔑视神灵的罪状将他告上了法庭。在法庭上，苏格拉底批驳了对他的指控，他说：“雅典城邦是一匹高大骏美的马，但它有时候太懒惰，我就像一只牛虻，我不断地在叮它，以催促它前进，使它活动起来。”不管当时的雅典人是否还敬仰苏格拉底式的智慧，但他们首先感受到的却是被牛虻叮咬的刺痛。

“牛虻”的比喻后来也成为西方知识分子的象征。苏格拉底本来可以用他的口才为自己解脱罪名，但他始终坚持自己的立场，最后终于激怒由500名公民组成的陪审团，判处他死刑。《申辩篇》让我们看到一个为了真理，为了思想和言论的自由不惜牺牲生命的思想家的形象，使知识分子从中受到了巨大的感召。

苏格拉底是历史上第一个为哲学而殉难的人，由此，也宣告了思想和自由的正当及必要。关于对苏格拉底的判决的议论一直没有中断。很多人倾向这样一种解释：苏格拉底之所以把自己推向绝路，是因为这样会使雅典的民主蒙上一个永远的污点，永远难以洗脱。如此，杀害牛虻的体制，已早早地被钉到了历史的耻辱柱上。这一点，与谭嗣同的献身观念惊人一致。

当人们说苏格拉底履行牛虻的职能时，很容易将这理解成是苏格拉底在生活之外扮演的一个角色。但是，苏格拉底是自己选择了这种使命作为自己的整个生活方式的，并且这只牛虻最后从容地接受被它叮咬过的巨兽的死罪判决。柏拉图笔下的被解放的囚徒自己并不愿意回到洞穴去打理囚徒们的事。苏格拉底却不一样，他偏要像牛虻一样飞来飞去到处叮咬惹人烦。尽管这只牛虻后来被追认为整个西方文明的奠基者之一，从他开始的追根问底精神在两千多年后的今日照样很难为大多数人所理解。

在《申辩篇》里，柏拉图也对苏格拉底的死亡过程做了记录。苏格拉底说的最后一句话是："我还欠医神一只公鸡，记得帮我还上。"因为，在雅典有个传统，就是你生病被医好的话，就要向医神敬献一只公鸡。在这里，我们就发现，医治雅典病痛的精神"牛虻"，不但没有得到回报，反而被置之于死地。

对此，当代学者刘小枫在论及伯林、施特劳斯的文章《刺猬的温顺》里，讲到了福科的一生，"福科在临终前的讲课中，似乎颇有预感地详细谈到苏格拉底的一生，好像自己一生追究道德知识的压制体系堪比苏格拉底似的。”因为福科解释说：苏格拉底不过与虚妄作了一辈子斗争，有如堂吉诃德与风车搏斗，苦不堪言不说，实在没有什么意义。福科将西方哲人归类为两种典型：要么以苏格拉底为榜样，要么以犬儒哲人为榜样。福科敬佩的是犬儒哲人而非苏格拉底的信念：“没有确定的经典”，也“没有固定的、可以得到公认的信条”。犬儒哲人是另一类牛虻，以自己触犯法律、嘲弄习俗、无视禁忌的漫言对大众说话，搅混社会生活，不像苏格拉底那样，仅仅对一群精英说话，引导他们分享各种永恒的普遍观念。福科在临终讲课中，显然有点后悔，自己一生的努力没有真正贯彻犬儒哲人的风范，用了苏格拉底的方法来实现犬儒哲人的目的。[1]

但是，逝者如斯！苏格拉底以后，再也没有哪个哲学家把自己称为“牛虻”。这也许意味着哲学家的思考可以脱离现实的政治，但并不意味着哲学一定要变成仅仅是一种职业。在后来的不少思想家那里，就是哲学探究逐渐成了职业，他们也没首先把它看作职业，而是当作自己的生活方式。

值得注意的是，在《拉封丹寓言》中，《狮子与牛虻》描述了一只牛虻的变化过程。在牛虻与狮子大战并取得胜利后，“牛虻到处夸耀自己的战果，却不料蜘蛛张网以待，断送了它的性命。由此得知：最可怕的敌人是轻敌思想，能够战胜强大对手的人，

[1] 《二十一世纪》双月刊，2001 年 10 月号。

往往会因小小的失误葬送自己的前程。”这样的结局，恰恰是值得后世的“牛虻”们警惕的。

本文还引用了如下资料：

1. 有关苏格拉底的介绍，转引自“网路新手·哲学小站”中的“苏格拉底”条。

2. 牛虻与知识分子的关系分析，参考了《现代的苏格拉底何处寻觅？》一文，翟振明著，见《开放时代》2003年第3期。

豪猪的困境

半夜醒来有这样的想法：中国知识分子之间往往不能建立一种合理的正常关系。他们不是像刺猬或豪猪（为了避免伤害，你不碰我，我也不碰你），就是像豺狼（一旦碰在一起就眼睛发红，露出了牙齿）。

——王元化《九十年代日记》

一群豪猪在一个寒冷的冬天挤在一起取暖，但是它们身上的刺开始互相刺伤，于是不得不分开；可是寒冷再次把它们集合在一起，于是同样的事故又发生了。最后，经过几番的聚散，它们发现最好是彼此保持相当的距离。同样的，群居的需要使得人形的豪猪聚在一起，只是他们本性中的带刺的令人不快的刺毛使得彼此厌恶。他们最后发现的使彼此可以相安的那个距离，便是那一套礼貌；凡违犯礼貌者便要受严词警告——用英语来说——请保持相当距离。用这方法，彼此取暖的需要并非完美地得到满足了；但是彼此可以不至互刺。谁要是自己拥有足够的热量就情愿走得远远的，既不刺人，又可不受人刺。

这段话出自哲学家叔本华的《附录和补遗》[1]一书，是一段被哲学界视为“没有结论”的著名结论。

仔细想想，就不难明白，在生活中既能够彼此得到好处又能够避免使彼此感到痛苦的方式，是几乎不存在的。“豪猪法则”就是人际交往中的“心理距离效应”。这是否就意味着，在人类生活中，自我的空虚和孤寂使人们需要社交，但许多令人厌恶的本性和使人难以忍受的缺点又使他们分开……终于人们也找到了最佳距离，使得他们通过礼节共同生活在一起？

这个“豪猪理论”一经提出，引起很多人文学者的重视。单是在中国现当代，就有不少人对此发表了看法。林语堂在《我的话》当中引用了这个“寓言”，他得出的结论是：“叔本华的意思说，这就是人类的社会。”这几乎等于没有说，比起鲁迅先生来，见识高下立判。鲁迅先生在《一点比喻》一文里，引用了这个“豪猪困境”，他一针见血地指出：“假使豪猪们中夹着一个别的，并没有刺，则无论怎么叫，它们总还是挤过来。孔子说：礼不下庶

[1] 一译《副业和补遗》，是叔本华于 1851 年出版的一本杂文集。

人。照现在的情形看，该是并非庶人不得接近豪猪，却是豪猪可以任意刺着庶人而取得温暖。受伤是当然要受伤的，但这也只能怪你自己独独没有刺，不足以让他守定适当的距离。孔子又说：刑不上大夫。这就又难怪人们要做绅士。这些豪猪们，自然也可以用牙角或棍棒来抵御的，但至少必须拼出背一条豪猪社会所制定的罪名：'下流'或'无礼'。"[1]

这篇写于1926年初的文章，充分展示了鲁迅先生对弱肉强食社会的深刻洞见。在现在一些学者看来，叔本华利用这个动物现象，强调的是个体生命与群体利益的关系，以具体还原抽象，具有明显的反黑格尔主义的意图指涉。尤其是在东方专制主义的漫长环境当中，黑格尔主义已经不再是理性主义、辩证法的化身了，而是为了一个终极目的就可以理直气壮地宰割个人自由与权利的君主意图的体现。

也许，叔本华不愿得出这样的结论——

强壮的大豪猪可以牺牲周围的老弱病残，用尸体来筑墙取暖。堂皇的理由是气壮山河的：丢卒保车，丢车保帅，损失局部利益以换取大面积的胜利，等等。春回大地之时，大豪猪会面对劫后余生者流出滚烫的泪水，深刻指出：它们为神圣的种族牺牲了生命，进化论的原则就是如此。

放之于封建社会和铁幕时代，很多爱民如子的帝王不也是行使着这一简单而严酷的法则吗？和平是世界的母题，恰恰不是每

[1] 《鲁迅全集》卷三，人民文学出版社1981年第1版，第217页。

一个为之奉献的个体能够分享的。温柔的手段难以让世界迅速发展，倒是一些极端甚至凶险的法则，促进了历史本质的改观。这也许就是“矫枉必须过正”的辩证吧。

当然了，人们也可以从浅一层的角度理解“豪猪理论”。心理学研究就认为：领导者要搞好工作，应该与下属保持亲密关系，这样做可以获得下属的尊重。与下属保持心理距离，可以避免下属之间的嫉妒和紧张，可以减少下属对自己的恭维、奉承、送礼、行贿等行为，可以防止与下属称兄道弟、吃喝不分，并在工作中丧失原则。事实上，雾里看花，水中望月，往往给人“距离美”的感觉。一个原本很受下属敬佩的领导者，后来由于与下属“亲密无间”，他的缺点便显露无遗，结果不知不觉地使下属改变原有的看法，甚至变得令下属失望和讨厌。

把人际交往的距离准则比作“豪猪法则”，看起来是有几分道理的。尤其是同事之间、男女之间，因为信仰、文化、习性、知识诸方面的差异，必然会影响到自身的处世态度和交际方式。这容易使人联想到萨特的剧本《禁闭》。说的是在一座地狱般的禁闭室里，三个生前分别有过恶行的男女，在牢房里相互纠缠、折磨的痛苦情景。最后，借主人公加尔散之口，存在主义大师指出：“提起地狱，你们便会想到硫黄、火刑、烤架……啊，真是莫大的玩笑！何必用烤架呢，他人就是地狱。”

而在经济领域，豪猪法则让我们看到了“豪猪社会”的关系。汤铎铎博士在《叔本华的豪猪和哈耶克的知识》一文里指出，寒冷的冬天，有若干只豪猪，它们消费温暖和疼痛（疼痛在这里显然是所谓厌恶品，豪猪为了得到温暖不得不忍受疼痛）。还给定其他的条件，比如一块地以及地形状况，天气状况，每个豪猪的当前位置、体温、偏好、刺的硬度和长度，移动不会增加豪猪的成本也不会给它带来收益，等等。我们的问题是，怎样让这些豪猪在这块地上达到前面提到的均衡状态，从而使“豪猪社会”实现“福利最大化”。即使是对于没有学习过经济学的人来说，每个豪猪都不愿意移动，从而整个“豪猪社会”处于和谐宁静的状态应该是不难想象的。我们的问题就是，利用何种决策机制才能有效地达到这种和谐宁静的状况，集中的计划还是分散的市场？[1]但是，我们需要反问的是，这样的豪猪社会，对权力高度集中的环境来说，怎么可能存在于现实中呢？

逃避显然不是办法。人们只是希望“人形豪猪”能够时常提醒自己：这世界上除了自己还有别人，人们所组成的豪猪社会，最好是把自己的大大小小的刺毛收敛一下，不必像孔雀开屏似的把自己的刺都伸到别人的空间。但是，这几乎是奢望，因为我们无法摆脱这一困境。[2]

[1] 《经济学家茶座》2006 年第 1 辑。

[2] 此处参考了《让距离产生美》，《心理健康报》2005 年 8 月 28 日。

猫头鹰之思

许多密涅瓦的祭司（指哲学家）除了有点像女神本人外，还很像她那只著名的鸟，也就是说，他们在黑暗中捕捉老鼠，而大白天则连教堂的钟楼都发现不了，除非一头撞在它上面。

——［德国］格奥尔格·利希滕贝格

橄榄色是一种最美的绿色，它是具有生命力的象征。人们早就把橄榄与生命和幸福联系在一起。因为《圣经》向我们讲述过嘴衔橄榄枝的鸽子给处于洪水围困中的人类祖先带来了洪水已经退去的好消息。在古希腊，橄榄和智慧是紧密联系在一起的。在希腊神话中，雅典娜把橄榄树的栽培技术传给了人类，智慧女神总有橄榄以及猫头鹰伴随。因此，哲学家黑格尔把哲学形象地称为“密涅瓦的猫头鹰”（密涅瓦是古罗马人对雅典娜的称谓）。“密涅瓦的猫头鹰”正是从希腊起飞，飞向整个西方和全世界的。

古希腊的军队用猫头鹰和斯芬克斯图像作为军旗。罗马人起初挂狼、猪、手臂等图形，布匿战争起改挂猫头鹰或鹰形旗，这不仅仅是着眼于猫头鹰的智慧，而且还着眼于它的凶猛与嗜杀。这就从另外一个侧面告诉我们：智慧就仿佛两面刃，稍微不慎，智慧就会向非理性的方向转化。何况，猫头鹰往往会和夜风一道，加深非理性的氛围，这就使得它像一朵张开翅膀的罂粟，逼近人们的臆想，占领我们的灵地。

影片《哈利·波特》发挥了小说所没有的视听手段，一开场就造成强烈视觉效果的场景：猫头鹰送信的母题被夸张表现为惊人的神奇一幕：德斯礼家满屋子里飘信的情形如同雪花漫天飞舞。对于习惯看基督教的教堂壁画的信徒来说，这样的异教景象是匪夷所思的。罗琳在这里采用的“猫头鹰信使”的母题直接来自希腊神话。本来，猫头鹰在古埃及神话中是死亡和黑夜的象征，它伴随着死去的太阳在地平线下面的阴间世界运行。

猫头鹰是黑暗世界的动词，它的飞翔使整个黑暗开始运行，并在它的枭鸣声中，像金属的摩擦一般，照亮思想的纹理。哲学家常被认为而且也常自认为是猫头鹰，这自然是得益于在古代神话中猫头鹰与智慧之神有缘。但神话的作者之所以选择猫头鹰，恐怕不仅是由于猫头鹰喜欢在夜里孤独地凝思，而且还因为猫头鹰具有一种天赋：它能够在黑暗与混沌中看到其他生灵所无法看到的东西。伟大的哲人之所以伟大，也是因为他们看到了别人没有看到的东西吧？这当然并不一定意味着哲学家（尤其是近代以来的专业哲学家们）比一般人高明，正如猫头鹰并不比秃鹫更伟大一样。

拉封丹曾用《小老鼠与猫头鹰》的寓言，来体现反对笛卡尔派门徒的错误观点，即猫头鹰不会思考问题，只能把它看作钟表和机器。因为猫头鹰先把猎物弄残，然后再豢养催肥。拉封丹设问道："请你找出人类比这更好的解决办法来，你明白地回答我，亚里士多德和他的学生教授的是哪种思维方法呢？"答案很清楚，正是猫头鹰似的理性思维。

栖落在雅典娜身边的猫头鹰显然是思想和理性的象征。黑格尔用此比喻哲学，意在说明哲学具有一种显著的"反思"活动，是一种沉思的理性。"反思"是"对认识的认识"，"对思想的思考"，是思想以自己为对象反过来而思考。哲学的"反思"就是批判地考察各种认识和思想，它必须以各种认识和思想的存在和一定程度发展为前提。因此，如果把认识和思想比喻为鸟儿在旭日东升或艳阳当空的蓝天中飞翔，那么"反思"当然就只能在薄暮降临时悄然起飞了。

黑格尔把哲学比喻成为在黄昏中起飞的猫头鹰，还有一层更深的涵义。这就是哲学的反思必须是深沉的、自甘寂寞的，不能搞轰动效应。因为"精神上情绪上深刻的认真态度也是哲学的真正的基础。哲学所要反对的，一方面是精神沉陷在日常急迫的兴趣中，一方面是意见的空疏浅薄。精神一旦为这些空疏浅薄的意见所占据，理性便不能追寻它自身的目的，因而没有活动的余地。"

有意思的是，黑格尔比海德格尔更少把自己看成是一位预言式的哲人。象征着黑格尔的自我理解的密涅瓦的猫头鹰，乃是一个黄昏时分而非黎明时分的形象。在黑格尔看来哲学的任务就是用灰色去描绘灰色的衰老的生活形式，因而他拒绝去设想一个全新的世界。海德格尔则常常把发现新开端的可能性归结于诗人而非哲学家，他认为哲学家只会坐待诗人们发现的本质世界。但是，这一事实并不能解释黑格尔和海德格尔之间所存在的这种思想倾向上的差异。黑格尔在有关密涅瓦的猫头鹰的那段话中，所倡导的逊让态度并不是促使海德格尔把哲学家想象成只会坐待存在的新呼唤的原因。事实上，海德格尔和黑格尔思想上的差异并不仅仅是美学方面的。它既不是单纯趣味上的不同，也不是仅仅局限于他们哲学的某一个方面，亦即局限在他们对艺术本质的分析上。这种差异贯穿在他们的整个思想之中：它关系到思想的历史性和历史的可能性等问题。

智慧应该是一种回忆，一种在回忆中的探究，一种不断追忆的历史。而掌管“历史”国度的缪斯女神克丽奥（Klio）的母亲正是泰坦神美默素妮（意为回忆）。那么我们是否可以认定：哲思的展开同样带有猫头鹰似的回忆特点呢？

英国桂冠诗人但尼生（Tennyson）每天研读《圣经》，他笔下的《猫头鹰》一诗就有浓郁的回忆、思索之味：

当猫头鹰回家时天已亮了，
地上落满冰凉的露珠，
远方的小河默默流淌，

呼叫的航船在打转，
呼叫的航船在打转，
那只白色的猫头鹰蹲在钟楼上，
独自运动着他那聪明的大脑。

当欢乐的挤奶女拉开门栓时，
很稀罕地闻到刚刚割下的草的味道，
公鸡在茅屋下欢唱，
两声三声反复啼鸣，
那只白色的猫头鹰蹲在钟楼上，
独自运动着他那聪明的大脑。

每读到这首诗，有关猫头鹰的意象就像墨汁一样在空气里弥漫。当我们的思想逐渐意识到思想自身的基础时，基础的危机便会引起基础本身的改变。对事物来说，思想、本体论的思想总是来得太迟——就仿佛密涅瓦的猫头鹰——因为思想本身的变化仍需要被思想。或者，用海德格尔的话，思想是由迄今为止尚未被思想或甚至不能被思想的东西来度量的。那是什么呢？难道猫头鹰在牵引人们的思想吗？

值得一提的是，自哲学家波普尔提出“三个世界”的理论以来，很多人就认为，哲学不只是黄昏才起飞的猫头鹰，它更应是报晓的雄鸡。当然，也有人对此评论道，新哲学断言旧哲学狭隘，这种事其实并不新鲜，就好像猫头鹰遇到日食，以为夜晚来到，就对老鹰叫嚣，因为在它的观念里，没见到的东西就不存在。

本文说明：在英语中，owl 为智慧的象征，成语 as wise as an owl 即为一例。owlish, owlishly 则用来形容聪明、机敏、严肃。在儿童读物和漫画中，owl 通常严肃而有智慧，常充当仲裁。然而，在汉语中猫头鹰的意象就不同了。人们认为猫头鹰与征兆有关，怕看到它或听到它的叫声，以为碰上它要倒霉。

蚁王如花

在审判那日，人们将纷纷地离散，以便他们得见自己行为的报应。行一个小蚂蚁重的善事者，将见其善报；作一个小蚂蚁重的恶事者，将见其恶报。

——《古兰经》

焚烧蚂蚁的回忆

“热锅上的蚂蚁”是孩子都听到过的话，尤其喜欢写到作文当中，却未必都看到过。实际上，我不但见过“热锅上的蚂蚁”，还做过试验，现在想来颇为残忍，也许是男孩天性的使然吧。幼年的我，常喜欢捉几只苍蝇来引诱蚂蚁，然后毫不留情地用火来烧，一烧就黑压压一大片，然后我留下一大堆蚂蚁和苍蝇的尸体，拍拍屁股高兴地走了，这的确是童年的一大乐趣，一种游戏。

烧蚂蚁的办法有两种，一种是用明火来烧。在蚂蚁洞穴附近放点糖渣、剩饭，一会儿蚂蚁就来了，这时不能着急，还要耐心等待。蚂蚁见外面风平浪静，就开始倾巢出动，我们发现有几只特别大的黑色蚂蚁，那就是蚂蚁王，它们距离洞穴越远越好，那就很难返回了。然后找一张破报纸，每个小孩撕一块，点燃之后，大家分头烧，蚂蚁乱窜，小孩也乱了方寸，东奔西忙，这才像热锅上的蚂蚁。有些孩子笨，蚂蚁没有烧到多少，衣服却烧了一个洞，他气愤至极，嗷嗷地扑向蚂蚁拼命，手脚并用，蚂蚁固然死了，但鞋子却踩坏啦，这很不值啊！

还有一种烧灼方法却是学科学的成果，大家学会了使用放大镜来消灭蚂蚁。将一束束死光投向可怜的蚂蚁，一个光点、一股青烟，一个蚂蚁就消失了，这个游戏吸引了所有孩子。现在想来“天真的残忍最可怕”是有道理的。

一只蚂蚁可以搬动比它体重大几十倍的苍蝇，一群蚂蚁可以搬动一整只蜜蜂。看着这样的蚂蚁运动会，大伙受到了启发，我们如果有蚂蚁那样的力气就好了。

现在的小朋友有变形金刚、积木、跑车、飞机、电子游戏，自然再也不会有玩蚂蚁的积极性了，也更无法理解我们当年面对蚂蚁，就可以玩整个下午的事。

多年后，我写有《金属上的蚂蚁》一诗，记录了那时的心境——

金属的平台，滑亮而浸润
表面微细的凸凹
将来自不同渠道的光源
反射为冰面
寒冷的中心地带
几十只蚂蚁，高举一颗饭粒
恒速滑过无处藏匿的区域
金属放大蚂蚁的身影
窗外刺激的喇叭声
在建筑内飞旋
并且共鸣

金属没有变热，变红
反射的光在空气里静静燃烧
蚂蚁的队伍
像一条锈迹或者划痕
伸延到金属深处
然后被挡在光斑后的阴影
隐没

没有危险的征兆

说明蚂蚁的命运
将在视野内发生逆转
迂回于僵硬的环境
从暴力的指缝行进
比金属更为坚韧的时间
赋予蚂蚁的道路

无论什么环境
蚂蚁总会出现
然后散去
不留任何痕迹和气息
蚁王像一朵花
在暗中盛开

前不久，读到英国哲学家霍布斯的一段话："有些动物，像蜜蜂和蚂蚁，确实是群居的，因而被亚里士多德归为政治动物类；不过，它们除了特有的判断力和食欲以外，没有其他能力；它们没有语言，彼此之间无法沟通，不能告诉别的蚂蚁什么东西对共同利益有好处。"乍看似乎有理，这其实是最典型的"盲人摸象"啊。人们所知的蚂蚁世界的秘密，是非常浅陋的。

有关蚂蚁的科学分析文章汗牛充栋，我关注的文史领域就很可观了。晚清，在四川出任知县的王培荀写有一部专记四川风物的大书《听雨楼随笔》，其中第607则记载说："道光五年九月初十日，忠州鸣玉溪太极图石，蚁聚不可数计。中有大蚁，其行如风，群蚁逐队成行随之。或篆如城郭，或篆如宫殿，或类人行，或似花样，千变万化，不一而足。而大蚁则直居其中，群蚁拱辅之。”[1]

作者显然要暗示蚂蚁乃感应了天时，不然就不会趋于刻有太极图的石头上召开会议。蚁王成为了一次公民选举的硕果。

世界不过是蚂蚁的排泄物

1942年10月2日开始，弘一法师感觉异样。按照佛教的说法，作为“觉有情”的菩萨，知道自己该走了。他写下遗嘱，其中谈到自己死后龛的处理：“……去时将常用之小碗四个带去，填龛四脚，盛满以水，以免蚂蚁嗅味走上，致焚化时损害蚂蚁生命，应须谨慎。再则，既送化身窑后，汝须逐日将填龛脚小碗之水加满，为恐水干去，又引起蚂蚁嗅味上来故。”为了防止蚂蚁爬上龛，他可谓殚精竭虑。的确，按照弘一法师的遗嘱，完全能做到不伤害一只蚂蚁的生命。但谁都知道，生命并不仅仅以蚂蚁的形式存在的，因为与蚂蚁类似的各种小虫不一而足。在弘一法师入龛至焚化的七日内，总可能有其他小虫以某种未知的形式爬上龛。更重要的是，如果不受特定范围的局限，生命的形式更其

[1] 《听雨楼随笔》，巴蜀书社1987年10月版，第304页。

多样。按佛教说法，一滴水中即有“十万八千虫”，在那盛水的四只小碗内，又有多少生命存在呢？[1]

同体大悲的佛教之爱尽力防止伤害生命，这也正是佛教主张素食的根本依据。然而，即使植物，包括制作棺材的树木也是有生命的。佛教的基本原则之一就面临悖论，就像弘一法师的遗嘱“悲欣交集”一样，这也是宗教本身无力解答的。

美国哲学家理查·罗蒂在《哲学与自然之镜》中认为，世界上存在着两类文化人格：体系式文化人格和教化式文化人格。后者凭借一种情怀，并主要表现为一种姿态，一种默语，一种悖论，一种矛盾，他们几乎无法言说，因为一言说就会陷入悖论和矛盾的境地。然而，他们却往往把出人意料的境界、精神或思想带入日常的生活之中，让人敞开惊讶之感。哲学家克尔恺郭尔也许会把“菩萨”或“蚂蚁”的生存状态看作濒死状态：“做一个基督徒即意味着处在濒死的境地……然而他（上帝）是爱，无限的爱，但是只有你濒临于死，他才能够爱你；那痛苦的折磨乃是出于怜悯、出于把永恒的痛苦转化为暂时的痛苦的怜悯。”

黑格尔认为，大象、蚂蚁、人，都是上帝所造就的，这一切事物被精神占有，被它作为了实现目的的手段。人利用这些事物的同时，也通过它们进行认识，获得更高的知识。由于事物成为人的认识对象，人形成了对于自己本身的意识，这种意识的生动

[1] 参见林子青编著《弘一法师年谱》，宗教文化出版社，北京，1995年版，第314页。

性使人知道自身。这种意识就是自我意识。

西非一些部落则相信，世界不过是蚂蚁的排泄物而已。

在《人类与动物心理学论稿》中，威廉·冯特（Wundt Wilhelm，1832—1920）提到一个来自罗马尼斯编纂的《动物的智慧》一书中的例子。一位英国牧师在议及蚂蚁的“葬礼习惯”时写道：“我在一个蚁巢旁发现一处地下公墓，在那里见到有些蚂蚁埋葬它的死者，它们用土盖在死者身上。有只蚂蚁显然太感动了，设法将尸体挖出来；但是，一些黄色的教堂司事者（指一些黄蚂蚁——译注）的联合努力足以抵消这只郁郁寡欢的送葬者的力气。”上述这段描写中究竟有几分事实和几分想象呢？蚂蚁被带出蚁巢，置于附近某处，掩埋尸体，就像它们对付挡道的任何别的东西一样。这样一来，它们就可以毫无阻碍地在尸体上面来来往往了。

另一位蚂蚁的知己提供了这样一则报道：“在一处蚁巢，同时出来半打或半打以上年轻的蚁后。它们爬上位于门口附近的一块大卵石，迎着风，显出猖獗横行的姿势。有几只蚁后一度爬到石头上，在那里做出游戏般的交战姿态。它们用上颚轻轻地相互钳夹，并在有利的位置上相互追逐。不过，它们从不咬工蚁。这些工蚁显然注意着这些喜爱运动的公主们，偶尔用触角以通常的方式向她们敬礼，或触摸她们的腹部，但是显然让她们保留充分的行动自由。”上述观察的正确性是无须质疑的。它可以看作是动物心理学文献中流行的普遍报道的一个例子。“这只年轻的蚂蚁，”作者告诉我们说，“在来到这个世界上时，看来并不具备作为一个社会群体的成员所应该具备的关于它的一切职责的知识。于是，它被领着在蚁巢四周走动，并‘接受有关家务知识的培训，尤其是在幼年的情况下’。嗣后，年轻的蚂蚁被教导如何区别朋友和敌人。”这些例子将有助于我们判断在诸如此类的描述中有多少是事实，有多少是观察者的想象。[1]

推上火刑架之前，安静的布鲁诺说得好：“面对无限，人不过是一只蚂蚁。”

苏格拉底与西比斯的曾有如下的对话：“真正哲学家的灵魂在生时已经从肉欲的束缚之下解放了出来，在死后就要到那个看不见的世界里去，与众神在一起享福。但是不纯洁的灵魂爱恋着肉体，便会变成荒冢里的游魂，或者各按其特性而进到动物的身体里面去，或是驴，或是狼，或是鹰。一个虽曾有德但并不是哲学家的人，则死后就将变为蜜蜂，或黄蜂，或蚂蚁，或者是其他某种群居的有社会性的动物。”他还说，“凡是不曾研究过哲学的人以及在逝世时并不是全然纯洁无瑕的人，没有一个是可以与众神同在的；只有爱知识的人才能够。”“意识到灵魂只不过是附着在身体上，在哲学来接引它以前，它只能够通过牢狱中的铁窗，而不能够以它自己并通过它自己来观看真实的存在，……并且由于欲念的缘故，它在自己的被俘期间已经变成了一个主要的同谋犯了”。从以上苏格拉底的言语中可见，他不但是有神论者，而他的谈吐与佛教的六道轮回、修炼的说法何其相似。

收入《伊索寓言》里的《哲学家、蚂蚁和赫耳墨斯》故事是很有现实意义的。一个哲学家在海边看见一艘船遇难，船上的水

[1] 《人类与动物心理学论稿》，浙江教育出版社 1997 年 9 月版。

手和乘客全部淹死了。他便抱怨上帝不公，为了一个罪恶的人偶尔乘这艘船，竟让全船无辜的人都死去。正当他深深的沉思时，他觉得自己被一大群蚂蚁围住了。原来哲学家站在蚂蚁窝旁了。有一只蚂蚁爬到他脚上，咬了他一口。他立刻用脚将他们全踩死了。这时，赫耳墨斯出来了，他用棍子敲打着哲学家说："你自己也和上帝一样，如此对待众多可怜的蚂蚁。你又怎么能做判断天道的人呢？"这个反问，轻轻就摧毁了所谓的哲学冠冕，就像那些为了发展而随意破坏自然、资源的论调一样。

人的确太微不足道了，就仿佛一只到处乱窜的蚂蚁。你在不经意中踩死的蚂蚁说不定就是蚂蚁中的苏格拉底，也许这之前，他已经考虑了一生蚂蚁为什么活着这个问题，他可以坦然承受被踩死的结果。结果呢，作为人类精英的苏格拉底被人类当作异端毒死了，蚂蚁中的苏格拉底却死在了众多脚步中最没意义的一脚之下，只是轻轻一下。

蚂蚁毕竟只是蚂蚁，可人呢？不也就是小小的蚂蚁么。

老鹰

当你置身高处，或者你被梦带到了风之上，你必须有鹰那样锐利的眼睛，能看到将要发生的事并知道怎么做。现在，鹰的时代把它揭示出来了。人们发现，鹰的时代是应该在《启示录》和《玛拉基书》之上，也就是世界的末日来临的时代。

——佚名

很多民族的信仰与鹰有关。哈萨克人有养鹰的习俗，深山丛林中，骑马架鹰，傲视群山，是习以为常的事。哈萨克斯坦独立后国旗上的图案为光芒四射的太阳下一只展翅高飞的金色雄鹰。

雄鹰象征哈萨克民族敏锐的洞察力和远见卓识。哈萨克伟大的诗人和思想家阿拜·库南巴耶夫（1845—1904）的《雪后围猎》描写了牧民借助鹰打猎的场面，那真正的主人公是“蓝天之主”——好战的巴吐尔（意为勇士）鹰——当“驯鹰手顺势摘去猎鹰的眼罩，/猎鹰转动着火眼向左右横扫。/掠地而飞必然捉不到狐狸，/只有凌顶俯冲狐狸才无法遁逃。”这里的鹰是凌厉如刀的形象；诗人还将歌声比作心灵的鹰——“当人在浮想联翩的时刻，/心灵的鹰已扇动轻盈的翅膀”（《心灵的翅膀》）……

鹰是一个非常庞大的家族，但本文不使用动物学中的烦琐分类名字，只是把它们统称为老鹰。因为神总是把他的先知比作鹰，神也把他自己比作鹰。鹰就像一块宙斯的黑金，以反射阳光的方式，使嘴喙获得锋锐的加速度，以至于没有任何东西可以与它较量。它不仅能够飞得那么高，它的被造本身就是为了要适应一个高不可攀的难度。当它飞到高处，它就能看到它的位置。但有些人到了那个高度，就不知道自己到底在哪儿了，所以即使飞那么高，对他们也没用。甚至，由于过于贴近荣耀，还会遭到熔化羽毛的危险。

绝对的高度固然是鹰和哲学企望的巅峰，但获得俯冲的杀伤力恐怕才是前者的威力所在。那是一道咆哮的闪电，将固体的黄金还原为溶液，赶在声音之前泼下来……

在《申命记》中，摩西将上帝赐予以色列的律法比作老鹰，它接取雏鹰，背着它们飞。青年黑格尔谈及这段经文时说，“这老鹰由于错误，抱暖了一些石头，教导它们飞，并带着它们飞向云天，但是石头的重量是不能带动飞的，而他借给它们的温暖也是不能燃起生命之火的。”这时，卡夫卡带着自己的石头，穿行在法院的楼房中，试图用石头砸开法律的白墙，最终却好像把墙从法院砌到了自己的身体里，砌到了身体与身体之间。没有温暖的石头，只能用来砌墙，而无法成为道路，成为真理和生命。这墙也不会葆有生命，而只会圈禁生命或排斥生命。也可以说，无论多么强悍的生命，一旦陷入到一场无法施展强悍的危机中，也会落个失败的境地。

在此，澄清一个有关鹰的误会是必要的。很多人读到过一个《老鹰的重生》的故事，说老鹰活到40岁时，它的爪子开始老化，无法有效地抓住猎物。它必须很努力地飞到山顶，在悬崖上筑巢，停留在那里，不得飞翔。老鹰首先用它的喙击打岩石，直到完全脱落。然后静静地等候新的喙出来。它会用新长出的喙把指甲一根一根地拔出来。当新的指甲长出来后，它们便把羽毛一根一根地拔掉。5个月以后，新的羽毛长出来了，老鹰重新获得力量，开始飞翔，这样再过30年的岁月！[1]

显然，这是个类似于浴火凤凰的虚构故事。各种鹰的寿命不同，秃鹰可活到80岁，松雀鹰的寿命却仅约10年。体型愈大的鹰活得愈久，反之愈短。不管是哪一种鹰，没有任何一种会在中年自断鸟喙、爪、羽毛，借以求得重生的情形。现实里的鹰并不像《哈利·波特》第二集里的火凤凰，可以重生。这就是说，故

[1] 有关老鹰重生，有兴趣者可以参读卓亚雄《虚构的老鹰重生》一文，见《联合报》2003年7月9日。

事的励志性高于了真实性，使得老鹰一直停留在高空，成为问鼎“绝对高度”的神话动物。

而这个故事如果还具有一点真实性的话，那就是亚里士多德在《动物志》里指出过的，鹰到老年时，嘴喙会变得极端的弯曲，几乎无法进食，所以很多鹰不是老死而是被饿死的。鹰必须不断啄击岩石，以磨砺自己过长的嘴喙。

老鹰一直翱翔在史诗的天空。它偶尔飞行在哲学的领域，并把哲学带往更为广阔的空间。不妨以巴比伦、日耳曼为例。狮鹫起源于希腊神话，是一种鹰头狮身有背生双翅的怪兽。据古希腊人传说记载，一只狮鹫的身体大于八头雄狮，高度则超过一百只老鹰。它有很长的耳朵，脸上生着豹子嘴，脚上有大如牛角的利爪。据意大利诗人但丁描述，狮鹫的鹰头部分是金色的，狮身部分是白色的。虽然很少量的传说中认为狮鹫代表恶魔，但是绝大多数的神话都认为它是基督的标志，因为在《语源学》一书中曾有这样的解释：“基督是一只狮子，因为他有着统御的才能和巨大的力量；基督也是一只老鹰，因为他在复活后可以升入天堂。”因此在魔幻文学中狮鹫被描述成一种飞行速度很快的生物，具有很强的正义感和无与伦比的战斗力。因此，这种“如狮添翼”的怪兽在巴比伦，就是一头长有老鹰翅膀的狮子，出没于法律之上，像黄金，它代表巴比伦的王国。狮子是野兽之王，老鹰是空气的领主，构成了古老巴比伦的国力。而在日耳曼帝国，古建筑不乏雕塑和装饰图案等，其中多为鹰、狮、牛、马及肌肉强健的阳刚男性，这在相当程度上揭示了日耳曼人勇猛、不肯苟且和刚强的一面。特别是雄鹰，直接作为德国国徽图案的主体，可追溯到12

世纪统治普鲁士的霍亨索伦家族乃至更远。对于雄鹰的崇敬，德意志人是虔诚而深沉，以致奉其为“太阳之鸟”，认为只有它的眼睛才经得住太阳神的照射而可翱翔无阻。千百年来，雄鹰始终作为圣洁的神鸟，象征着德意志的强悍、有力量以及不停息的发展，成了德国人最乐于、易于接受之物。1949年联邦德国诞生，选用国歌时曾发生过总统和总理之间的重大分歧，而在国徽问题上，几乎谁也不怀疑昔日共和国之鹰可重新作为新国家的象征。

尼采在《查拉图斯特拉如是说》中，塑造了查拉图斯特拉的两个动物形象：鹰与蛇。这两只动物象征着一个对立统一体。在这个统一体中对立面既相互对立又相依相存。鹰这个高傲的动物盘旋在高空，它代表了理智与精神。蛇这个聪明狡猾的动物生活在地面，它代表了肉体与物质。尽管这两种动物向前运动的方式不同，但是其共同点是都做圆周运动：鹰在空中画圈，蛇在地上留曲前进。蛇缠绕在飞翔的雄鹰的颈上的情景直观地表现了对立面的统一。鹰与蛇，精神与物质是如此的不同，只有圆周运动才将二者联系在一起。对于尼采来说超越自我的行为就是向高层次发展的原则，它既超越自己，又在超越后回归自我，只不过是在更高的层次上。鹰与蛇尽管相互对立，截然不同，可它们二者之间没有敌意，它们在友好的合作中完成圆周运动。同样的，精神和物质不是相互诋毁，而是相互依存、相互补充，精神通过物质来实现，物质通过精神来提高。蛇在与鹰的共同飞翔中离开了它在地上的居留地升跃到了它依靠自己的力量无法达到的层次，同样的，物质作为精神的实现者进入了它通过自己的努力无法涉足的领域。精神中有物质，物质中有精神，不论物质还是精神都存在向更高层次发展的要求。这种要求作为权力意志的原则在共同的又存在差异的圆周运动中表现出来。

人类好比鹰与蛇的统一体。因此查拉图斯特拉乞求高傲（鹰）永远伴随他的智慧（蛇），因为只有这样才能保证人类永远以圆周运动的方式前进。在这圆周运动中人类存在着对立面辩证地统一，相互斗争，相互依存，就像查拉图斯特拉的鹰与蛇一样。它们各是不同种的生物，但是缠绕在一起共同做圆周运动。在现实世界中精神（灵魂）既要紧跟物质（肉体），以便不与物质脱节并随时汲取生活的活力，同时精神还要反作用于物质，发挥其独特的能动作用。

美国诗人威廉·斯塔福德（1914—？）的《名望》一诗，以鹰的翔动解释了我们与神秘事物相遇的过程，那么，这只鹰正是从奥林匹斯山麓反叛出来，成为思想丛林中的理性主义的呼号者：

我的书掉进河里，一次次
滚动，为太阳翻动
它的书页。我从桥上看见了这一幕。
一只鹰俯冲下来抓取这卷易滑的书。

在某处的森林中，这本书现在教育着
鹰，在风中翻动它的书页，
所有那些诗篇都沙沙细语
秋天到来，以及长夜，还有白雪。

诗歌让我联想到著名的逻辑学家和哲学家金岳霖先生经常对学生讲的一句话:“老鹰的眼睛是非常锐利的，它在几十丈高的地方盘旋时，也可以看到地上鸡蛋大的小动物，并猛扑下来抓住小动物。从这一点来讲，人的眼睛远不如鹰的眼睛锐利。可人比鹰看到的东西要多得多。为何？因为人有理性认识，可以对视网膜接受的东西加以理性的认识。”

因此从本质上看，老鹰应该是生命的化身，老鹰放弃“后转”的一切可能性，它不断提升自己，以追寻生命的真谛为第一优先。在追寻生命的真谛中，老鹰已经不再相信仇恨了，也亟思摆脱往事的阴影，但该重新相信什么？却尚待追寻。在追寻过程中老鹰却发现了自己拥有无限的能量和无穷的能力，才慢慢了解极度的苦难其实是无限创造力的负面运用，才了解创造苦难的力量和创造美满的力量其实同源，这时候老鹰又慢慢蜕变成火凤凰了，火凤凰了解生命只有付出，施比受更有福，而付出的原动力无穷无尽，正是这个宇宙的真理，这个源头就是丰富，就是生生不息。神说，给的更多，得到更多。在这个意义上，老鹰也许才是真正的哲学家。[1]

[1] 见海外星相学文章《天蝎座成长历程》。另可进一步参阅《您的2005年星座书——天蝎座》，天津人民美术出版社2005年1月版。

布里丹的驴子

在驴身上和驴之外总会有很多东西，尽管这些东西没有在我们眼前出现，但这些东西却能让驴子决定走这边而不走那边。

——［德国］莱布尼茨

我们知道，西语中的驴子历来没有什么好名声，大抵是愚蠢、顽固、逆来顺受的象征。在《伊索寓言》里，多处以驴子设喻，向我们展示了驴子的“愚蠢历程”。比如在《驴子们求宙斯》一篇当中，伊索就描绘道：

有一次，驴子们不堪忍受长年沉重的劳作，派代表去宙斯那里，请求为他们减免些痛苦。宙斯知道这是不容改变的，便说当他们撒尿能成河时，就会免去那些苦难。驴子们心想宙斯的话决无戏言。所以现在只要一头驴撒尿，别的驴也会围在那里撒起尿来。

这故事说明，天生的本性是无法改变的。

在生活的最底层受苦，还容易遭到愚弄，未必是说天性无法改变，只能说明驴子具有石头一样的本性，以及愚弄它们的人或神的残忍。

法国哲学家萨特在此前进了一步，他把人生比作驴拉车。车前有一把草料，驴为了吃上这草料，就会奔跑起来，它奔跑的同时，也就拉动了车。驴哪里知道草料是绑在车前的，它奔跑得越快草料移动得越快，它不奔跑了草料也停下来：它和草料之间，永远有相同的距离。它为着吃上那把草料而跑，直到跑死还是不明白，它从一开始就不可能吃上那把草料的，它根本就没有这种可能。

也许吧，人比驴聪明的地方，在于人长到一定的年龄便会明白这个道理；人比驴更聪明的地方，在于人即使明白了这个道理，也不可能放弃奔跑。人是不能停下来的，除非他死亡。所谓的哲学，就是教人明白这个道理的。你前头的那把草料，其实只是一个诱饵，你拼命追求所实现的，不是吃上这诱饵，而是无意中拖动了身后的那辆车……哲学的功用在提升理想。对于个人来说，理想是草料，当你跑近一步，哲学把理想前移一步，你攀登一级哲学把理想提升一级；于民族国家，理想亦是草料，哲学家就是一些专门为民族国家前移草料、提升草料的人。

在这个意义上说，每个人都应当成为自己的哲学家。他自己车前的那把草料，是要靠自己绑上去的；草料可以有不同的颜色、不同的味道、不同的大小、不同的轻重，但各人都得有一把草料才行的。未来的社会，已经不可能再有草料计划分配制——你车头的那一把草料，不再有人帮你绑上去了。

以上的观点，与中国民间对驴子的看法大同小异，不同在于，民间智慧没有把草料提升到理想这个层面。我觉得也用不着这么费劲。因为低姿态的生活很难如此高蹈，民间不需要如此难懂的智慧。他们更直观一些。生活在汉语空间中的驴子，我们不妨叫它“汉语驴子”，它在从事拉车、供人骑乘以后，主要的工作是拉磨。这头驴围着一个枯燥的磨盘转个不停，肯定是件不容易的事，人们用了一个十分简单的手段解决了这个问题，拿了一串由胡萝卜和玉米棒组成的东西挂在驴头前面，驴子为了吃到近在眼前的美食，于是坚忍不拔地迈开了四蹄，一圈一圈地向这一无法缩短的距离进发。

因此，法国经院哲学家布里丹提出的看法，就似乎更为直接。布里丹·让（约 1300 年—约 1350 年），法国著名的唯名论者，曾师从著名的导师奥卡姆，1327 年曾任巴黎大学校长。布里丹是让一头虚拟的驴站在两堆也是虚拟的等距离，外观、气味同样强烈吸引驴子的草料之间，在哲学意义上，这头显然从纯理性的角度上无法取舍先吃哪一堆草的虚拟驴，将在面对两个完全同质化的选择中不断地逡巡，最终将在丰美的食物面前活活饿死。

对此，叔本华（1788—1860）在《悲观论集卷》第3章《在他物意识面前的意志》中分析道：

几百年来，人们在现存的布里丹著作中并未发现这个驴子。我手头有他的一部似乎是印于15世纪的《诡辩》，这部书既没有出版地点，也没有出版年份，也没有页码。虽然驴子作为例子几乎出现在每一页上，但我却并未找到这个驴子。拜勒关于布里丹的文章是所有有关布里丹文字的基础。他很不正确地认为，人们只知道布里丹的一篇《诡辩》，而我却有一整部四开本的《诡辩》。拜勒十分详细地讨论了这个问题，既然如此，他就该知道那些似乎被人注意到的东西，他就该知道，早在布里丹很久以前，就已有了的比喻，这个比喻在某种程度上已经成了我在这里为之奋斗的伟大真理的象征和样板了。在但丁的著作中，有这样的句子，他以这些句子作为他的《神曲·天堂篇》第4歌的开头："在两种放在同等的距离，发出同等香味的食物之间，一个人纵然自由，也会因吃不上食物而活活饿死。"

其实这一点，亚里士多德也早已讲到过了。他在《论国家》第2卷第13页上就说过这样的话："同样的则是高度饥渴者的例子，他的饥饿感和干渴感是同样强烈的，这时，如果他和食品与饮料的距离总是相等的话，他必会静静地伫立着。"

布里丹的那个例子是从这些源泉中汲取来的，他只是把人改为了驴子，而这仅仅是因为，或者是用苏格拉底和柏拉图，或者是用驴子作他的例子，是这位枯燥乏味的经院派学者的习惯。

这至少让我们知道，这个附会到布里丹身上的虚拟的驴子，是人们以讹传讹的结果。我们暂可以不管它，只需注意其意义。

首先可以肯定的是，在自然界迄今为止还没有一头在食物面前会主动饿死的驴。“布里丹的驴子”如果是头实际的驴，那么它一定会在看到这两堆草的第一眼就冲向其中的某一堆，至于为什么要先吃这一堆，这头驴即便会讲话也肯定说不明白，因为就是没有道理。在“汉语的驴子”看来，与其花时间在两堆没有实际得到的草之间逡巡，莫不如先随便逮住一堆把肚子填饱再说，这样虽然有可能没有吃到最好的食物，但怎么说也比空着肚子强，起码生命的底线保住了。[1]

当“布里丹的驴子”面对抉择时，另外一个结果是：它或者“理性地”等待下去，直至饿死。于是，自由的问题便凸显出来了。按照黑格尔的观点，这头驴子之所以饿死，是由于它没有足够的认识能力，因为世界上根本就不存在两堆完全一样的草堆。换言之，这种假设是不成立的。而按照康德的观点，即便是这头驴子聪明到足以发现两个草堆之间的微小差别，并从中选择了一堆大的，也与自由无关，因为它只是对必然的顺从罢了。换言之，用这个例子来说明自由问题，同样是不得要领的。

[1] 这里引用《IT 乱弹之双驴记》一文中的基本观点，《IT 经理世界》2001 年 1 月 4 日。

用萨特的话说，英雄是自己选择了英雄，懦夫是自己选择了懦夫。

正如学者陈炎在《谈自由》一文里所分析的那样，这个选择是荒谬的，不是因为它是无理性地存在的，而是因为它没有不选择的可能性。换言之，不选择也是一种选择，那就是你选择了不选择。因为这种不选择同样体现了你的自由意志，所以你同样要为这种不选择承担后果。这就如同有人乘上了那辆驶向“卡桑德拉大桥”的列车一样，他可以跳车逃走，他可以奋起反抗，他也可以一动不动地坐以待毙。然而无论他采取哪种方式，都是其自由选择的结果，都必须为此而付出代价。从这一意义上讲，“布里丹的驴子”不是“自由地”去选择干草，就是“自由地”选择饿死，两者必居其一。

由此可见，“选择自由”不但不轻松，还充满了危机与掣肘。

不仅每个人的选择不同，而且同一个人在不同的时期也可以进行不同的选择。“我永远在进行自我选择，而且永远不能作为已被选定的存在”。换言之，“过去如此”并不能成为“必须如此”的借口。正如人们不能将自己的自由归结为某种先验的人性一样，人们也不能将自己的自由归结为某种经验的习惯。正是在这种不断地告别过去而走向明天的过程中，人们才能够不断地摆脱行为的惯性而创造崭新的生活。唯其如此，人类才不是，而且也永远不会成为“布里丹的驴子”！但是，要做到这一点，又是几乎不可能的。

“布里丹的驴子”之选择，很容易让我联想到中国先贤孟子的语录：“鱼，我所欲也，熊掌亦我所欲也；二者不可得兼，舍鱼而取熊掌者也……”从孟子之论我们可以看出：自己抉择并承担抉择是一切爱智慧者本源意义上的生活方式。只有这种自己抉择并承担一切后果的行为，世界的真实意义才可能为我们打开，一种诚实的力量将去除掉一切虚浮不实的幻象，世界的真实意义将洗净你内心一切污秽，你将处于本源真实的中正洁净中。

每一次抉择，或智慧，或愚蠢，但无论怎样抉择都由你自己做出，并由你自己承担抉择后的一切。先贤只是以睿智的目光作壁上观。先贤只能冷静的言：自己抉择、自己承担，没有人能代替你。爱智慧就是你自己看着做作壁上观的先贤，对现实处境中的事物做出抉择，没有现成的旅游指南为你指出坐几路公交车可以到达目的地。

这就是说，爱智慧不等同于你就有智慧，只有做出了抉择，才能判断你是否有智慧。我想，这个东方式的选择可以作为“布里丹的驴子”的补充。

如今，能够见到驴子的地方是越来越少了，不要说卸磨杀驴，驴鸣的宏大叙事倒是处处耳闻。汉语的驴子与西语的驴子统统成为了布里丹的麾下之兵。只是那句古老的民谚仍在沿用：骑驴看唱本——走着瞧。瞧什么？反正生活中让我们犯难的事情，远不止区区两堆草！

漫画家笔下的 Buridan's ass

极乐鸟与蝶翅间的魔术

在昆虫搜集昆虫的当今时代，蝴蝶也在侃蝴蝶。

——［德国］利希滕贝格《格言集》

“西林”这个笔名第一次出现在1921年1月柏林出版的一张俄侨日报《舵》上。三首诗和一个短篇小说，作者署名：弗拉西林。和法国诗人兰波一样，纳博科夫也拥有从字母中看见五颜六色的特异技能。他说，西林[1]（sirin）当中S是一种明亮的蓝，I

[1] 本文引用的语音学资料，参见痴痴儿《你所不知道的纳博科夫》，《橄榄树》2003年第3期。

是金色，R 是黑色，N 是黄色。而在俄罗斯民间传说中，西林（俄文 cbhby）指的是在伊甸园和幼发拉底河附近为圣人唱歌祝喜、使凡人疯狂的天堂神鸟，长着美女的脸，胸部像丰满的女人，让人想起希腊神话中的塞壬女妖，但似乎比后者更具魅惑。神秘的变形，斑斓而诡异的色彩，是这个称谓的含义，也是纳博科夫的艺术追求。“西林”的早期诗歌缺乏穿透力和新意，但纳博科夫的艺术风格似乎已初见端倪：如林中光线的声音和韵脚游戏，展现了他敏锐的视觉和出人意料的细节把握能力。

后来纳博科夫在美国康奈尔大学任教时，曾在一封致威尔逊的书信中写道：“……我不喜欢简，事实上，我对所有女作家都抱有偏见。她们属于另一类作家。怎么也看不出《傲慢与偏见》有什意义……”纳博科夫一向把作家、艺术家分为两类，一类是天才的，一类是没有天才的。他这里所说的“另一类作家”当然指的是缺少才能的一类。谢天谢地，他逃离了自己画地为牢的区域，他如蝴蝶穿花一般，从韵脚的边缘而侧身鹊起。

我们知道，塞壬 siren 与西林鸟 sirin 仅有微细差异，透过字母 I 的金色，不但与塞壬的栗色头发相缠绕，还容易跟蝴蝶的斑斓产生漫漶。

蝴蝶喜欢书写黄昏，就像在琥珀里寻求突围，它往返、回还，将夕光擦出声响。蝴蝶并不是软体动物，它斜插在两肋的刀片收敛光华，在无力割伤天空之余，它几乎就是在切割自己的飞翔。我们发现，诗歌中的蝴蝶总是慢动作的，而哲学的蝴蝶则近乎一张停在空中的纸。但纳博科夫坐在蝶翅上，他不但继续着他的“骑蝶旅行记”，还把蝴蝶当作了阿拉伯飞毯，进出在神话与魔术之间。他曾宣称，“我喜欢用过魔毯后折叠起来，这样就把图案的一部分放在了另一部分上面。”[1] 这分明就是对蝴蝶翅膀的直接摹写！于是，一只蝴蝶复制成另外的蝴蝶，在梦境里相互借喻，害怕雨，风景被蝴蝶的诡异线路打开并且扰乱，他被蝴蝶的魔术扰乱了神智，好在他在悬崖“勒”蝶时，双手就沾满翅膀四散的花粉。

1899 年，纳博科夫生于沙俄首都圣彼得堡。在父亲影响下，纳博科夫 7 岁就开始收集蝴蝶，16 岁出版第一本诗集，大约 17 岁，继承了一个大庄园和价值 200 万美元的财产。但是纳博科夫只对蝴蝶、一个叫塔玛拉的女孩、诗与网球运动着迷。事实证明，塔玛拉最终未能成为他的妻子，但是诗歌和蝴蝶牵引着他的视线与步履，为他指明了缪斯的终极地。

在文学史上，还没有一个世界级作家对动物曾经产生过比纳博科夫还要强烈的激情，并在科学研究领域做出过足以与文学媲美的贡献。在小说《洛丽塔》一举成名后，纳博科夫也成了世界上顶级的鳞翅昆虫学家。《父亲的蝴蝶》是纳博科夫迄今未发表的小说手稿中篇幅最长的一篇，它可视为纳博科夫对文学创作和鳞翅目昆虫两大热情再自然不过的混合物。值得注意的是，《父亲的蝴蝶》并不是一篇独立的作品，而是纳博科夫为 1938 年完成的长篇小说《礼物》（它被誉为 20 世纪最优秀的俄语小说）增写的开场白。

一篇介绍他的文章指出，1918 年 3 月的一天，纳博科夫在黑

[1] 见丹尼尔 · S. 伯特《世界 100 位文学大师排行榜》，海南出版社 2005 年 1 月版，第 164 页。

海边的一条小路上挥舞着捕虫网，一个哨兵走过来要逮捕他，理由是：他在用手中的玩意儿向英国军舰发信号；1939年的一个夏日，在阿尔卑斯山，纳博科夫身后的草丛蜿蜒起伏，原来是当地的一个胖警察正匍匐跟踪着，看他是否在捕捉鸣禽；去美国以后，手持长竿的纳博科夫则常常被农夫带到“禁止捕鱼”的告示牌前，弄得他啼笑皆非。采集蝴蝶造成了众多的误会，这是纳博科夫始料未及的；而有一次在法国一个农场干活的时候，衣衫不整的纳博科夫操着拉丁语同一位捕捉蝴蝶的绅士高谈阔论蝴蝶名品，又着实让那位先生吃惊不小。纳博科夫总是让人误会，让人吃惊。

1953年夏天，纳博科夫“在美国的亚利桑那波特利的一座农场里，在俄勒冈州阿什兰的一幢租来的房子里，在西部与中部的各个汽车旅馆之间”，一边写作《洛丽塔》与《普宁》，一边不断地捕捉蝴蝶。与蝴蝶纠缠不清，小说创作和捕捉蝴蝶交替进行，就像两条颜色不同的线，编织出他迷宫一般的生活。这就意味着，他动用蝴蝶和文学编制出了一座迷宫，但也小心地为自己留下了走出迷宫的线头。万幸，他并没有丧失理性。

著名蝶类学家亚历山大·科鲁特曾赞誉，纳博科夫的工作“完全重新分类了北美蝶种”。然而，纳博科夫不仅是一个冷静的科学家，他对蝴蝶的痴迷充满了激情和诗意。在诗歌和小说中，他多次抒发对蝴蝶的痴情，在那些阴雨绵绵的季候里，在那些无处可去的夜晚，洛丽塔变成了一只蝴蝶，承担了纳博科夫的痴迷和激情，或许也舒缓了他的沮丧。[1] 而这种沮丧，往往又与欲望和

[1] 见杜欣欣《寻访纳博科夫的足迹》，《南方周末》2006年2月16日。

迷惑有关。

“蝴蝶”一般具有以下几种精神指涉：首先是超越、解脱；其次是短暂性和偶在，或者说死亡；然后就是神秘和不透明。这三种涵义是东西方不同视角共有的蝴蝶解说。魔术、镜子、花朵，是纳博科夫迷恋的自然物象，但蝴蝶却是他在俄语与英语之间来回摇摆的卡隆之船。在纳博科夫看来，蝴蝶的不透明在某种意义上指涉私人空间的不透明，亦即隐私和潜意识的存在。爱欲和冥想都需要一个绝对化的私人空间。在他的所有作品中，对蝴蝶的诗性沉思上最为动人的典范，代表着他对物质的细节和非物质领域、对自然和闪烁着微光的超自然的激情探索。因此，蝴蝶飞舞的线条几乎就是进入纳博科夫文字的唯一通道，不然的话，我们很容易迷失于他的蝴蝶迷宫，而找不到出口。

对此，纳博科夫十分满足，因为“大作家无不具有高超的骗术”。他说：“当一只蝴蝶不得不扮成一片叶子时，不仅一片叶子的所有细目都得到了美妙的表现，就连被蛴螬咬破了边儿的洞的斑纹也被模仿得淋漓尽致。”蝴蝶的伪饰手段延伸到了文字当中，自然就漫漶成魔术的面具。激情的汹涌、理性的尊严，就像蝴蝶的翅膀，但更像蝴蝶突然的反飞姿态，因为背光的事物充分暴露于视线当中，成为了某种神示君临的征象。他一度在一种“红将军”蝴蝶上，竟然看到了图案为“1881”的字样，因为沙皇亚历山大二世被刺杀那年即 1881 年。不能不对这种“命运之蝶”产生膜拜，这让他产生了如下想法：一个人的思想，在大自然的水面必然有一个物象的念头，对他来说，这就是蝴蝶。蝴蝶可以完成他难以企及的事情，在《洛丽塔》中从事窥探、侦察工作；在

《黑暗中的笑声》里成为上帝之眼的光照；在《礼物》中甚至成为焦虑的罂粟之花……

作为对《礼物》的补充，《父亲的蝴蝶》并不是一篇叙述性的文字，相反，它是以虚构的语言连缀而成的沉思录。在前半部里，费奥多回忆着他童年时代对蝴蝶的爱以及他想更多地了解它们的热忱。1912年，他父亲的皇皇四大卷巨著《俄罗斯帝国的蝴蝶和蛾》的第一卷问世了，费奥多对这部大书作了详细、热情的描述，用它的完美衬托出先前同类著作的缺陷。在后半部分，《父亲的蝴蝶》转向费奥多父亲康斯坦丁的另一部有关进化和蝴蝶物种形成的著作。这份仅有32页长的概要是康斯坦丁在近乎白热化的心醉神迷的时刻写下的。它对物种起源和起源的概念作了极为大胆的思考。可以说，这部作品完全就是纳博科夫的蝴蝶畅想录，也是他意识的影子——潜意识的暴露。作家终于像一只得意的蝴蝶，向我们炫耀陡转和反飞技术的同时，也打开了他一直隐蔽的实质——欲望、纠结、欲说还休。

凡是涉及纳博科夫谈及蝴蝶的文字，那种不可遏止的激情和精怪的描述翩然而至，尽管纳博科夫坚持说自己的蝴蝶标本不比自己的小说次，他是企图把意犹未尽的读者再带往逻各斯的领地，然后，再以魔术的演出，来结束蝴蝶的戏剧。在我看来，他梦中的蝴蝶，俨然就是西林鸟的道德幻象——他是爱着西林的。

纳博科夫曾如此比拟自己的一生：“我的生命犹如玻璃球中的彩色螺旋。”因为“螺旋是圆神灵化的体现。圆在断开后，表现出时间上与生俱来的螺旋性，螺旋因此有了生命。”其实，这螺旋难道不是蝴蝶为自己提供的吗？

他没有为极乐鸟西林造出过美妙的句子，但他说过一句迄今为止最好的“蝴蝶箴言”——

“光穿过树叶，像蝴蝶。”

纳博科夫捕捉蝴蝶照片。

「洛丽塔，我生命之光，我欲念之火。我的罪恶，我的灵魂。洛—丽—塔：舌尖向上，分三步，从上颚往下轻轻落在牙齿上。洛。丽。塔。」

孔雀的灵魂

麻雀看见孔雀负担着它的翎尾，替它担忧。

——［印度］泰戈尔《飞鸟集》

在谈到永生的灵魂时，伏尔泰（Voltaire，1694—1778）突然产生了对“孔雀的灵魂”的道德考古。他这样写道：“我相信，如果孔雀会说话，它也会吹嘘自己的灵魂，并且还会肯定地告诉你，它的灵魂就住在它美丽的尾巴上。”这种将灵魂予以外化的方式，应该是符合孔雀意志的。与“上半部”体现权力的戴胜相反，孔雀的美学体现了一种“反攻倒算”的企图，小小的脑袋，臃肿的身躯，但一大蓬艳丽的尾羽就获得了观众震惊之余的热烈欢呼。这种使用“下半部”博取功名的手段其实一直是犬儒和机会主义者的仿生学杀手锏。于是，孔雀必须更上一层楼，进一步把自己打开，既回报了看客的掌声，也是对自己苦心孤诣的理想设计的自照或自谄。

在古希腊神话中，孔雀是天后赫拉的宠臣。在赫拉对“情敌”伊娥的监视行动中，“百眼巨人”阿古士终于为宙斯的儿子赫耳墨斯所杀，为父亲的私情铺平了道路。赫拉痛苦万分，便把百眼怪物的眼睛，移到自己的宠鸟孔雀的尾巴上，算是对暂时失败的监视行动的一种铭记。时至今日，这些眼睛还待在孔雀尾巴上，像个夸张的卫道士，渴望继续其监视的密令。联想到风化奢靡的欧洲那些渴望私情的贵妇，总喜欢把孔雀羽毛插在帽子上，不知道是在用此来自我监督，还是一种此地无银三百两的勾引策略。对此，哲学家利希滕贝格尖锐地指出，“女士头上的白翎毛是竖起的白降旗”。

《伊索寓言》记述了孔雀和天后赫拉的一段故事，进一步补充了这个弄臣的心机——

> 孔雀向赫拉诉说夜莺以悠扬、动听的歌声，深深地打动了人们的心，使大家十分喜爱她。而她一开口唱歌，便遭到听众们的嘲笑。天后赫拉安慰她说：“但你的外表和身材是出类拔萃的。绿宝石的光辉闪耀在脖子上，开屏时，羽毛更是华丽富贵，光彩照人。”孔雀说：“既然在歌唱上我远远不及他人，这种无言的美丽，对我又有什么用呢？”赫拉回答

说："各人有各人的命运，这是由命运之神所注定的。他注定了你的美丽，老鹰的力量，夜莺的歌唱，乌鸦的凶征。所有鸟类都满意神所赋予他们的东西。"

这故事是说，人要接受自己的优点，也要接受自己的缺点，任何事和任何人都不可能十全十美。

但这个结论美化了赫拉，在我看来，赫拉是鼓励孔雀继续其监视手段的。因为伏尔泰又在《哲学辞典》中论及"人类心灵的界限"时，再次把孔雀的行径纳入了视线，他说："我们的心灵界限处处都有，我们却像孔雀一样骄傲炫耀。"

雄鸟曳着长约六七尺闪闪发光的羽尾，每条羽毛都有夺目的"眼斑"，头顶上戴有珠宝形的金绿纹冠，当其开屏求偶时，真是辉煌夺目，是故昔日帝王权贵，都喜欢饲养。古希腊的神话也常提及孔雀，曾有一对孔雀卖价约近现在五千美元，而《圣经》亦曾记载所罗门王"有他施船队与希兰船队一同在海上航行。运来金银、象牙、猿猴和孔雀。"

老实说，孔雀的尾巴太大了，它有些拖不动如此庞大的美学系统。雌雄孔雀站在一起时显得很不相称，雌孔雀全身羽毛大部分呈灰褐色，点缀着不规则的暗色斑纹，而雄孔雀头上长着冠羽，头上、颈部以及胸部丰满的绿羽毛上，镶着黄褐色的横纹。那裙带般排列整齐的尾羽，每一根羽毛上都有宝蓝色的眼斑依次散列，两边分披着金绿色的丝带般的小羽枝，闪着古铜色的华丽而美艳的光芒，这是由于一层层的角质将光折射而成的，这些光将羽毛本身的棕色盖住了，因而幻变出了令人眩目的五光十色。雄孔雀像是古时君子的宽袍大袖，在尽情领略了绮色风光后，有时甚至被别的鸟踏住了尾巴，比较尴尬。

动物学家观察过孔雀的群体生活，发现雌性孔雀喜欢选大尾巴的雄性孔雀交配，大尾巴的雄性孔雀交配的次数特别多，结果大尾巴就被遗传了下来，这就是性选择的最好例证。

功德炽盛，智慧炽盛。《般若经》上说菩萨之功德如“孔雀食毒”。孔雀吃了蝎子、蜈蚣、毒蛇等百毒后，不但不死，羽毛反而更艳丽更漂亮。大菩萨对于世间法、出世间法、魔法、外道等一切法门悉皆深入，而且愈深入，般若智慧愈广大。这是否是说，下一分工夫才能收获一分美丽？[1]

现今进化论权威道格拉斯·富非秋玛（Douglas Futuyma）曾就孔雀的长羽尾作文章，认为这是创造论的难题，他质疑造物者竟会造出一只鸟，必须拖曳六尺长的羽尾，才可以赢得雌鸟的欢心而得留后。一个诚实的人，必须面对孔雀为进化论带来的难题：宇宙规律若真像进化论所说，决定一切生物的存留或灭绝，那么孔雀羽毛的美丽，必不能抵偿它带来的危险；正因为绚丽夺目，成为了显著的目标，使斑豹、鹫鹰及猎户等远远就看见，带来更大的危险。有人说雌孔雀也真不合进化论的说法，为何偏要找美丽但短命的丈夫？[2]

[1] 南怀瑾《南怀瑾选集》（第九卷）《圆觉经略说·定慧初修·楞伽大义今释》，复旦大学出版社 2003 年 9 月版。

[2] 参考了周道辉文章，载《香港号角月报》2002 年 12 月版。

这些科学的论述只有理性，似乎忽视了孔雀最本质的神性。相信有神的人，可以说孔雀不是创造论的难题。我们虽然不明白为何孔雀的羽毛，单靠光学作用就能有这么灿烂美丽的颜色，却可以相信像孔雀这样的生物，是一位有美感的创造者造出来的杰作，又赐给它足够的生存本领活到现在。神并不需要单守着一个特征，来决定生物是生存还是灭绝。

性选择影响进化的观念最早由达尔文提出。他对孔雀现象说过一句意味深长的话："相信孔雀的尾巴是这样形成的，这是一个可怕的拉伸机；但是，在相信它的同时，我相信同样的原理做些修改也能用于人类。"其实，这个"可怕的拉伸机"无须技术改良，早就已经在人类社会中获得了普凡的意义。

在神原有的创造中，因为罪还没有进入整个世界，绵羊可以和狮子同躺卧，孔雀的羽尾就不是它的弱点了。在神的创造中，每一个生物皆有借其生命来荣耀神的任务，叫人认识神。故孔雀能活着，给人看见神创造的美，将荣耀归给神，就已经达到它生存的目的，又岂止是性的问题？

音乐是空气的诗歌，鸟语是其中的高音。孔雀的叫声洪亮而高昂，不类金属，反而有些近于干燥的竹筒爆裂，似在喊"光贵、光贵"，傣语称之为"诺光贵"，是因为"诺"是傣语中"鸟"的意思。但无论怎么美化，孔雀在获得了视觉的美丽后，在别的领域，几乎无计可施。

康德曾经警告我们，在欣赏自然美时，不应假设自然塑造成这个样子是为了人类的喜悦；毋宁"是我们以偏爱之心感受自然，而不是自然偏爱我们"。所以，或许我们应该正确地说：物质只要是保存了人类在美感方面所偏爱的性质，便是合理的。稳定性与健全性（完整性）是客观存在生物群落里的，美则不然。只有偶然地（表象）自然才会激起主观的、人类的美的经验。如亚历山大所说的，我们人类是艺术家。而自然不是艺术家，它只是偶尔碰巧反射了我们的美学品位而已。

英国作家罗斯金指出:“这个世界最美丽的东西如孔雀、百合花等，都是些最没用处的东西。”听听这话，就明白他老先生不谙风情。

啄木鸟

即便是啄木鸟的成功也基于这样一个事实：不停地啄啊啄，直至完成自己所干的工作。

——科·考克斯

在《圣经·创世记》第一章里，就有啄木鸟的身影："神说，水要多多滋生有生命的物，要有雀鸟飞在地面以上、天空之中。神就造出大鱼和水中所滋生的各样有生命的动物，各从其类；又造出各样飞鸟各从其类。神看着是好的。啄木鸟有长舌、利喙、受保护的脑，得以在树上凿洞捕虫的鸟，被造在上帝的时间表中

——第五日……啄木鸟这能飞的、属天的生物，具备令人惊奇赞叹的复杂结构，必有一个解释、必有一个起源。”

后来，亚当对伊甸园的动物予以命名时，啄木鸟也荣幸地名列其中。这说明其激烈的鸟性在远古就得到了深刻的认识。古罗马的战神玛尔斯，他的圣动物是狼和啄木鸟。狂暴和招人讨厌，一直是战神的德行，这决定了他麾下的动物必然也具有暴烈的特征。应该说，既然啄木鸟起得很早，就理应被哲学家、诗人广泛地注意和描绘，但事实却并非如此，我们现在很难找到啄木鸟超出了生物学意义的记载，其缘由很是费解。

而在东方的古老典籍中，啄木鸟以“啄”的方式引起了人们的震惊。古书称此种鸟为“斫（音：啄）木”，并有批注：“好食树中蠹”，意即喜欢吃树干里的蛀虫。晋代郭璞撰《尔雅》注云：“啄木，口如锥，长数寸，常斫食树虫，因名云。”亚里士多德的《动物志》间或指出，啄木鸟好啄成癖，可以啄死树木，她智力奇高，可以把杏子卡在树干缝隙里，然后啄破吃杏仁。可惜的是，古代知识分子没有进一步探索啄木鸟更多的习性。在经过漫长的缺席之后，伟大的人类学家列维-斯特劳斯终于指出，初民思维的特点在于具体性和整体性，具体性表现在于神话语言的意象，整体性则表现在于逻辑结构的整体秩序。他认为，巫术与科学之差异在于结构化的原则不同，巫术的结构化原则有分类学上的秩序意义，他举例：“真正的问题不是在于碰触啄木鸟的嘴巴是否真能治愈牙痛。真正的问题在于，是否有一种观念能将啄木鸟的嘴巴与人类的牙齿‘配置’起来，以及是否能通过这种分类把原初的秩序引入宇宙之中。”

从啄木鸟联想到人的嘴巴，但是否可以联想到更多？理性的思维是无坚不摧的。人造的镰刀如同啄木鸟的嘴一样具有一望而知的特质，这种特质无论体现在功能上还是体现在形式上，都揭示了其所具有的自给自足的独立性、自主性；具有的某种天赋，并使生活具体化或“揭露出来”，因为鸟嘴的坚硬和镰刀的锋利向我们泄露了藏在树皮底下的柔软肥嫩的蛀虫和水田里的稻子那被沉甸甸的谷子压弯了的腰……就仿佛啄木鸟的嘴是与树皮底下的柔软肥嫩的蛀虫相关联、相契合一样，人类发明的镰刀正好与水田里的稻子那被沉甸甸的谷子压弯了的腰相关联、相契合。可见，人的发明或营建无法孤立于纯粹的人造世界里，它必须与环境（根本上是自然环境）、与事实相联系。如同我们在自然中发现的一样，人造场所的营建中，形式的生成必须在使场所中的物具有某种特质而使其成为某种自持，自立之物的同时必须与其所存在的环境（包括自然环境与人造环境）具有实质意义上的关联，具有一种契合。

正如苏格拉底所说，这使得啄木鸟成为一个“持有理性的动物”，而且通过这种生存实践，它们还结成了各种相互关系，从而构成了鸟类社会里极其错综复杂的图景。这些复杂的战斗品行，其实仍然衍化于它们反复寻绎的“物体的神秘能量”，物质元素与鸟的心灵世界转化、流变，以及在相互对立的元素中提纯属灵的精神，这种玄学式的思维，表达了啄木鸟对有限生命的超越，进而在它的生存策略中抵达神性。我想，所谓呼唤神性，就是在生活之中使超越生活目标的本真语言之到来中现身，正像海德格尔所昭示的那样：“采用熟悉的目光中的陌生的、可见的内含物……将天空显现的光明声响，与那陌生的黑暗沉睡聚焦于一，借助这种景象，神震惊了。在这种奇异中，神宣告了他稳定的新近。”

啄木鸟喜欢并肩在树林冠层的高枝间，那略带迟疑的啄木声：踢可踢可……踢可踢可踢可……踢可踢可……像是在幽暗的密林深处，预告它们的到来，被美国鸟类学家奥都邦比喻为竖笛走调的声音。在旁观者眼中，它们犹如是由深不可测的荒野中蹦出来的精灵。但诗哲泰戈尔却不这样看，他在《一个古老的小故事》中写道：“树林如此广阔，但那渺小的嘴巴，一旦找不到可口的食物，就会开始恶毒地中伤诽谤。可喜的是，尽管经历了亿万年，大地依然年轻，树林仍然茂盛。如果有谁死亡的话，一定是两只心怀嫉妒的不幸小鸟，而世界上谁也不会再想起它们。”显然，诗哲把啄木鸟当作搬弄是非的小人，这极大地诬蔑了啄木鸟的品行。

美国早期博物学家威尔森（Alexander Wilson，1929—），将象牙嘴啄木鸟归入高贵动物的行列。他在《美国鸟类学》中写道，它们的行事风格，“具有一股超越寻常啄木鸟的尊贵气息。对其他啄木鸟来说，树木、灌丛、果树、栏杆、篱笆或是倒木，都是耐心觅食的好目标；但是咱们眼前这种皇族猎人，根本瞧不上眼，它们要的是林中最高的大树；尤其是庞大的柏树丛，其子子孙孙争相伸展出或光裸枯萎或攀满苔藓的手臂，几乎有半天高。”[1]

啄木鸟犹如时间的更夫，以坚持的敲打来暗示生命的流失，在心情抑郁的人耳朵里，就会升起一层暮色。看看台湾诗人郑愁

[1] 引自杨玉玲译《生物圈的未来》，台湾天下文化出版公司，2002年版。

予写的《下午》：

啄木鸟不停地啄着，如过桥人的鞋声
整个的下午，啄木鸟啄着
小山的影，已移过小河的对岸
我们也坐过整个的下午，也踱着
若是过桥的鞋声，当已远去
远到夕阳的居处，啊，我们
我们将投宿，在天上，在没有星星的那面

这种迟暮感，恐怕不是别的鸟类可以赋予的，它是啄木鸟的专利，使我们在心碎时触摸到生命的身体。

记得在柏林墙倒塌之前，这个制度隔离的象征就一直被“蚕食”：柏林墙边出现了手拿铁锤、榔头等工具的人，他们瞄准西柏林一边那画满了图画的柏林墙面，选择性地、仔细地敲下其中美丽的图案，然后将这些小“柏林墙”石块，作为纪念品，售给世界各地的游客。前来凿墙的人越来越多，他们的举动和声音就像啄木鸟，于是德语中，出现了一个新的名词“WALL WOODPECKER”，即“墙的啄木鸟”或“啄墙鸟”。这个奇怪的词，于是成为柏林墙时代的语言文化副产品。啄墙鸟们将随着柏林墙的消失而消失，这个词将带着它特有的含义成为这个时代的典故，后人将必须查阅今天的历史资料，才能揭晓它的由来。[1]

[1] 参见《柏林墙始末》，《民主中国》1998 年 3 月第 60—61 期。

如今，是很不容易看到啄木鸟了，它们无树可啄，甚至去啄水泥电线杆。想到古人的诗句“借问虫何食，食心不食皮。岂无啄木鸟，嘴长将何为”的心情，就明白它们为人类做出的贡献，人类一直欠它们的账。

黠鼠

我劝大家要对女人严厉，其实这种劝告是很荒谬的，就像一只尼采的老鼠，在一次老鼠的会议中劝众老鼠要对暴君“猫”严厉一样。

——［德国］尼采

阿波罗的别名有很多，最主要的还有吕科俄斯（狼）以及斯明透斯（鼠）等，他的圣植物是月桂树，圣动物则是海豚、狼、鹞鹰、老鼠、蜥蜴等。因此对老鼠的崇拜从古希腊神话里我们就可以找到踪迹。这就是说，活跃在神话时代的老鼠，名声并不低贱，至今在印度一些地方还膜拜老鼠，称其为“女神的儿女”，事情发展到后来才逐渐发生变化。

意大利自然哲学家开萨聘纳（1519—1603）曾经朴素地认为，一切动物都可由腐坏作用而产生，并谓此为亚里士多德之说，亚里士多德此项意见似又经阿拉伯医生与哲学家亚弗乐阿（1126—1198）的理论加以推展而得出的，老鼠也是包括在这其中的。值得指出的是，亚氏虽然曾谈到了老鼠的巨大生殖力，甚至曾说老鼠因舐盐而得胎，却未提出老鼠可能产于腐坏作用。但当时一些炼丹术家还认为，凡产自腐坏作用的动物都有毒性。这样看来，老鼠一旦进入到哲学的视野里，首先就被涂抹上了恶谥。

雨果在《悲惨世界》里表述过这样的对立统一：猫是什么？这是一剂校正的药。上帝创造了老鼠，就说："哟！我做错了一件事。"于是他又创造了猫，猫是老鼠的勘误表。老鼠和猫就是造物者重新阅读他的原稿后的修正。

东西方在缺乏准确计量时间的漫长时代，都不约而同地赋予了老鼠显示时间的功能。释尊在《佛说譬喻经》里提到了老鼠的作用，把它比喻为时间的锯木工：不断咬啮着藤蔓的白老鼠和黑老鼠是指白天和晚上，白天的白老鼠和晚上的黑老鼠互相地在缩短人的寿命。所谓活了今天一天，便是死了今天一天。即使过年、节日、假日，老鼠也都一刻不休地在啮着人的生命，因此最后藤蔓必定被啮断。当然，不仅仅是藤蔓，什么东西在老鼠的门齿之下就有被肢裂的结局。在历史之父希罗多德的著作里，提到亚述王森纳切利勃的军队由于老鼠咬断了兵士的弓而转为逃跑，似乎可能是《圣经》中关于森纳切利勃大灾大难的另一个故事（II，《列王纪》）的异文。由此可见，无论是啮断藤蔓或弓箭，老鼠与死亡的联系从来都是紧密的，这也难怪亚里士多德会把老鼠归于腐烂垃圾的派生物。而哲学的一个最大目的就是戳破死亡的本相，那么老鼠还行使了书写死亡之书的比兴修辞。这个问题，苏东坡在《黠鼠赋》里予以了阐释，因为老鼠竟然采取了“诈死”的方式来回避死亡，足见人类的智力要洞悉其动机是多么不易。

我注意到，人们喜欢使用极端的方式来展示老鼠的喻象，并通过老鼠穿凿附会的技术手段来发现人生的景况。因此，在高雅而肃穆的教堂里，穿行在布道声中的老鼠，与埋伏在垃圾堆中的老鼠就不可同日而语了。18世纪的英国博物作家亨利-W-萧写有一本神秘的书，叫《乔西－比灵斯全集》，他以普里尼式的才华写出了很多篇什，《猫鼠志》就极富英国哲理：“……进入成年，老鼠的尾巴会像它们的身体一般长。初看起来，这简直是极大的浪费。以手段代目的的哲学头脑备不住会愚蠢至极地琢磨：莫非短尾巴的老鼠不是更好的造物。然而，哲学犯不着去改变事物以适应市场。它必须接受老鼠尾巴的事实，要么赞美它们，要么闭住嘴巴。当一个人无法为一只老鼠尾巴的整个长度给出正宗理由的时候，他常常会告诉他的邻居说：老鼠这造物压根儿就是个失败。人就是这样，而老鼠毕竟是老鼠。

“老鼠无论住在哪儿都有利可图，当然除去教堂。它们在教堂里肥得很慢。这说明它们不能像神甫一样靠宗教过活。宗教是最宜于消化的。”

用宗教哺育出来的老鼠自然与神甫有别，老鼠像那些为生计而愁苦的穷人，宗教是拒绝老鼠消化的，它们填不饱肚皮，处境甚至比那些阴沟、厕所里的同类还要不堪。这是英国式的幽默吧，有一种不见血的犀利。诗人格奥格·特拉克尔的《老鼠》一诗，把老鼠的黑白双性予以了冷酷的刻画：

院里的秋月泛着白光。
屋檐投下奇怪的影子，
沉默候在窗户的空荡里，
老鼠轻慢地出现。

尖叫着掠过这儿，那儿
厕所的气味凑近他们
那是灰色的雾气。
月光像鬼怪一样被颤动，

贪婪而癫狂的叫嚣，
塞满屋子和谷仓。
里面是粮食、水果。
冰冷的风寒暗中哭哭啼啼的。

诗中的描写让我联想到生物学泰斗真萨博士（Zinsser）的名著《老鼠、虱子和历史》中的观点：在所有的哺乳类动物中，只有老鼠和人类有特别相似的特点。唯一的通感性是狡黠，似乎是连接两者的灵犀。这种首鼠两端或者多端的诡计，使老鼠不能不成为哲学的仿生性研究和学习对象。区别在于，有些人学得不动声色，有些人学得歇斯底里。

对滑动在眼前的老鼠，东方人要直接得多。他们直接在老鼠身上加胆子，比如我们熟悉的《硕鼠》一诗，使得老鼠们要把穷奢极欲的极权者从地洞里拽出来，这实在有些难为它们。

公元前250年，秦始皇的未来丞相、26岁的李斯，尚在楚国上蔡郡做看守粮仓的小文书。他的工作就是负责仓内的粮食进出登记。一天他内急进厕所，尚未解手，却惊动了厕所内的一只老鼠。这只在此安身的老鼠瘦小干枯，探头缩爪，且毛色灰暗，身上又脏又臭，令人恶心。李斯看见这老鼠，想起了自己管理的粮仓中的老鼠，它们脑满肠肥，皮毛油亮，整日在仓中大快朵颐，逍遥自在。与眼前厕所中的这只老鼠相比，真是天上地下！“人生如鼠！不在仓，就在厕。”李斯不禁想到，它们同为鼠类，命运却截然不同，不禁喟然长叹。在老鼠的启发下，李斯第二天就起身，投奔儒学大师荀况，开始了寻找“粮仓”之路。20年后，他成了秦始皇的丞相……

也许真是“人生如鼠！不在仓就在厕”。很多人居然以李斯为榜样，逃离了厕所，跳进了粮仓，但由于它的贪得无厌、欲壑难填，结果反害了自己的性命。但到了苏东坡无纸写字的地步，自笑像“长夜空咬啮”的“饥鼠”，那么老鼠自救的心术就必然凸显。

值得注意的是，那种披着猫皮的老鼠。老鼠本来就非比寻常，一旦披上猫皮，那自然技能大增，如鼠添翼。它不仅与鼠类形成统一战线，胡作非为，而且会监守自盗，令人们防不胜防。老鼠披着猫皮，有了天然的保护色，作恶多端，引发众怒，常常败坏了猫的整体形象。这种“伪恶”的手段，比起“伪善”来，危害更大。

记住英国作家伊丽莎白·鲍恩（1899—1973）的话——命运不是一只大鹰，它像耗子一样爬行。

本文说明：

有关李斯与老鼠的互喻问题，参见钱宁《秦相李斯》，上海文艺出版社 2000 年 1 月版，以及南怀瑾《论语别裁·李斯的老鼠哲学》。

鼠
鼠一名耗子專嚙物中
外皆有之有灰黑白三
種晝伏夜行黑白者形
甚可觀有畜以為玩物者
吳下土音鼠讀若處桃
符乍換爆竹聲喧粘筆
圖此聊取處處平安之
意云爾
癸巳孟春上澣元和
友如氏作于滬上飛
影閣

（晚清）吴友如绘制《鼠》。

蚂蚁

光勤劳是不够的，蚂蚁也是勤劳的。要看你为什么要勤劳。

——［美国］亨利·大卫·梭罗

文化向时代提出了更高的要求，人们不能仅仅满足于把动物当成一般象征。如果为了将勤劳努力予以道德化，就写蚂蚁；为了赋予勇敢以道德意义就写狮子、豹子，那样的话，既是哲学的庸俗化，也埋没了动物们的天赋。

蚂蚁是地球上最常见的昆虫了，也是数量最多的昆虫种类。由于各种蚂蚁都是社会性生活的群体，在古代通称为“蚁”。据现代形态科学分类，蚁可分两大种群：蚂蚁类和白蚁类。蚂蚁的种类繁多，世界上已知有 9000 多种，国内已确定的蚂蚁种类有 600 多种。蚂蚁的寿命很长，工蚁可生存几星期至数年，蚁后则可存活十几年或几十年。一蚁巢在一个地方可生长二三十年，甚至 50 多年。

蚁丘不只是蚂蚁在建构大型地底居室的过程里，所挖掘堆积的一堆泥土那么简单而已。蚁丘的结构异常复杂，宛如有序的迷宫，它们的形状对称、富含有机物质、信道与巢室密布相连，同时还夹杂了草、叶、茎干碎片，以及小圆石与细小木炭。实际上，蚁丘是突出于地表的蚂蚁都市，里面住满了蚂蚁与其幼期个体。由于蚁丘斜坡有固定方向，因此几世纪以来，阿尔卑斯山脉的居民一直将蚁丘当成天然指南针。[1]

当初，古希腊希罗多德与普西尼或许正是基于这种蚂蚁的习性，才会写出蚂蚁采金矿的传奇记载。希罗多德断定，所谓的阿富汗“采矿蚁”由一种比狐狸大、比狗小的蚂蚁，它们守护着神的金属。上午的太阳最热，所以那些蚂蚁一般上午躲在地穴中休息，下午出来活动，若碰到有人来偷金子，便人畜兼咬。当地的印度人为了偷取黄金，一般是带一母两公三匹骆驼，在早晨前往，若被蚂蚁发现，便骑着母骆驼逃跑，而将两匹公骆驼留给蚂蚁吃。原因是母骆驼惦记着家中的小骆驼，跑得快。蚂蚁在黄金的放大作用下，竟然具有了比狐狸大、比狗小的体格，并且兼有了狐狸

[1] 霍德伯勒、威尔森合著的巨著缩译本《蚂蚁，蚂蚁》，台湾远流出版事业有限公司，2000 年版。

的狡猾和狗的忠诚，可惜，蚂蚁从来没有如此风光过。它们是卑贱的，不起眼的，但也是平凡而真实的。因此，当论及“人”的大与小时，参照物是无比重要的，因为“人既可能是上帝眼中的蚂蚁，也可以是蚂蚁眼中的上帝”。在同一认识领域、面对同一认识对象、就同一认识问题，不同的认识主体可以得出不同的认识，蚂蚁眼睛里的世界和大象眼睛里的世界是不同的。可是，很多悲观主义者是倾向于“人就是蚂蚁”这一看法的。

在中世纪，面对上帝万能的教义，布鲁诺竟然大胆断言“面对无限，人不过是一只蚂蚁。”他再次回到了“齐蚂蚁论”的低微立场，由于布鲁诺拒绝收回他的异端言论，于1600年惨遭火刑。但是，蚂蚁的平凡性质并不因为火刑而丧失，它仍然感动着后来者，使哲学反思人的本性以及人认识世界的方式。

在《新工具》一书中，哲学家培根提出了他的“四假相”论，显然，几种动物的身影晃动在他的理性天平上，他企图以动物式的神秘智慧来获得甄别事物的方法。他从方法论的角度出发，讨论了三种理解自然的方法，即蚂蚁式的、蜘蛛式的和蜜蜂式的方法。他认为实验家像蚂蚁，只会采集和使用材料；推论家像蜘蛛，只凭自身的材料织网；上述这两种方法都把实验和理性分开来了，是不可取的方法。真正的哲学应该把二者结合起来；像蜜蜂那样从花朵上采集花粉，又以自身的能力将其消化。对此，罗素在《西方哲学史》里评价道：“培根对自己的方法的评价是，它告诉我们如何整理科学必须依据的观察资料。他说，我们既不应该像蜘蛛，从自己肚里抽丝结网，也不可像蚂蚁，单只采集，而必须像蜜蜂一样，又采集又整理。这话对蚂蚁未免欠公平，但是也足以说明培根的意思。”很显然，蚂蚁所具有的实证、经验的学风似乎并不为培根所看重，倒是很合罗素的胃口。其实，正是具有蚂蚁的实证风格，近代科学才得以找到了突破口。

如果把笛卡尔、斯宾诺莎和莱布尼茨称之为近代理性主义的代表，而将洛克、贝克莱和休谟称之为近代经验主义的代表。前者好像自行吐丝织网的蜘蛛，安坐在扶手椅中构造精细的形而上学体系；后者则像是蚂蚁，辛勤地搜集材料，热衷于观察。前者强调理性高于感觉，理性自身就可以获得真实的天赋知识；后者强调感觉经验的优先性，认为一切知识都起源于经验和观察；前者认为逻辑和经验事实分属两个不同的领域，方法各异，不容混淆；而后者则认为逻辑本身既属于理智，亦属于世界，逻辑方法可以解决事实问题……总之，这种对立的阵营直到康德完成了伟大的综合为止。

诺贝尔经济学奖获得者赫伯特·西蒙的研究中，有一个著名的有关“蚂蚁”现象。

蚂蚁在海边布满大大小小的石块的沙滩上爬行，留下的曲曲折折的轨迹决不表示蚂蚁认知能力的复杂性，而只表示着海岸的复杂性。当我们把人当作一个行为系统来看的时候，人和蚂蚁一样，其认知能力是极其单纯的。在海边爬行的蚂蚁，虽然能感知蚁巢的大致方向，但它既不能预知途中可能出现的障碍物，其视野也是很有限的。由于这种认知能力的局限性，所以蚂蚁每当遇到一块石头或什么别的障碍时，就不得不改变前进的方向。蚂蚁的行为看起来的复杂性是由于海岸的复杂性引起的。

赫伯特·西蒙以蚂蚁喻人，认为人的认知能力也是单纯的，人的行为的复杂性也不过是反映了其所处环境的复杂性。第一，人和蚂蚁一样是一个极其简单的行为系统，人的认知能力是有局限性的；第二，因为人的认知能力有局限性，所以人的决策就不得不以满意原则为标准，而不能以追求合理性的经济学所使用的最优化（最大化）原则为标准；第三，为了在满意的基础上保证尽可能大的合理性，就应该通过组织结构的设计，使组织内信息处理单纯化，以尽量克服个人认知能力的局限性。[1]

彼得·辛格在《动物解放》里指出，基督教主张动物没有不死灵魂的学说，在笛卡儿那里产生了非比寻常的结论：动物连意识也没有。这种方法“解决”意识在物质世界里位置的问题，在我们看起来，甚至在许多当代人看起来，都显得诡异；不过在当时，也有人认为它有重大的优点。它为相信死后有生命提供了一个理由，而笛卡儿认为这“极为重要”，因为“认为动物的灵魂与我们的灵魂具有同样性质，认为我们对死后所需恐惧的或所可期望的不比飞蝇和蚂蚁多”，乃是容易导致不道德行为的错误想法。这个理论还消除了一个古老而困惑的神学难题：为何一位正义的神竟然会容许动物受苦，虽然它们既未继承亚当的罪，也无从在来世获得补偿？

有时平静地想想，人在地球上走，仿佛蚂蚁在水果上爬行。人其实比蚂蚁还渺小！

[1] 此段参考、引用了 Kingway《西蒙的蚂蚁》一文，见 http://yc.u200.com/blog.asp?name=kingway&month=2006-8。

斯芬克斯的意义

有各式各样的眼睛。连斯芬克斯都有眼睛——因此就有各式各样的“真理”。因此，也就没有什么真理。

斯芬克斯也有斯芬克斯的真理。真理的标准在于强力感的提高。

——［德国］尼采

公元前342年，后来成为马其顿国王的亚历山大率兵东征。一支军队到达埃及吉萨，士兵们在三座巍巍耸立的金字塔旁发现了一座巨大无比的狮身人面石雕像，一个个惊得目瞪口呆。希腊人突然大叫起来：“斯芬克斯（Sphinx）！斯芬克斯（Sphinx）！”

原来在希腊神话中流传着一种狮身人面的怪物，身子上还生有一对翅膀，它经常蹲在路旁，拦住行人叫他们猜谜语:“什么东西早上用四只脚，中午用两只脚，晚上用三只脚？”谁要是猜不出，就成它口中之物，若是猜中了，它便自杀。现在这个怪物就卧伏在眼前，它长着狮子的身躯，权力的头颅，两只眼睛睁得大大的。当时的希腊人怎么也不会想到，在那么遥远的埃及，竟然也会出现和他们国度里一模一样的大怪物，而他们更想不到的是，古埃及是最早步入文明的古国之一。

希腊人认为，每一种魔兽都有不同的力量与特性，因此如果神对于只和一些人厘定契约而不满足，那么，天神将与一些充满奇特力量的魔神或魔兽来厘定契约。显然，斯芬克斯具有超越常人的智慧和大能。

埃及的斯芬克斯雕像是斯芬克斯各种雕像中最古的一座，后来斯芬克斯才被传到西亚。希腊的斯芬克斯是在公元前1600年前后出现的，人们现在见到的瓶画上的斯芬克斯是公元前5世纪的一幅作品，女性，长着双翼，尾巴是蛇。她伏在柱子上，正在向过路行人提出谜语。尽管古埃及和古希腊各个时期的斯芬克斯图案在表达方式上不尽相同，但是它们都是由人、狮、牛、鹰共同组成的人兽合体。其实，这恰恰代表了人性深处的四种力量：女人的狡黠、狮子的嗜血、牛的莽撞和冥顽、鹰的凶残。

问题在于，理性的光辉怎么可能将它们统摄一体呢？

其实，埃及的“斯芬克斯”在当时是作为太阳神的代表出现的，同时也象征帝国的权威，起着威慑敌人、守卫和保护陵墓的责任。从现在来看，它又是世界上最早的一座人物纪念碑。在《斯芬克斯》的两个前肢之间还竖立了一块大花岗石碑，上面记载了一个预言的梦：有一位年轻的王子曾在梦中得到它的许诺，只要清除掉那些埋了它半身的沙砾，就让他成为埃及的法老。王子经过数年的努力终于使它的身子露了出来，后来王子果然成为第18王朝的统治者。这与古希腊神话所蕴涵的意义已经发生了挪移，因此，“斯芬克斯”至今还浮现出的那种似笑未笑的表情，不知是在表面认输，还是在嘲弄古埃及人的功利主义。

斯芬克斯之谜，换句话说，也就是人的理性和非理性之谜。即是：人的复杂性即使在一天之内都是变化无常的。人通过历史来证实自己，人又通过文化来展示自己，倘若人们还以为我们需要哲学的话，那么哲学就是试图使人通过哲学来解释自己。当人对自己产生怀疑时，当人觉得人自己已经“不是自己”时，人就需要某个外在力量的帮助，那就是被称作是强大的理性力量来拯救自身。

就像矛与盾的关系一样，讲到斯芬克斯就不能不提到俄狄浦斯。忒拜国王得到神示，他将死于亲生子之手。于是他的儿子俄狄浦斯出生后，便被刺穿双脚弃之荒野。但长大成人的俄狄浦斯得到神示，他将杀父娶母。为逃避可怕命运，俄狄浦斯决定远走他乡。在前往忒拜的途中，他遇见了斯芬克斯……

正如《西方哲学智慧》[1]所指出的，斯芬克斯的谜语——什么动物早上长着四只脚，中午长着两只脚，晚上长着三只脚？——是

[1] 张志伟、欧阳谦主编：《西方哲学智慧》，中国人民大学出版社2000年版。

解析这一神话的“阿基米德支点”。因为“俄狄浦斯”这个名字在希腊文中就含有“脚肿的人”的意思。这个来自父亲“赐予”的缺陷预示了他一生的命运：被诅咒、被遗弃、被驱逐——同时还有“懂得关于脚的谜语的人”的含义。这个关于脚的谜语其实隐含着两个问题：人是什么和我（俄狄浦斯）是谁。因此，斯芬克斯的提问与其说是关于脚或（人）的谜语，不如说是对俄狄浦斯本人的命运之谜的“神示”。而俄狄浦斯的回答与其说是对人之谜的揭秘，不如说是以狡黠的智慧来隐蔽对自我可怕命运的追问，他的似是而非的回答实际上掩盖了对他而言真正性命攸关的问题：我是谁？我来自何方？我将被命运之手赋予怎样的“不义”？

我们应该注意到一个细节，斯芬克斯因为失败而感到羞愧和害怕，她请求俄狄浦斯宽恕，但俄狄浦斯并没有宽恕她，他被暂时的胜利即将到手的功名冲昏了头脑，斯芬克斯恼羞成怒，跳崖而死。俄狄浦斯胜利而归，得到他应该得到的一切。而斯芬克斯跳崖而死则从根本上终止了俄狄浦斯自我追问的可能，在俄狄浦斯的意识中，“我是谁？”这个提问已经彻底地被封存、被遗忘，“脚肿的俄狄浦斯”已经被“全知的俄狄浦斯”所取代、所矫正。但事实并非如此，“全知的俄狄浦斯”接着将踏上杀父娶母的厄运。

雨果在致著名历史学家儒勒·米什莱的一封信中说：“每个世纪都有斯芬克斯，那么就应当有许多俄狄浦斯。”这话我们不仅仅可以作为谜底与谜面的对应关系，也许还可以视作在浮士德身上体现出的神恩的召唤与魔鬼的诱惑交错而行的问题，这其实也是人最难企及的。

尼采指出："普罗米修斯因为以泰坦神族之爱来爱人类，所以应该被苍鹰啄食；俄狄浦斯因为解答斯芬克斯之谜的过分聪明，所以应该陷入纷乱的罪恶旋涡。狄尔斐之神阿波罗是这样的解释希腊古史的。"于是，命运女神实现了她所给予双方而双方都十分用心逃避着的预言。

这个神话向历史昭示了这样一个严重的问题，即认识自我的绝对必要性和空前艰巨性。其之所以艰巨，不仅在于人性本身的复杂，更在于人对自身的面具性自我的固持与执着常常会蒙蔽人的双眼，妨碍人向真实自我的深入。

所谓认识自我，内容上应当包括一些问题：人在宇宙中的特殊地位、人与物的世界的关系、人与其同类的关系、人作为知道自己必有一死的存在者的生存意义，以及他对充满其生命内部的一切平常和不平常的奥秘的态度等等。康德曾把这些问题划分为四种：1. 我能知道什么？ 2. 我应该做什么？ 3. 我可以希望什么？ 4. 人是什么？他明确指出这最后一个问题乃是统摄所有其他问题的核心。从历史上说，对自我的认识活动大体上是沿着两条道路进行的。一种是自上而下的道路，它往往是围绕着"人是什么？"这一问题来勘定人的形而上位置；另一种是自下而上的道路，它往往是通过对具体的人的生存的反思来揭示出人的整体的实存结构及其意义，其提问的方式通常是"我是谁？"。[1]

镌刻在德尔菲神庙上的格言——"认识你自己"，已经成为了

[1] 参考了刘火《关于语言》一文，见《语言文学》杂志。

一个人类总在无限接近但总是无法达到的永恒历程。这句格言在希腊时代被看作是绝对命令，一个最高的道德原则和哲学目标。不过，在希腊人那里，这个“自己”并不是纯个体的自我，而是由个体所承载的类的自我，是每一个城邦公民所共享的人的普遍性的存在和本质。这一本质的核心就是理性。

哲学家们天真地相信，自己能够解开斯芬克斯之谜，并认为自己的哲学体系就是问题的圆满答案。在我看来，对任何一位哲学家来说，哲学问题的“终极解决”都不可能是最终性的。也可以说，哲学从来就没有所谓终极性的普适。各种哲学体系，只是对世界所作的不同旨趣的深度观察，说到底就是不同的“偏见”，因而，在斯芬克斯的面前，有解仍然是无解。

人性的问题，并不如文学家雨果所说的那样，斯芬克斯终要说话。纪伯伦在《沙与沫》里就写道：“斯芬克斯只说过一次话。斯芬克斯说：‘一粒沙子就是一片沙漠，一片沙漠就是一粒沙子；现在再让我们沉默下去吧。’”比较起来，反而是纪伯伦更显睿智。

安格尔绘制：《俄狄浦斯和斯芬克斯》。

这幅作品是安格尔根据希腊神话 Oedipus 猜对了 Sphinx 的谜语而绘制的。安格尔在 1808 年完成了这幅作品，后来又重新润色修改。画面人物与环境造型以古典主义写实手法与神秘主义境界相结合，形象蕴含着善与恶及智慧的较量。画面主体以裸体男子为主，以耸立的山峰作背景，描绘了美丽的斯芬克斯挡住英雄俄狄浦斯的去路，英雄以坚定怒视的目光看着斯芬克斯，预示着将要发生的智慧与勇气的较量。

蜘蛛丝

均匀的环形的蜘蛛丝不能被均匀地施加的拉力弄破，即便“天使和人”都尽力拉。

——恩斯特·马赫

某天早晨，佛陀在莲花池边散步。偶然望向池底，发现美丽的花叶下是浊黑的污泥，再透视污泥深处，里面竟是地狱！地狱里有个大血池，池中是一座座的刀山，上千万支锐利刀锋闪耀寒光。里面的罪人痛苦地哀嚎。佛陀见此，心生怜悯！他思考着要用什么方法去解救这些罪苦众生？可是这些人生前造作种种罪恶，没有丝毫善念，缺乏得救的因缘。

佛陀注意到一位叫健达多的人，他在过去生中杀人放火、无恶不作。为了将他从地狱中解救出来，佛陀遍察他宿世的因缘，但几乎找不到任何的善行，最终只发现他的一次微小善行。那是在久远之劫之前，当健达多走在路上的时候，有一只小蜘蛛也在路上爬行，健达多本想一脚踏死它，可是当刚要举足时，忽然心中生起一个善念：小蜘蛛也不犯我，不如放它一条生路吧。就这样，善念一起，小蜘蛛就从他的脚下死里逃生了。

当佛陀观察到这个善因缘后，发现那只蜘蛛正停憩在极乐世界美丽的花叶间，于是，佛陀抓起银色的蜘蛛丝，徐徐放到地狱里。

健达多在黝黑的地狱中，抬头看到黑暗的空中有一丝亮光向他头顶缓缓降下，如获至宝，赶紧抓住蜘蛛丝，奋力往上爬，等他爬到中途稍事休息时，才发现下面有无数的地狱众生也正攀在蜘蛛丝上。健达多感到惊慌和愤怒，他叫喊道："这条蜘蛛丝是我发现的，是属于我的，你们这么多人一起上来，万一断了怎么办？全都给我下去！"当这呵斥声还回荡在空中时，蜘蛛丝突然从健达多手中断落了……[1]

这是一个很著名的喻世故事，使我们在拽紧这根命运的蜘蛛丝的同时，还要懂得罪孽如铁以及敬畏。这根蜘蛛丝作为悬垂在天灵与地狱之间的二传手，也可以视作冥河的摆渡者卡隆，每一次阅读，就如同经历一次轮回。当这根蜘蛛丝穿过日本文学家芥川

[1] 参见佛恩居士的《走近佛教》，非卖品。

龙之介的心田时，他为此特地写了一篇小说，获得的启示好像也很平凡：人性是彻底以自我为中心，而一个自我为中心的人格特质是彻底地自私和自恶，即使到了地狱，依然无法改变。很小的善，可以拯救众多的生命；很小的恶可以毁了一个人最大的希望。

此刻，我看着天空和窗外的月光，发现有一条蜘蛛丝般的银线从高空落下，进入到我眼中，月光正从蛛丝上得到彰显，蛛丝也获得确立，如水的月光正一滴一滴地游走在蜘蛛丝上，使我的眼睛模糊了。蜘蛛隐没了，但作为存在的蜘蛛丝就如同走出米诺斯迷宫的“阿里亚娜线团”，在繁复中蕴涵简捷的负责，使思缕在蜿蜒的摸索中突然触亮了事物的核心。

台湾诗人陈千武曾写有《雨中行》一诗[1]：

一条蜘蛛丝　直下
二条蜘蛛丝　直下
三条蜘蛛丝　直下
千条蜘蛛丝　直下
包围于我
——蜘蛛丝的槛中

被摔于地上的无数蜘蛛
都来一个翻筋斗

[1] 节引自《密林诗抄》第8页。

而以悲哀的斑纹，印上我的衣服和脸
我已沾染苦闷的痕迹于一身

对这样的诗我很遗憾。当一条、二条、三条、千万条蜘蛛丝“不顾拖沓”地悬垂到一个人的低姿态生活中，我们不敢得救，我们没有得救的勇气和觉悟，那么，这种救赎一定会演变为一种惩罚，尽管这未必是上灵的旨意，但为蜘蛛丝缠绕的结局是很清楚的了。

在蜘蛛丝突然横移的过程中，我注意到有一根蛛丝飘忽到了教堂的天庭上。它把西语中的信仰悬挂起来，以特立独立的姿态，牵引出完全迥异于佛教观念的后果。

18世纪从英国乘“五月花号”到美洲新大陆的人都叫作清教徒，他们到了北美洲之后，把那里取名为新英格兰，过着敬虔的生活。因为生活单调、苦闷又辛苦，慢慢地就出现一些喝酒、赌博的坏习惯，进而影响到他们的第二代，后来甚至教会也慢慢地堕落。于是圣灵开始做了一件事，这就是美国“第一次大觉醒”的背景。

在1740年的这次大觉醒中，有一个很重要的人物就是爱德华滋，他是“觉醒的器皿”，他有一篇很重要的讲章：《在愤怒神手中的罪人》。他说上帝是会愤怒的神，罪人在神手中好像蜘蛛，和蜘蛛相连的只有一条很细的蜘蛛丝，蜘蛛丝连在天花板上，而底下是火，蜘蛛丝是很细的，只要风一大就会被吹断，一断，蜘蛛就会掉下去，掉到哪里呢？掉到火炉里面烧掉了。火炉代表地狱！是不灭的火。

掉下去不是死掉，是永远不死而在里面被烧炙。当他正在讲的时候，突然圣灵大作，台下乱成一团，因为大家都很害怕，每个人都紧抓着前面椅子的椅背不放。圣灵大运行，带来极大的复兴，几乎那个小镇的所有人都信了耶稣。这有点类似《使徒行传》第二章，彼得讲道完门徒添了三千人，而爱德华滋的一篇道，使全镇几乎所有人信主。[1]

这也是基督哲学所阐释的，救恩不是主降下蜘蛛丝，而你需努力修行、慈悲助人向上才能换取。救恩亦不是你期待有一位从死里复活的人来告诉你事实真相，你才愿意相信。救恩既然是救恩，只有用公义与恩典来换取。公义乃在于没有一个人能完全彻底满足慈悲的本质所表达的圆满，只有神来承担；恩典乃在于为彻底满足慈悲的圆满，自己付上全然的牺牲，使受益的人免于一切的付出和回报。

在这里所要表达的是，“罪人永远活在不断的忏悔当中”。在地狱里，其本质是永不改变，亦无法改变；不可能因着你努力向善，就能解脱阴间之苦；或是因着你充满慈悲心，让每个人都爬上蜘蛛丝而被救赎，这就是很矛盾的说法了。

在黑暗中，是没有良善、慈悲可言的，只有不断地忏悔。好永远是好，不可能一口井又出甜水又出苦水，亦不是一棵树又能

[1] 出自肯·瑞朵伯格（Kim Riddlebarger）博士《用爱心说诚实话——改革宗传福音之道》。或专著《无与伦比的基督·如何知道你是一个真正的基督徒》。

生好果子又能生坏果子，基督哲学拒绝这种“中间渐层”思想选择。即所谓又善又恶，是善亦是恶，不善不恶这种矛盾的奥义。善永远就是善，恶永远就是恶，这是本质的问题。所谓恶中有善，其善不是善，只不过是包装美丽外衣的恶罢了！就像善意的说谎还是说谎一样。地狱就是地狱，若地狱亦有修行修道的考验，练净可以成圣成善的机会，其本质所能发动的向善能力又从哪里来呢？若有能成圣的善，怎会在地狱中！因此，这是矛盾的思想，对人类的救恩只是更大的欺骗。

可以发现，以上两根蜘蛛丝的走向，有截然不同的深度。站在佛教和芥川龙之介的立场，世界宗教的救恩是普世性，分享性，不是独占性。所以每个宗教都有他们自己的蜘蛛丝，而那些宗教徒不可独享自己的拯救，忘掉还有其他的罪人，免于使自己再次坠入地狱。这种普救论的观念，世界宗教皆有救恩，是现代新派自由派神学家的立场，要小心免于落入这可怕的陷阱。

在这种近乎对立的“蜘蛛丝哲学”中，中国哲人早已经跌入到蜘蛛网构思的困厄中去了，并去苦思突围的策略。而对这根悬垂在黑暗中的亮丝，总觉得它是简陋的，是不值得分析的。殊不知，天意并不总是以网的方式呈现的，当天意以一根蛛丝体现时，似乎可以成为我们返回内心、思忖得失、渴望得救的机缘呢？

某天，翻阅俄罗斯诗人丘特切夫的诗集，我读到《在初秋的日子里》：

在初秋的日子里，
有一段短暂而奇效的时光，——

白昼像水晶段透明，
黄昏更是灿烂辉煌……

方才镰刀踊跃，谷穗倒卧，
而今极目四望一片空阔，
惟有那纤细的蜘蛛丝
在空闲的犁沟上闪烁。
……

诗歌很美，但那蜘蛛丝在通往繁复而曲折的季节中，会平地起飞吗？我们内心的路真是难走，很长，也很远。假如你不是强力的人，你就跟不上召唤！！这条路上有信念的脚印，如同通往灵田的蜘蛛丝，迂回而动人。

老虎的仆从

虎和野蛮人有个共同的要求，即霸占森林，而这是所有要求中的第一桩，也是战争起因中最古老的一个。

——狄德罗

尼采曾经说：“至于说美，有什么比凶猛而发出光辉的老虎更美呢？”这话不假，只要读过布莱克的《老虎》，读过博尔赫斯的《老虎的黄金》，就会使我们有理由相信，潜伏在老虎“凶猛而发出光辉”的躯体中的灵魂，往往具备超自然的力量。而出没于汉语视野的老虎，大大拓宽了统治者的疆域，臣民们不但看见了江河山川，还看见了那看不见的幽冥世界。老虎的光从不收敛，就更是被王道文化赋予了它未必能够胜任的威仪。为虎作伥是一个成语，《七修类稿》是这么说的：人一旦被老虎吃掉，魂魄会跟从老虎，这种鬼魂叫虎伥。“伥”通“猖”，段玉裁认为“伥”是“仆”字，自此，老虎行止之处，作为仆从的伥鬼都会在前方勇当开路先锋，他们是虎类的探雷器和顺风耳，帮助老虎避开前进道路上的一切危机。所以猎人想要猎虎，会先放置汤、饭、衣、鞋，吸引伥鬼停留，老虎处于忘形之境，一时大意，便会落入圈套。还有另一个引诱伥鬼的办法，猎人在地上遍撒乌梅、杨梅等等酸物，据说伥鬼嗜酸，就会顾不得老虎了。这显然是伥鬼唯一的人格弱点，构成了老虎的死穴。

老虎一旦被捉，四周可以听见伥鬼的悲号，它们在夜里哭个不休，把黑暗渲染得如同一块湿布。对这种“虽九死犹未悔”的态度，《七修类稿》作者郎瑛叹息说：伥鬼死的时候没看见自己的尸体，所以不知自己怎么死的，被虎吃了反而被虎役使，好不容易老虎死了，又悲伤痛哭，这是多么痴愚啊！难道不会内疚吗？

这种感叹很多，翻翻《太平广记》，有近百条有关老虎与虎伥的记载，就不难发现矛盾已经从人间扩展到了幽明地界。但才子纪晓岚却不这样认为，他在《阅微草堂笔记·姑妄听之三》里说：“闻伥役于虎，必得代乃转生，是殆伥诱人自代，因引人捕虎报冤也。”这就等于把虎伥看作忍辱负重的潜伏者。

作为老虎的虎前卒，伥鬼的确是十分奇怪的一类。它们一心侍奉老虎并非出于畏惧。它们不但不记恨老虎对自己生命的剥夺，反而死心塌地为之卖命。这就是说，身体史一旦中断，作为灵魂史的生命竟然开始还魂，把剥夺他人生命作为自己灵魂生存的必然法则。我想，这种被圣人臆造出来的物种，如果不是体现物极必反的道理，就是展现了王道文化那硫酸一般的对伦理的腐蚀。

伥鬼对老虎是极为服从的，《正字通》还说伥鬼称呼老虎为“将军”，有人认为是伥鬼被老虎施展了障眼法，但我认为它们是知道一切原委的。按照一般道理，伥鬼在光线下暴露出来的形体，是它们身体存在时的模样，但有些笔记却美化了伥鬼的造型，说它们往往是美女，偶尔还跨上虎躯，这显然是出于进一步增加威仪的考虑，并暗示了伥鬼不但为老虎发现食物，还要解决老虎的感情问题。如此一来，汉语中的王道文化几乎已经污秽不堪了。

晚清吴趼人的《趼廛笔记》里有一个不同于一般虎伥的故事：

说在一个叫清远的地方有一老翁，带儿子背了整具虎骨到佛山去贩卖。有人将虎骨买下，老翁抚摸着卖虎骨所得的钱，脸色十分悲伤。买主感到奇怪，追问之下，老翁才哭道：“一言难尽呀！这老虎杀了我家三人，几乎灭门！”

老翁说：“我的儿子在田里被老虎吃了，长媳送食物到田里去，也被吃了，我妻子到山上砍柴，久久没回，邻人在山里找到她的衣服，衣服上的血迹还是湿的，想来也是葬在虎口了。”

说着，老翁指向小儿子：他晚上梦见母亲回来，告知某山某树之下藏有黄金，只要去挖掘出来，便一生吃穿不尽。他醒来告诉我，我说这只不过是妖梦罢了，没想到当晚他又梦见母亲告诉他：“这是母亲的命令，怎会以为是妖呢？况且我又何必骗你？明天傍晚你就去，我的阴魂会帮助你的。”醒来，儿子觉得奇怪，于是次日天快黑时，还是带了纸钱，要去祭拜山神和母亲，然后再掘宝。儿子正在赶路，一个老人忽然现身，“太阳快要下山，山路又多虎狼，你怎么贸然上山呢？”儿子不回答老人，只管往前走。老人赶忙拉着他说：“你千万不可以去，去就有祸事！”儿子说：“我是奉母命而去的，怎么会得祸？”老人说出他母亲是死于虎口的，儿子心中大奇，因为在村中没见过这老人，他怎会知道呢？老人又说出儿子是要去掘金的，儿子大惊，问他是不是神。老人说：“是不是神不敢说，总之你爬上这棵树，就会看清楚明白了。”儿子听了老人的话，爬上一棵古树。天黑以后，忽听一声虎啸，震得树叶落下。儿子大吃一惊，藏到枝叶浓密处偷看，却看见母亲带了老虎到该处树下，彷徨四顾，像在找什么，然后跟老虎对话，话没说完，老虎就咆哮怒吼，母亲赶忙抚摸虎颈，像在安慰，老虎稍微安静后，母亲又四下寻找，发出凄厉的鬼叫，老虎不断咆哮，直至鸡啼才怏怏离去。树上的儿子惊骇不已，焚了纸钱感谢山神，赶紧回家。当晚老虎竟然闯进村寨，还来敲他家房门，父子俩赶忙躲入贮水的大瓮，不久老虎破门而入，还伴随“啾啾”的鬼声，似乎为虎做引导。老虎找不到人，呼啸而去。村人来慰问，儿子如实相告，于是众人设下陷阱，又设酒馔引诱伥鬼，当晚果然虎来了，终于成功捕获。村人可怜父子俩损失多，便将老虎交给他们，想起来，父子俩还是忍不住伤心啊……

吴趼人在文尾评论说，虎毒不食子，伥鬼看起来还比老虎要毒心呢！

这个看法就比纪晓岚高明得多，至少触及了问题的实质。这就让我怀疑，作为仕途知识分子的纪晓岚，是否就是伥鬼的幻形。吴跰人的故事是说，伥鬼也不能洞悉一切，他们既不能知晓天道，更不明白人道，他们在王道的石榴裙下跳着狐步舞，因此一口水缸就挡住了他们效忠王道的眼睛。

在此，让·雅克·卢梭（Jean Jacques Rousseau，1712—1778）的《社会契约论》里著名的专制论断，在虎伥面前就显得有些鞭长莫及，这个论断是王者一贯的权力话语："我和你订立一个担负完全归你而利益完全归我的约定。只要我高兴的话，我就守约，而且只要我高兴的话你也得守约。"这是一个强迫签署的契约，但在老虎与伥鬼之间，没有强迫与约定，没有享乐与受苦，伥鬼不但主动接受了这个条约，而且还视之为老虎的恩惠。所以，存在于汉语中的伥鬼，已经超出了卢梭的想象，却构成了汉语中权利的伦理纲常。

在《太平广记》兽畜类笔记中，大多数动物与人可以互相变化。但是，官员——包括将做官的、正做官的、做过官的——作为人，特别青睐老虎，在他们化为动物时，基本上是不化为其他动物的，只跻身老虎之列。在近百篇关于老虎的篇什中，记录官变虎的有大约十篇，占了总数的约十分之一。老虎头上的"王"有三横，充分展示了王道文化的内涵，代表了以天、地、人为内容的王道。"道"就是道理、真理。"王道"就是天、地、人的道理。那么，作为王道的天命的代理商，帝王们自然是老虎的化身了，而虎伥自然是来自人道中的出类拔萃者，他们不但大公无私，吮痈舐痔，而且充分发挥主观能动性，为老虎分忧，难道不是后人学习的好榜样么？！

其实，古人早就洞悉了这个结律。《太平广记》卷四百二十七，引戴孚《广异记》，谈到了伥鬼的意象——“碧石”：

> 开元末，渝州多虎暴。设机阱，恒未得之。月夕，人有登树候望，见一伥鬼如七八岁小儿，无衣轻行，通身碧色，来发其机。及过，人又下树正之。须臾，一虎径来，为陷机所中而死。久之，小儿行哭而返，因入虎口。及明开视，有碧石大如鸡子，在虎喉焉。

猎人设机阱，伥鬼前导去发其机关，为虎效力；但虎已被猎人重新安上的机关杀死，按理说虎再也控制不了伥鬼之魂，伥鬼不再受虎钳制了。然而，伥鬼却心甘情愿再入虎口，为虎殉葬。这样的结局，固然是出于王道文化的余孽，但伥鬼的“碧石”之喻，难道是让人联想起超迈的“碧血”丹心吗？！

（晚清）吴友如绘制《虎》。

羊、虎皮以及盐

尼采曾以羔羊与猛禽为例，说明怨恨是弱者对强者的反应而不是强者对弱者的反应，羔羊怨恨猛禽但猛禽并不怨恨羔羊，羔羊希望少一头猛禽而多一只羔羊，这种念头可以理解，但猛禽报以冷嘲。猛禽不但不恨羔羊反而深深爱着羔羊，因为羊们是强者的食物。尼采说："要求强者表现为不是强者，要求他们没有征服欲望、战胜欲望、统治欲望，不渴求对手、反抗和战斗胜利，就与要求弱者表现为强者一样的荒谬。"

——题记

我们经常可以见到公羊之间的对决。其余的羊，对疯狂的打斗漠然置之，都散落到旁边，或者沉默不语，或者低头吃草。羊的吃食习惯有很强的特点：只是饿了，才能一心一意地吃。一旦吃饱了，就不安稳，宛如被风集合起来的云朵，跟了头羊，忽东忽西，游荡而去。那成为头羊的，多是身高体壮的公羊，头上有弯长的利角，有些地区称之“骚胡”。一群羊中，若有两只“骚胡”，就有好戏看了，这就像经理的“小蜜”身边，总是有色迷迷的眼睛在觊觎一样，经理怒不可遏，自然要把好色之徒清除出列。但羊没有人这么势利，它们讲求公平竞争。解决的方式，便是决斗。但即便是决斗，也不严重伤及对方。

我曾在箴言录《词锋断片》里写道：一头饥饿的小羊迷失于雪原，一头饥饿的老狼寻觅于雪原。两者相遇。童话的伦理告诉人们的善恶之别是——杀死老狼，拯救小羊。因为正义同柔顺站在一起。推而论之：一头披着羊皮的狼，一头披着狼皮的羊，如果偶遇猎人，会遇到什么样的后果呢？

伪恶有两个动机，一是出于保护自己。混在虎穴中的羊，难免最后也会被撕碎。但沾上老虎的尿味回到羊群中，只要不加害同类，还可宽宥；伪恶的另一个动机，是出于加害同类。自己本已不幸，反而加害挚爱的亲朋，四处告密，用恶行来获得恶势力的垂青。这样的行为，自“文革”盛行后，远未绝迹！

摒弃伪善固然可敬；但清除伪恶情绪，却是一个更为艰巨的事情。

亚里士多德在《动物志》（第六卷）记载说：“在波斯的某个地方，当人们剖开一只雌鼠时，看见里面的雌胎鼠竟也有孕。有些人断言，并且坚定地认为鼠类舔盐即可怀孕，而无须经历性配。”他没有说羊是否也有类似情况，但很多原始民族坚持认为，盐有助于性欲的提高。而在茫茫原野里迅速寻找盐巴，则成为羊的一大绝技。甚至也可以说，如果一个草原尽管水草肥美，但若没有足够的盐碱渗出，那么，野羊只好远走他乡。

对羊来说，盐路就如生路。晋武帝统一天下后，把年号改成了太康。三四千后宫娇娃，他犹嫌太少。太康二年的暮春三月，他又收罗了亡国之君孙皓的宫廷美女，竟然有五千多名。晋武帝在性欲方面还很有些浪漫主义，他下令制作了一辆轻便小巧的车儿，用温顺的羊来拉。在后宫漫游，任羊停在哪里，他就在哪里下车，恣情寻欢作乐。也有那或想邀宠得皇帝青睐或想生个一男半女将来也许能当太后太妃之类的宫女，往往在自己的寝宫门前洒些盐水，逗引拉车的羊儿舔盐而停在自己门前。当羊车来临的时候，宫娥大声嚷嚷：“骚货来也，骚货来也！”从此以后，风骚、骚货就与性行为密切联系起来了！后世看重的“撒缘”，其来源，则是情欲烘托起来的“撒盐”。

这一记载并非虚构，因为盐对于羊，正如老马能识途。记得我在陕南，就曾见羊倌换羊的特殊方式。太阳还没落坡，羊倌就对着山野一阵怪叫。羊倌手里提着一口袋食盐。他将盐末撒在岩石上，就像有特异功能一般，羊们像整齐的云朵一般飘然而至，便争着去舔食。

但我认为，让羊依靠盐路去完成帝王的情欲使命，实在有些大材小用。因为羊本身就是性力十足的象征。公羊对淫羊藿的寻觅，技能应该在寻找盐巴之上。这种怪草叶青，状似杏叶，一根数茎，高达一二尺。公羊一旦啃吃，阴茎极易勃起，它们从盐路上逃逸到情欲之路上，犹如从小径分岔的森林里歧路亡羊。

听着羊群咩咩地叫着，总让人觉得娇柔。形容女孩子的声音用了黄鹂、夜莺，可就没人说类似羊羔的叫声呢？羊的眼光，与它们的驯良却是最具有反差的。它们都有一双恨眼，投射出睥睨一切的冷光，用这样的眼光打量世界，让我们无所适从。《格林童话》里有一篇《上帝的动物和魔鬼的动物》，说魔鬼被上帝戏弄后，“魔鬼只得放弃了他的债，盛怒之下，挖掉了所有山羊的眼睛，把自己的眼睛给塞了进去。从此，山羊就有了魔鬼的眼睛和咬断的尾巴，而鬼呢，总是喜欢装成它们的样子。”这暗示了一个善良的人不愿意承认的文学历史认知：羊是魔鬼制造的动物。

替罪羊及其他

作家是人类的替罪羊。

——卡夫卡

《孟子·梁惠王上》中记载了惠王的仁慈之举：“……王坐于堂上，有牵牛而过堂下者。王见之，曰：‘牛何之？’对曰：‘将以衅钟。’王曰：‘舍之！吾不忍其觳觫，若无罪而就死地。’对曰：‘然则废衅钟欤？’曰：‘何可废也，以羊易之。’不识有诸？”

这涉及一个钟鼎落成仪式，新钟铸成，宰杀牲畜，取三牲之血以涂抹钟，祭祀国之重器。齐宣王不忍心看见牛恐惧战栗的样子，而命以羊替换牛来祭钟。从此以后，开启了汉语的“替罪羊”谱系，这个具有悲剧色彩的词汇就流传开来。

看来，是牛濒死的痛苦“拟态”，深深打动了梁惠王。问题在于，羊是不是没有学会这一求生之术？看起来，羊的模仿水平似乎较牛低一些。关键在于，羊的丑陋长相的确远逊于牛的朴实敦厚。于是，羊被杀了。

这段文字，我无法推测那只替罪羊是什么羊，鉴于梁（魏）惠王定都在河南开封，我猜，是山羊。

在西语中，“替罪羊”（Scapegoat）指的是山羊而不是绵羊。

在基督教的《圣经》（《旧约》）中说，上帝为了考验亚伯拉罕的忠诚，叫他带着他的独生子以撒到一个指定的地方，并把以撒杀了作燔祭，献给上帝。正当亚伯拉罕要拿刀杀他的儿子时，有个天使加以阻止，说：“现在我知道你是敬畏上帝的了，前面林子里有一只羊，你可用来‘祭献’上帝。”于是，亚伯拉罕便把小树林中的那只山羊抓来杀了，代替他的儿子献给燔祭。

《旧约·利未记》第16章，“替罪羊”成为囊括人们罪行的口袋，并被主人弃于旷野：“（亚伦）两手按在羊头上，承认以色列人诸般的罪孽、过犯，就是他们一切的罪愆，把这罪都归在羊的头上，借着所派之人的手，送到旷野去。要把这羊放在旷野，这羊要担当他们一切的罪孽，带到无人之地。”而在《新约》里，耶稣就是最大的“替罪羊”，为众赎罪。

高喊杀掉耶稣的民众们，开始热烈鼓掌。

在长期的罪孽文化油彩涂抹下，山羊俨然是罪孽的化身，可惜山羊既不抗议，也不会像牛那样“痛苦拟态”，事情似乎已经注定。

《马太福音》第25章当中，耶稣说末日审判时，象征信他者的绵羊将被安置在他右边得永生，而象征着不信者的山羊将在左边受永罚。到了中世纪，事情越发不可收拾。欧洲基督徒逐渐将不信耶稣为救主的犹太人视为魔鬼的化身，而魔鬼常常被描述为长着两只角和稀疏的胡子，关键是：有一张山羊的脸。在各种天灾人祸面前，犹太人总是会被拧出来充当“替罪羊”平息社会混乱的情绪。

这就让我们发现，法国著名哲学家勒内·吉拉尔的名著《替罪羊》所提出的“替罪羊理论”是一针见血的：西方社会曾普遍存在一种现象，即为了防止整个社会危机的爆发，而利用替罪羊的机制——“替罪羊理论”让所谓的民粹主义情绪得以缓解，让隐藏更深的非理性行为继续实施。

毫无疑问，群氓（人民）的短暂联盟构成了“合法暴力”的主体。

吉拉尔颇有点像汉语里提出“厚黑学”而引起正人君子们极大不快的李宗吾，在梳理《俄狄浦斯王》时，他提出了“迫害文本”的观点：在神话本身，情景描写得再清楚不过，是拉伊俄斯挑衅俄狄浦斯，是克瑞翁决定谁战胜怪物斯芬克斯谁就将做国王。杀死拉伊俄斯和乱伦是俄狄浦斯在毫不知晓的情况下的被动的“犯罪”，是无意识行为，是命运捉弄的结果。吉拉尔归纳出这种文本的四个范式：1. 一种社会和文化危机的描写，即一种普遍的混乱；2. 指控“捣乱者”的罪行；3. 嫌疑者身上的特殊的标记作为选择受害者的标准；4. 集体将受害者处死的暴力场面。

那么，替罪羊隆重登场，成为了柄权者遮蔽权力病灶的遮羞布。羊，干叫着，柔顺地跪下来，等待那提早到来的刀刃。

意大利诗人翁贝托·萨巴（1883—1957）在名作《山羊》里，展示了让人心悸的一幕：

> 我和一只山羊谈心。
> 她被单独地拴着，在田野里。
> 她吃饱了青草，被雨水
> 淋湿，正咩咩地叫着。
>
> 那单调的咩咩声是我自己的
> 痛苦的姐妹。我友好地作答，先是
> 戏谑地，接着却是因为痛苦是永恒的
> 并且只用一个不变的声音说话。
> 这正是我从一只孤零零的山羊那里
> 听到的哀泣的声音。
>
> 在一只长着闪族人的脸的山羊身上
> 我听到了世上一切悲痛
> 一切生命的呼喊。

“长着闪族人的脸的山羊”何止只象征着犹太人？它也可以象征一切弱者，一切被隔离出来当作“替罪羊”的不幸者。山羊的细弱声成了“永恒的痛苦”的象征，从而完成了“替罪羊”的发声学。

在《替罪羊》一书的译序里，译者冯寿农不无深意地指出了“替罪羊”还将长久存在的原因——

“吉拉尔发现：在神话里虽然几乎找不到替罪羊这一词，它却是支配影响文本内容的建构原则。在一个迫害文本里替罪羊谈得越少，其建构原则越难察觉，反而这个文本受到替罪羊的影响越大。整个文本是根据受难的虚构、受难的无根据的罪名、巫术的因果性写成的。文本却以它们的迫害特点使读者联想到替罪羊。”

蛙语

青蛙意象

卢梭在《论语言的起源》里认为，古人视野里，事物所表达的内容比文字更为丰富。他说，能被感知的符号有两种，一种是肢体的，一种是声音的，人类最后没有例外地都是发展出了使用声音的语言。卢梭认为这不是一种进步。尽管视觉和听觉都是自然赋予人类的感觉，视觉的符号有更多的变化而且使用更少的时间，也更有说服力。卢梭认为古人比我们更雄辩，因为他们不使用词语而是使用显示性符号。他举了个例子：波斯王大流士带大军入侵锡西厄时，收到了锡西厄国王送来的一只青蛙、一只鸟、一只老鼠和五支箭，他马上明白了，立刻下令班师回国。

这似乎说明，最有力的语言是在人开口之前，那种葆有了一切液汁的视觉符号。这一生动的例证也被伏尔泰所留意：因为这些东西就意味着，如果大流士不像飞鸟那样迅疾地逃走，或者不像老鼠那样躲闪，他就会死于乱箭穿胸，并且死得像青蛙那样难看。这也可见，黏滞、冰冷、柔软的青蛙，似乎与死亡的距离，就是一层蛙皮。

从蛙、女娲到蟾蜍

在东方民族信仰中，蛙崇拜与蛙神话在历史口水的反复喷涂中发生了清浊分化：蛙神人格化后，正式以女性人类始祖女娲的形象升格为袅袅香烟中，表现了先民对繁衍子嗣的高度热心；另一种情况是蛙崇拜的庞大延伸，直捣天庭，在月亮上找到了神话舞台。我想，鉴于蛙的繁衍威力，据有撒豆成兵之魔术，蛙一直也是男权社会对女阴的崇拜物，故在中国早期文化的不同时期都能找到蛙型图饰。

蛙是肉身的外翻，一如春女之荡，它散发浓郁的生殖气味，成为古文化深处的香巢。巴蜀学者考证，“娲”和古羌人崇拜的“蛙”是谐音，应非巧合，“蛙”文化是中华民族的源头文化之一，蛙图腾就演化成能够驾驭洪水战胜水患的神力无比的蛙神。显然，女娲的原型也是由一只蛙演变而来，女娲的原始形态乃是着眼于蛙的生殖力以及蛙声预示风调雨顺之力的双重崇拜。女娲就是蛙神，汉朝以后女娲更成了月亮的形象代言人。由于古人蛙、蟾蜍不分，月宫的蟾蜍，是象征女娲的蛙神的放大式天上造相。远古先民将蛙（蟾蜍）作为女性丰腴肚腹之象，他们试图对月亮的盈亏圆缺作出解释，进一步联想怀胎与分娩后肚子的潮涨潮落，他们想象月亮中有一肚腹浑圆可以膨大缩小的神蛙（蟾蜍）主司生殖，因之初民又崇拜月亮，此为月亮神话的起源。

楚襄王是蚊子

登徒复姓，子为古代男人通称。登徒子是战国时代楚襄王的大夫，也是襄王宠臣。登徒子向楚王告发：宋玉长得文雅英俊、能言善辩，加上“好色”，希望大王不要让他进出后宫。甲骨文“色”字就是两性之间发生性行为缩略图。在上为“人”即男子，在下的“巴”原为女阴。“好色”是严重道德中伤。宋玉知道后，眼看御用文人职位不保，向皇帝上书，用了两个正反例证来指正。

正面证词是外部描绘：天下美女都比不上楚国美女。楚女都比不上微臣家乡的，而微臣家乡的又都比不上微臣东边邻家的女子。她的身材不高不矮，肤如凝脂眉如翠羽、肌如白雪腰肢苗条，牙齿洁白整齐，总之内外兼修。她嫣然一笑，耸动王孙与公子。美女因爱慕微臣，登墙头偷窥微臣已达三年，尽管浑身蚂蚁狂奔，至今微臣都未与她交往。

反面例证是内外描写：登徒子大夫差矣。他老婆头发散乱、耳斜兔唇、牙齿稀疏、走路歪斜、驼背且长满疥疮与痔疮（奇怪——有些属于纵深的体内之疾，宋玉是如何知道的？）。与如此垃圾朝夕相处，登徒子竟然不能自持，他们竟然一口气生了五个子女。

正所谓“舌至鼻头，必做公侯”。宋玉与在场帮忙、帮闲的秦国章华大夫，共同上演了一场回忆中的坐怀大乱但又拨乱反正的正剧。宋玉与登徒子并无僭越行为，但宋玉的舌头的曲度与湿度显然更胜一筹，他不但是谗言大师，把登徒子不弃糟糠的情怀坐实为“好色”，他更用蛇的气质牢牢罩定了登徒子，于是，登徒子成为了正人君子的猎物。可见，宋玉的言路无疑是“文革”话语的急先锋。至于听众楚襄王，那才是蛙舌上的蚊子。至于那个在一旁帮腔的章华大夫，热烈鼓掌，也可以理解为拍蚊子，则是过了一把干瘾。

青蛙叫的是：“瓜啊，瓜啊，好瓜啊……”

蜀也是蛙

为何与中国北方民族关系密切的女娲，偏偏在川西北羌族生养之地没有留下众多踪迹？这是待解的疑团。一旦他们迁徙到古蜀地，情况为之一变。

蜀字有数十种解释，其含混性与无从比对的困难，不亚于巴蜀图语。云南景颇族学者李向前认为，古蜀国这个“蜀”字其实是景颇语，意思是“青蛙”，当时古蜀人把青蛙当作一种吉祥物，在三星堆中还保存着用金子和玉石做的青蛙。在景颇文化中，景颇族跳舞敲的木鼓，有青蛙趴在上面的图腾。这种文化推论也许表明成立，但只要明白，景颇族也为古羌人后裔，而公元前285年秦昭王废除蜀国之后，蜀国王子安阳王带领部分余众迁到今越南北部建立安阳国这一事实，就可以反推之：这些播散于红土高原的蛙崇拜，应该是古蜀文化散布而成的。蛙是宣传队。蛙是播种机。

峨眉髭蟾、雪蛙与草上飞

此蟾属无尾目，锄足蟾科，髭蟾属。眼球奇大，胡须如狼牙，锥状角质黑刺，故名髭蟾。峨眉山中村民习称“胡子蛙”。10月间，我在七里坪与峨眉山“零公里”附近的龙洞村水沟里，几次目睹了胡子蛙的跳踉之影。髭蟾不善跳跃，它像个内敛的轻功高手，羚羊挂角，无迹可求。只在受到袭击才倏然腾空而起。爬行是它的散步方式，鉴于阴气修为太深，姿势很是独特：四肢高撑，把身体举高，然后将前肢举起至额前，掌心外翻，稍稍停顿，就像人用手搭在额前遮太阳一样瞻望动静，然后放下前肢，与此同时对侧的后肢前移，两侧前后肢交互轮番移动，安步当车，这是太极拳的雏形！髭蟾爬行时无声无息，具有在落叶上行走而不发出声音的轻功。这分明是鬼魅。

这等草木间如履平地的功法，古人一见，如何不奉如神明？！在我看来，大凡诡异长相之物，就一如女人脸上的伤疤，可以增加魅力和深度。一种揳入事物内部的深度。

据清人李心衡《金川琐记》记载，在邛崃山、夹金山及贡嘎山一带的雪峰上，盛传有“三足雪蛙”，羌、彝族敬若大神，据说稍有亵慢雪蛙就会怒发雪崩。贡嘎山是当地羌藏民族信仰的神山，“三足雪蛙”则是古羌的始祖尊神，源自远古图腾崇拜，演化为后世的“刘海戏金蟾”，所以标准的“金蟾”应该是“三足蟾”，亦即“雪蛙”。而我推断，就是“胡子蛙”。我们从古蜀历史着眼，鲧治水失败之后，被杀。“鲧死化为三足鳖”，为什么呢？他化作了“黄熊”，“熊”通“能”，就是鳖。所以，“鳖三足曰能，龟三足曰贲，能与贲不能神于四足之龟鳖”。后来大禹从这只“三足蟾”身体里生出，从这个“三”的谱系而言，“三足蟾”应该是蜀地之大神。

时间机器

汉语“蛙”字，取其叫声像孩子的“呱呱”不已之声，又因为具有公鸡打鸣的习性，也叫田鸡、水鸡。墨翟《墨子》里记载了一件关于蛙鸣的师生问答——

> 子禽问曰："多言有益乎？"
>
> 墨子曰："虾蟆、蛙、蝇，日夜恒鸣，口干舌擗，然而不听。今观晨鸡，时夜而鸣，天下振动。多言何益？惟其言之时也。"

在墨子意识里，青蛙日夜鸣叫，想来早已口干舌燥，却很少引起人注意；公鸡在天快亮时只啼两三次，人们知道鸡啼就要天明，都很关爱这"时间动物"。其实，鸡叫属性为火为阳，是闹钟效应，是对时间的中断；蛙鸣是阴性的时间，乃是时光的打更声。在我的意识里，蛙就是时间机器。凡是有耳朵的，自然可以领会：你距离那隐约的秘密又进了一步。每一次蛙叫，就仿佛吐出一根棍子，撑开了世界。

卡尔维诺在《树上的男爵》里，描述了蛙鸣拓宽的世界："青蛙一直在鸣唱，作为一种背景并不影响其他声音的传播，如同太阳光不因星星的不断闪烁而起变化。相反，每当风吹起或吹过，每一种声音都会起变化并成为新的声音，留在耳膛内最深度的只是隐隐约约的呼啸声或者低吟声，那是大海。"牧师所言"道与上帝同在，风随意思而吹"；蛙，也随心意而鸣。

蛙，邪音也

《汉书·王莽传》载："紫色蛙声，余分闰位，圣王之驱除云尔。"意思说，王莽虽称帝，改国号，但正如紫色不是正色，蛙声不是正声，岁月之余只能成闰而不能独立。王莽不能占据历史上正统的帝王之位，只是为圣王（光武帝刘秀）的君临人世而清扫前路而已。颜师古《汉书注》："应劭曰：紫，间色也；蛙，邪音也。"这是为何？在圣者之耳听来，蛙声"不合音律"，靡靡之音，想入非非，属于体制外之音，甚至具有叫春一般扰乱圣人灵台之力。但孔子不是赞美"思无邪"的民间村歌吗？再结合孔子在《阳货》里的"正义论"："恶紫之夺朱也，恶郑声之乱雅也，恶利口之覆邦也"，由此可见，蛙分明是在为乱世之音与淫声而大肆鼓噪。蛙，逐渐与狐媚的"娇娃"混为一体了。这些词语，似乎体现了圣人的愤怒：蛙咬（淫声俗乐）、蛙声（淫声，淫邪的乐声）、蛙歌（淫邪之声）……

坐怀大乱的正人君子们，多么可恶的蛙啊！

尼采修辞中的青蛙

青蛙（Frosch）一词在德语中有另一个含义，形容较龌龊、猥琐、缺乏教养、缺乏骑士风度的男人，这也成为格林童话《青蛙王子》所要展示的公主塑造未来丈夫的“变数”，属于“可教育好的子女”，看来在女人遇见王子之前，估计得吻许多“青蛙”。不愿意成为丈夫的尼采自然不喜欢青蛙，他在描述那种从下往上看的庸众观察手段时，借用了画家的表达方式——青蛙视角，来讽刺一叶障目的“玄学家”。更进一步，他视青蛙为某种伦理学家的具象：“可是些冷血的、乏味的老青蛙，它们在人的周围爬行跳跃，好像是在它们自己的天地中、在一个泥塘中一样。我很不愿意听到这些，而且我不相信这些。假如允许人在不知情的情况下表达一个愿望的话，那么我真心地希望这些人能够是另外一副样子，希望这些灵魂的研究者们和显微观察者们能够是基本上勇敢的、高尚的、自豪的动物，能够知道如何控制他们的情感，并且训练他们自己为真理牺牲所有的欲望——为任何一种真理，哪怕是朴素的、辛辣的、丑陋的、令人不快的、非基督教的、非道德的真理，因为这种真理确实存在着。”看起来，青蛙再一次遭到了尼采的棒喝，这暗示了尼采某种清醒状态的“去欲望”的内心。而荣格曾分析过尼采梦中的青蛙，恰恰认为其象征着“生命中的动物性冲动”。

原罪

古希腊神话当中，暗夜女神勒托性格温和，为宙斯的第六位妻子。勒托怀孕后，天后赫拉嫉妒如狂，暗自下令禁止大地给予她分娩之所。为躲避迫害，暗夜女神不得不四处流浪。奥维德的《变形记》记载说，当她来到吕西亚时，疲乏不堪，口渴难耐。女神发现一池清泉，她走近水潭想喝一口溪水，但被池边的两个得到赫拉指令的农夫阻止。无论她怎样哀求都无济于事，农夫甚至跳进池中，搅混池水，使其无法饮用。女神被激怒，她举臂向天发誓:“让他们永远走不出池塘，世世代代以塘为家！”她的话不久就应验，两个农夫变成了两只青蛙。这是一个异化的故事：“他们呱呱地叫着，咽喉臃肿，嘴唇由于不停地骂人变得又扁又大，脖子萎缩得不见踪影，脑袋和身体紧连在一起。”成为青蛙是因为遵循了罪恶的律令，这暗示了西语中青蛙犯有助纣为虐的原罪。

那么，汉语的青蛙呢？

反美学的青蛙

加诸青蛙的“地域审美”，诚如车尔尼雪夫斯基所指出的：“蛙的形状就使人不愉快，何况这动物身上还覆盖着尸体上常有的那种冰冷的黏液：因此蛙就变得更加讨厌了。”[1]

隐喻在修辞学领域是相对于转喻而言，隐喻是依据事物之间的相似性原则用一种或几种事物喻指其他事物。卡尔维诺小说里，就用青蛙隐喻女人：“远处，开始听到小河中青蛙的叫声。这个季节，青年人晚上都到湖边来捉青蛙，抓在手中的青蛙使人感到黏糊糊的，滑溜溜的，使人联想到女人，滑润而赤裸的女人。”看起来，卡尔维诺与车尔尼雪夫斯基不同，他对青蛙并不反感。

1982年，设计师沃纳·艾斯林格为维佳公司（Wega）设计了一种亮绿色的电视机，命名为青蛙，获得了很大的成功。于是艾斯林格将“青蛙”作为自己的设计公司的标志和名称。这是明显的“反美学”准则的事例。另外，青蛙（Frog）一词恰好是德意志联邦共和国（Federal Republic of Germany）的缩写，这并非偶然。审美观念就像蝌蚪在不断变化一样，猪，也可以是飞翔的猪。

[1] 《美学原理新编》，北京大学出版社1996年版，第94页。

雷神

李调元《南越笔记》载，人们利用蛙鸣观测、判断天气，蛤（即青蛙）生田间，名田鸡。冬藏春出。篝火作声，呼之可获。三月三日农以其声卜水旱。声小，水小；声大，水大。谚曰："田鸡声哑，田好稻把；田鸡声响，田好荡桨。"又，"田鸡上昼鸣，上乡熟；下昼鸣，下乡熟；终日鸣，上下齐熟。"

青蛙叫的是："瓜啊，瓜啊，好瓜啊……"

蛙鸣是拉开序幕的巫术，遇外道之声辄止。耳朵在那里等候，涟漪渐逝，水面立即塌陷一个个空洞，将古典编织出来的"蛙声一片"打出筛眼儿。而最危险的地带，是岸，那里埋伏着一个个松发地雷。

仙姬琴蛙也叫弹琴蛙，是峨眉山深处水体的语言，它们经常一双接一双鸣叫，此起彼落而且响亮，宛如接龙游戏。雄蛙覆在雌蛙背上，前肢紧紧抱住雌蛙。弹琴蛙说的意思不外乎是：水塘才是天堂。水塘才是雷神的居所。殿堂在雌蛙背上。试着联想：唐朝成都的斫琴名家雷威，冬季总到峨眉山去选取松木。雷威并不急于伐木，而是坐在树林里聆听风吹树木的声响，尤其是大雪压青松发出的爆裂声，他辨认出自然的琴音，将那松木做上标记。他听遍整个峨眉山的山音，终于选到了制作"雷琴"的松木。

雷神青蛙的虎纹与木纹发生短路而炸裂，让我们确切听到了思想回到事体的蛩声……

唐狡的舌头

诗人谢默斯·希尼说，蛙是一个泥塑的手榴弹。蛙一直沉默，在于手榴弹的拉线，并不在蛙手里。

殿堂无需灯火的照亮。它因黑夜笼罩才让蛙声可以自由抚摸暗中的脸颊与乳房。想一想春秋时节，楚庄王平定了令伊斗越椒的叛乱之后，举行了一个盛大庆祝宴会上，猛将唐狡叨陪末座，他镇住了舌下僭越的酒力，但无法抗拒心魔。庄王所宠幸的两个夫人许姬和美妾姜氏，亲自给将领们斟酒，他狂饮美女的香气，以致大醉。天遂人愿，一阵妖风吹灭蜡烛，风把香气敞开。唐狡难以自持，他的舌头悄然变长，他精准地狙击了黑暗中的那团香气，舌如丝绸，舔舐置身高台上的楚王身边的美女。是许姬还是姜氏？青蛙的唾液具有强烈的吸附性，它显然在许姬之腰找到了巢穴。腰肢被越勒越细，许姬娇不胜力，气如牛喘。唐狡的那根舌头，舌尖蓄雷，莲花爆开，才是偷香窃玉之蛙舌。无人注意唐狡那根突然变长的舌头，像御用文人一样绵延不绝，长满倒刺，也许更多的“硬手”尚在竞相演变的中途……

纯黑中，美女技术娴熟，一把揪住了那像腰带一样缠住自己的丝绸，她抓住了一束丝絛，用力一扯。等候蜡烛再次燃起，许姬发现那是一束头盔上的红盔缨。她向楚庄王发嗲，恰恰应和了《诗经·大雅》中咒骂周幽王的王后褒姒“妇有长舌，唯厉之阶”的评价，长舌妇不但是亡国祸首，更是青蛙拙劣的模拟者。其实，唐狡的盔缨不过是手榴弹的拉线。睿智的楚庄王下令全体人员揪下自己的盔缨，他挽救了部下的尊严，也保住了自己的面子。这样一来，众人的手榴弹自相内爆。楚庄王手里，就攥了一大把伤心的拉线。

七年之后，楚庄王伐郑。一名战将主动率领部下先行开路。所到之处拼力死战，大败敌军，一直杀到郑国国都之前。楚庄王发现，这是大将唐狡，要奖励他。唐狡以长舌覆额，指了指头盔上的盔缨，说，免了。

比喻高手

原始人相信，不是雨把青蛙从隐藏的地方引出，而是青蛙的呱呱声把雨诱引出来。这就像克尔凯郭尔在《勾引家日记》里臆想的那一股股足以颠覆床榻的声浪：“女人叫喊道——勾引我吧！”

看看英国作家萨默塞特·毛姆如何描述的：“晚上，青蛙呱呱、呱呱、呱呱地叫着，大吵大嚷；不时会有哪只夜间出没的鸟插进来，短短地唱上一句。萤火虫把树丛装扮得像点满了小蜡烛的圣诞树。它们柔柔地闪烁着，像是平静的灵魂放出光芒。”[1]

[1] 《作家笔记》，南京大学出版社 2011 年 1 月版，第 221 页。

摒弃了色相的峨眉山间，金刚蝉与弹琴蛙，直捣本质，均是使用比喻的高手。

比喻是喻指可能的事情，是让道外的耳朵明白事物的征兆。蝉吹的是一根雄性的骨笛，我们得以知晓它是声音之火；弹琴蛙的舌头用以抵达边际的，那是耳朵之外的地域。也就是说，弹琴蛙诉说的比喻，既不是唐朝峨眉山的广浚和尚所明白的，也不是李白所旁听到的。蛙用永无休止的“不是、不是、不是”来昭示——它使用的，不是比喻。

“像一只老青蛙”的青蛙

古希腊喜剧诗人阿里斯托芬的喜剧如《和平》《青蛙》等以讽刺的笔调描绘了公元前5世纪雅典的政治生活，成功开启了文人的“青蛙叙事”模式，芥川龙之介的妙文《青蛙》，展示的心境却十分复杂。文章大意是：

> 池边有只青蛙，以大学教授的口吻说：“水为什么而存在？是要给我们游泳的。虫为什么而存在？是要给我们吃的……森罗万象都为我们存在的事实，是无可怀疑的。”那只青蛙仰看天空，翻了一下眼珠，又张开大嘴说：“神的大名，是多值得赞颂啊！”可是它这一句话还没说完，一条蛇猛然伸了一下，叼着像教授的青蛙爬到芦苇里不见了。

一只年轻的青蛙，发出哭泣般的声音说："宇宙万物不都为我们而存在，那么，蛇也是为我们而存在的吗？"

"是的，蛇也是为我们而存在，如果蛇不吃青蛙，我们会源源繁殖，那么一来，池塘势必太狭，所以蛇也是为青蛙而存在的。世界上所有的东西，都是为我们而存在的。神的大名，是多值得赞颂啊！"这是我所听到的像一只老青蛙的青蛙的回答。

台湾的中学利用这篇短文设计了几道题，作者透过"以大学教授口吻说话的青蛙"和"像一只老青蛙的青蛙"相互对照，想表达的主题意涵是：

A. 提醒世人"多行不义必自毙"；

B. 阐述了"物竞天择，适者生存"的道理；

C. 讽刺了"以大学教授口吻说话的青蛙"孤陋寡闻；

D. 凸显"像一只老青蛙的青蛙"对生命体会的深刻。

"像一只老青蛙的青蛙"的言论，最接近先秦思想的哪一家？

A. 儒家；

B. 道家；

C. 法家；

D. 纵横家。

答案都是B。但在东方语境中，第一道题我以为也可以选择D。"以大学教授口吻说话的青蛙"暗示了不谙厚黑世道的冬烘心怀，目的在带出"像一只老青蛙的青蛙"的议论，而这恰是可怕的结论。因为这就是主流社会很喜欢的"温水煮青蛙"理论的

“天道升级版”。不动声色的芥川龙之介难道仅仅是告诉我们“现存世界是合理的”这一废话吗？在《达·芬奇笔记》里，这位全天候的天才就对此发问：“为什么大自然没有规定某一动物不应该依靠另一动物的死亡来维持自身的生存？”

在另外一篇名为《蜘蛛丝》的文章里，芥川龙之介对弱者的描绘是：罪人们在地狱底层的血池里“时浮时现”。“受尽地狱的种种折磨”。他们虚弱无比宛如“濒死的青蛙”，折腾着身体，在“血池里吞咽着污血”。请注意，他使用了无辜的“青蛙”作为弱者的表现。如果说《青蛙》是弱小生命的“阳本”，那么地狱中的这一青蛙形象，大概才是芥川龙之介的“阴本”，最接近他心目中青蛙隐喻的本质。如果说“老青蛙”的话错了，那么，又有什么奥义可以让我们摆脱被拐卖、被代表、被死亡、被分配的命运呢？既然上天无路、入地有门，那就跟着“像一只老青蛙的青蛙”蹈袭滥调而得过且过吧。问题在于，如此“老青蛙”已然成为了“常识、常理、常情”的发布者，如此，常态“被冰结”，成为了意识形态的滑冰场。

去做某些人是多么的乏味

在汉语地界，向权势者鼓唇摇舌的知识分子一般而言就是青蛙，最后入吾彀中，成为鼎内“温水中的青蛙”。舌尖站满词语与阴谋，权势者听得兴奋，深得“孤”意，于是舌尖又可以收回一些食物与碎金散银。用舌尖推动石头滚动、转动磨盘，用舌尖吮痈舐痔、埋头苦干；“舌耕”不已，成就了古代知识人（不是分子）的辛酸史。

而在西语地界，仅仅是青蛙无边的聒噪就让他们受不了。尽管毕加索画了不少青蛙，盛名的晚年为能独处，他把热心的青蛙观众都拒之门外。他把那些赶来想一睹大师风采的人称为“池塘里的青蛙”——如果他籍籍无名，估计不会拒绝这帮吹鼓手。但毕竟还是有人棋高一着。艾米丽·狄金生的诗《我不是任何人，你是谁？》几乎就是她隐秘人生的宣言。尽管她一再描绘外表可怕的老鼠、苍蝇、蛇、蜘蛛、蝙蝠，并赋予它们浅陋的灵魂，毕竟她的名字为天使所铭记——

我不是任何人，你是谁？
你也不是任何人？
那就有一对我们。
不要说——他们已经排除了我们，你知道。

去做某些人是多么的乏味，
多么的聒噪——像一只青蛙——
把你的名字在漫长的六月里
告诉一池殷羡的泥沼。

美国《大西洋月刊》杂志2013年9月11日报道说，上周五晚上，NASA的米诺陶五号火箭从弗吉尼亚的发射台升空，携带

LADEE 探测器踏上月球之旅。据一个远程相机拍摄到的图片显示，一只青蛙被火箭发射时喷射的气流吹上了天。成为飞翔的青蛙，大概是很多人渴望的。我注意到，有极少数青蛙文人，由此生出了翅膀。

青蛙与《舌头的管辖》

圣约翰把皇后红杏出墙的秘密深埋在心底，纵被割去舌头也没有说出一个字。但汉斯·比德曼在《世界文化象征辞典》里指出:“先知的舌头都有其神性，据说被割掉了舌头的圣约翰，仍然用手举着自己的舌头滔滔不绝地传教。神一旦降到使徒们的舌头上，言说之焰便被点燃。”意思是，舌头硬得可以超越牙齿，又因为贯注其中的秘密太多，舌头必须完成自己的诉说使命。戊戌六君子之一的刘光第，头颅掉在菜市口的石板上，如中败革，舌头转向刀斧手，弹出几个字：好刀法！

谢默斯·希尼的《舌头的管辖》，他自称使用这个题目是缘于“诗歌作为证明自身正确性的力量。在这个范围内，舌头（既指诗人说话发声的个人天分，也指语言本身的共同根源）获得管辖的权利。”但是，那一群在夏日里吼叫的青蛙，也许恰是诗人的灵感来源。那也不是青蛙的雷声，而是神在青蛙舌尖上站立。所以声音抵达的地界，也是神管辖的范畴。希尼指出，“诗歌是在将要发生的事和我们希望发生的事之间的裂缝中注意到一个空间，其作用不是分神，而是纯粹的集中，是一个焦点，它把我们的注意力重新集中到我们自己身上。”那也许是青蛙雷鸣的间隙，是舌头富有深意的一次转身——

希尼的名诗《一个自然主义者的死亡》的后半部分是：

又到了一个炎热的夏日　田野里植物茂盛
牛粪在草中，有一群愤怒的青蛙
侵入了亚麻池。当我迅速穿过灌木潜入水中
就听到一种从未听过的粗鲁呱呱叫声，
这低音合唱使空气凝重
就在水闸下边，肚皮臃肿的青蛙们在泥浆中
准备出击。它们松弛的脖子搏动着像帆一鼓一鼓，
有的齐足跳着，啪哒，扑通发出可憎的威吓
有的沉着地坐着，好像土制地雷
短粗的脑袋放着屁。
我简直要作呕，转身而逃，这些十足的黏滑皇帝们
在那儿聚集为了报复。我很明白
一旦我把手伸入水中蛙卵们便会一把抓住。

口若春蛙，心如风灯

即使一个男人厕身鲍鱼之肆，也会发现妓女跌宕的香气。菲

利浦·奥德布拉德到处宣扬，波德莱尔曾告诉他导致自己干枯瘦弱的原因是吃了一大盘炖青蛙。他喜欢体型类似青蛙的丑陋妓女。在《巴黎的忧郁·野女人与小情妇》里，他这样描绘一个女人：“瞧瞧您吧，多么纤巧精细，双脚浸着淤泥，双眼却痴望着上苍，仿佛等待一个君王从天而降！像一只青蛙祈求一位天赐的意中人。既然您不屑听取庸才的劝告，就留着您的仙鹤吧：随他嚼您咬您，把您囫囵吞下！”

但一个置身沙漠的人，一直在深深想念绿意荡漾的青蛙——也许主要是青蛙的姿势。躺在书堆里的真君子瓦尔特·本雅明，看到摊开的呈V字型的书，他注意到了蛙式。也许是立陶宛的女导演阿斯娅·拉西斯的蛙式？他顺水推舟，将书籍与妓女作了一个足以销魂的类比。他抱着蛙式之书，阅读、折角、批注，力透纸背，入木三分。本雅明的模拟之举，不料却大大延续了中土美女与蛙的隐喻叙事。

我在景区经常见到那些借助绝色风景拍摄结婚照的男男女女，誓言是必不可少的景观添加剂，为了景观的合一，男女从来没有靠得这么紧密，青蛙对抱。这时，蛙鸣弥补了他们之间的缝隙，把他们漂亮的衣裙撑满——这是一个“吹蛙”的意象，何况青蛙还是秘术中的春药。

这个时候，我只想起一句偈语：口若春蛙，心如风灯。

酷刑与蛙叫

松尾芭蕉的俳句《古池》："古池塘，青蛙跃入，水清响。"他不是说的蛙叫，说的是青蛙奋不顾身，纵身飞翔，但地球的重力迫使它打破万古寂寞的破水之声。古典俳句的最后一位诗人小林一茶仿陶渊明句："青蛙，悠然见南山"，青蛙沉默，就不是青蛙，而是蒙着蛙皮的诗人，是苦闷的象征。

在中国古代尤其是太平天国时期，无论是官方司法抑或反抗者，分外青睐凌迟、剥皮等酷刑，蛙声四溢。

刀顺颈椎寻找出路，骨骼的悬崖直达迷宫。刀以绸子的春心体现克制，以一茎青丝的细滑将金属反照为白蜡。肤浅就是广阔的痛楚，纵深的距离之间隔着一个故乡。刀路，拒绝与骨头抵牾。仿佛定情的项链，一曲唐朝的羌笛或者马致远的《天净沙·秋思》，轻易就把血清除了。刀锋是一道世故的低音，在皮肤与肉体之间寻找母亲。

词下坠到痛为止，歧义的趾爪，继续在疼痛的路基下开掘历史。汞液和盐水注进裂口，夸饰东方园林乃至宫阙，筋络浮现诡谲的去向。刀是收割者，是摘桃子的阴谋家，刀中庸地切割到肛门，突然刀尖反挑——

就像一只活在四川方言的青蛙，被光褪去了所有绿水，痛在逆飞中，突然摆脱了意识，梦到黑暗的白水，在骨头咆哮。光使身体肿大而盲目，水银终于把痛从虚无里漂起来。盛开水和银花，受刑者蹈空，关节尽数脱臼。

他发出了——蛙叫。蛙皮的无数突起是无数只眼睛。

看着自己被脱下来，皮被硝制，被揎草，成为了双胞胎。皮对着肉身说：你赤裸了！

双头蛙

如此的古怪，却又如此合一。闪电的枝桠，一半是青苔，一半是繁花。

这让我联想起扬雄《蜀王本纪》中最早关于“变性人”的情欲记载：“武都丈夫化为女子，颜色美好，盖山之精也。蜀王娶以为妻。不习水土，疾病欲归，蜀王留之，无几物故。蜀王发卒之武都担土，于成都郭中葬之……”蜀王蛙行，然后蛙跳，不断蛙鸣，接着蛙抱……那是一只古蜀国的双头蛙，在前现代社会就完成了后现代的婚恋。古蜀王是第一个——吃青蛙的人。

一双从纤腰反穿过来的手，舌尖暴吐兰花，让滚金的身体包抄梦境。蛙的喉头滚动灵珠，成为了齐头并置的果核。两个脑袋的蜀王，说了一句话，听起来是两重唱：“登徒子应该是蜀人！”

蛙不走仅可容身的保险通道穿过雷霆，它总是在情欲里蹈空，成为了土造辩证法的绝对前提。

蛙为谁而鸣

晋惠帝司马衷与随从到华林园游玩。走到池塘边，听见咕咕的青蛙声。惠帝觉得奇怪，于是便问话：我意译为——青蛙为谁而鸣？！这一问句极具语感，让人联想“丧钟为谁而鸣”。这些咕呱乱叫的东西，到底是为官或是为私？随从感到弱智的皇帝的提问突然拐弯了，只好回答说：“在官家里叫的，就是官家的；若在私家里叫的，就是私人的。”当然了，毛泽东以此答夏默安的下联：“青草池中蛙句句，为公乎！为私乎？”似乎为这个问题给出了答案，他是敢于豁然长啸的：“春来我不先开口，哪个虫儿敢作声？”

在社会主义现实主义的“三年自然灾害”时期，全身浮肿的人，饿得实在不行，四处抓虫子、老鼠、田螺、蚌壳、鳝鱼充饥，吃青蛙是南方尤其是四川的饮食传统，自然是野味的首选，民间自然不会相信“杀青蛙得蛙眼报”的佛训。我父亲说，那时的青蛙没力气，不鸣叫。有人好不容易捉到几只青蛙，即便一个月一人定量仅有 100 克菜油，无论如何也会拿出菜油下锅。奇怪的是，油锅一煎，青蛙立即化为一摊水，似乎已蒸发，锅底剩下了一撮泥沙。道理恰在于，现实主义的青蛙已无虫可食，竟然像挖掘机埋首吃泥沙，那时的青蛙是半透明的，像超现实的装置。

蛙声沾满了隐士的衣衫

从苏轼的名句“雨过浮萍合，蛙声满四邻”，绵延到查慎行的诗“萤火一星沿岸草，蛙声十里出山泉”，再到毛泽东的“蛙声满径归牛去，好山好水好人家”，其实暗示的是：蛙声地带乃是人居与莽野的结合部，是遁入山林的必经之路，蛙声沾满了隐士的衣衫。蛙声的大小与宏阔，与莽野距离人居成正比。“听取蛙声一片”的喜悦平台，不过是村头，但近似于莱辛在《拉奥孔》里所言“最富于孕育性的那一顷刻”。也就是说，人居乃是蛙舌的管辖，我们在荒野里听到的蛙声，是幽咽而细长的；抑或是浑圆的，仅仅照亮出一扇荷叶的面积，成为鼓面。

广长舌与“边界”

苏轼《赠东林总长老》具有雄阔纵深之美：“溪声便是广长舌，山色岂非清净身。”“广长舌”之典出佛经如《法华经神力品》，为佛三十二大人相之一。又作广长轮相，略称长舌相、广长舌、舌相。诸佛之舌广而长，柔软红薄，长能覆面至发际，如赤铜色。此相具有两种表征：（一）语必真实。（二）辩说无穷，非余人所能超越者。

但一个貌似与此无关的人——青年时节的维特根斯坦，却在思考“世界的边界”，那是佛的手掌之外的边界。语言、自我和世界的最高视点在它们的边界上，这些必须是语言的，而不是汉语诗人们青蛙学舌的词语。他在笔记里写道：

> “我的语言的边界就是我的世界的边界。”
>
> “主体不属于世界，而属于世界的边界。”
>
> “死亡不是生活中的一个事件：我们不经历死亡。如果不把永恒当作无限的时间延续而当作无时间性，那么永生属于那些活在此刻的人。我们的生活没有终点，一如我们的视野没有边界。”
>
> “我的以上命题具有这样的阐明功能：一个理解了我的人，当他已通过这些命题爬了出来、超越了它们时，会明白它们都是无意义的。(可以这样比喻，当他爬上梯子后，他必须将梯子踢开。)他必须超越这些命题，然后就能正确地看到这个世界。”

维特根斯坦的结论不是无边无际的：因为“在不可说之处，我们必须保持沉默。”

盐井中的青蛙

自开明王朝以来，蜀中历来是偏安一隅如桶，进而吐纳浮云、尽情膨胀的根据地。西汉末年公孙述据蜀，他是形而上与形而下结合的典范，励精图治，幻觉上窜，进而神灵附体。他在一座山上筑城，因城中一井常冒白气，宛如白龙，他便借此自号“白帝”，并名此城为白帝城。公孙述打理四川绰绰有余，但喜欢显摆，出入仪仗豪华奢侈，因此他的同乡好友马援称他为“井底之蛙”。公孙述抗击汉军重伤毙命后，家人在成都投降，依然全部被杀。公孙述之所以看重四川，一是便于防卫自雄，二是物产丰富，更在于盐井与铜铁，他还视察过临邛等地的盐井。揽水自照，他不但是白帝城中的井底之蛙，更是直接泡在盐井的卤水里。对此，智者早有认识，清代长联怪杰钟云舫在成都望江楼写有崇丽阁长联里，恰例举了“岗上龙、坡前凤、关下虎、井底蛙”四种向度的蜀国风流人物。井底之蛙这一前辈形象，值得包括我在内的自贡乡亲以及包括我在内的蜀中文人引以为戒。

反向观察——当一个人懵头懵脑向深井打探张望，他其实在深渊里什么也看不到。但是，他为生活在深渊当中的动物提供了一个天外来客形象：哇，怎有如此大头的青蛙？！也就是说，井是一个观察通道。而有些打望，是反向的。

去饰之乐

纳粹“狼穴”冬天寒冷彻骨、夏天蚊蝇丛生。希特勒经常组织随员播放黑胶唱片，他可以几个小时一动不动地坐在扶手椅里，兴致勃勃地听贝多芬的交响乐和瓦格纳的歌剧。苏德战争刚开始时，“狼穴”周围的青蛙彻夜鸣叫。希特勒的参谋为了控制蚊虫滋生，就在附近的湖水里倒煤油，结果杀死了所有的青蛙。希特勒甚为恼怒，说青蛙的叫声就像小夜曲，可以催他入眠；第二年参谋们只得到远处的湖泊里捉来大量青蛙，成了御用之蛙。人工音乐的非视觉性与非语义性，决定了人工音乐刺激直接引起的是联觉活动，但内行们认为“低级”的自然之声，比如蛙声，唤起的是阳光、雨水、雷霆以及芳草的香气，并以去蔽的敞亮，以非模仿、非再现、非抽象、非依附性的方式，让听者直接从杀戮的沙盘边缘侧身归去。

传说乾隆到济南，住大明湖，被青蛙吵到难以入睡，便叫刘墉下旨严厉禁止青蛙乱叫。鉴于汉语特有的令“天雨粟、鬼夜哭”的无俦威力，更有前辈韩愈《祭鳄鱼文》的显灵奇迹，刘墉来到北极阁，向湖中青蛙朗声宣布圣旨。自此，大明湖的青蛙集体失语，那里只有“哑蛙”。

语言学之蛙

美国著名诗人大卫·伊格内托（David Ingatow）的诗颇奇诡，既是寓言，也具有强力的“反诗”特征。就像三星堆的青铜面具大张蛙嘴一样，我们可以从这空洞里掏出什么秘密？是四千年前的球形闪电吗？也许，他们的舌头，连同那语言的舌珠已经被视为异端，一并取走。伊格内托的这首《语言学》昭示了一种答案——

我听见一个没有舌头的人谈话。
他哼哼作响，合于语法。
容易理解他想要一只舌头
并且说他失去了它。
我非常感动，也非常高兴
他能够发出信号
但谁又能帮助他呢?
所能做的
唯有教他写作
并使之成为其主题。
我们会拥抱他，
知道在我们中间有我们

能够无休止地独自谈及的
失去的腿、臂、头和
阳具。

乔治·奥威尔《普通蟾蜍随想录》

1946年，世界大战刚刚落幕，英国满目疮痍、百废待兴。置身于伊斯林顿市贫民窟的乔治·奥威尔写完了一篇描述小动物的小品文，仅千余字。在乍寒乍暖时节，身为动物政治学的大师写道："蟾蜍大约生着一切生命体中最美丽的眼睛。"他透过此，看到了甚至不如蟾蜍的人类，一直在冒犯大自然和良知。上帝也许都无法预料，这篇"奥威尔式"的短文将是一篇为随笔来带范式意义的杰作。我感动于这样的段落——

其一：我认为只要一个人能保有他孩提时代对树木、池鱼和蝴蝶的钟爱——就我而言还包括蟾蜍，那么他就更有可能创造出一个安宁的、值得尊敬的未来，而如果他只是一味地宣讲"除了钢筋混凝土一切都无须赞美"这一类的教条，那么他也就只能让某个信条更可信一点而已，即：人类过剩的精力只能用于仇恨和崇拜领袖，除此以外别无出路。

其二：无论如何，春天来了，即便是在伦敦北一区你也能感受得到，谁都无法阻止你享受春光。想到此节不禁我心满意足。多少次，我站在地头观察蟾蜍交尾，或者一对野兔在田间打斗，心中就会想到每一个人——每一个像你这样重要的人，希望你们此刻没有疾病、没有饥饿、没有惶恐，不要有牢狱之灾，也不要为度假营所困，春天毕竟是春天。原子弹正在工厂里堆起，警察正在街边游荡，谎言正在广播里泛滥，然而地球依然在绕日旋转，就算独裁者和官僚们暴跳如雷，也没有人能阻挡它的脚步。

但是，青蛙们如何学步邯郸？如何成为春之神——珀耳塞福涅的使者？在一个蟹路横行的时代，蛙只能把希望，带往超低空。

“如黄金，或更准确的，如金色的宝石”

“如黄金，或更准确的，如金色的宝石”一句，出自《普通蟾蜍随想录》，乃是乔治·奥威尔从蟾蜍眼睛里提炼的诗意。1945年完成《动物农庄》以后，他已经声誉鹊起。他奋起余勇，像春蟾那样开始挣脱冬季的羁绊勇于恋爱——向艺术家安妮·波帕姆求婚。“春天仍旧是春天”。《普通蟾蜍随想录》发表后，一位读者在来信中除了指出包罗万象的莎士比亚就曾注意到蟾蜍的眼睛之外，还引用了诗人托马斯·布朗（T.E.Browne）的几行诗，以为与奥威尔的文章配合非常适合——虽然青蛙不是蟾蜍：

光照在青蛙上，你可曾留意到它的眼里
充满了闪亮的惊喜？
没有吗？哦，那么
你的眼界只是局限于人罢了！

比起乔治·奥威尔的另类发现，托马斯·布朗显然过于拘谨了。春蟾用树瘤一般的外表，分泌神秘的蟾酥同时，还在积极提炼一颗富含希望的宝石。我就认定，那时的奥威尔，恰恰就是那只出现在伦敦北部春雨中的蟾蜍，跳跃的高度，肯定要高于布拉格的那只著名甲虫。

也许为了弥补这一些微的缺憾，在《向加泰罗尼亚致敬》中，奥威尔描绘道："春天终于来到这里了。天空中的蓝色更柔和，天气渐渐变得暖和起来。青蛙们开始在沟渠中吵吵嚷嚷地忙着交配。在经过村庄的饮驴池塘时，我发现了一种浑身翠绿的青蛙，只有一便士硬币大小，它是如此的璀璨夺目，以至于光鲜碧嫩的草叶都显得相形见绌了。"

蛙雨

一只青蛙腾空而起，它把城市抛在胯下。当阳光被黏腻的蛙皮全然吸收后，青蛙猛然发现，自己已加入到蛙雨的洪流当中。

在《出埃及记》当中，耶和华予以摩西为埃及降下了第二个灾难——以一场气势浩大的青蛙雨，将埃及的民间及宫殿变成了绝对的蛙市，但死青蛙的臭气并未能改变独裁法老的心性。这固然不一定是郭沫若虚拟的《天上的街市》的落地版，但星星的玻璃化作了滑腻的泥泞血肉。青蛙作为恐怖的具象，成为了独裁者印章的印泥。如今，我们看到的法老面具，无一不是青蛙的造像。至于奥威尔《1984》当中，那个长有一张“青蛙脸”的派逊斯，不过是独裁者随意在现实主义幕布上盖下的一个纹章而已。

清代的蒲松龄在《聊斋志异》里，特意写有《青蛙神》一篇，算是对民间信仰的一个交代。文章说：“江汉平原之间，俗事蛙神最虔。”可见那时民间早有青蛙神安营扎寨。青蛙神选择了贫穷的凡人薛昆生为女婿，但薛家竟然不愿，其余许婚的人家无不遭到蛙神的威胁，但中土的蛙神并未像《出埃及记》当中的青蛙那样，以大面积的集体死亡来制造人间恐怖，而是展示了预言技术，道明真相，在不触及死亡的前提下逐一完成心愿。看来，汉语的青蛙神，一副土鳖样，极度世俗化了。

青蛙最厉害的本领

据说，少年沃尔特·惠特曼喜欢写作，但被人嘲笑竟然没有去过哈德逊河，他沮丧极了。后来，木匠出身的父亲决定对儿子来一番启蒙教育，就有了一番对话：

木匠说："你知道青蛙为什么总是弯着腿吗？"

"这有什么为什么呢？青蛙的腿本来就是弯着的！"

"那你知道青蛙最厉害的本领是什么吗？"

"青蛙最厉害的本领是跳……"

"对。青蛙最厉害的本领是跳，但青蛙有没有成天伸出自己的腿来展示！相反，青蛙的腿总是弯曲着的，可是你却为什么总喜欢伸出你的腿？"父亲看着沃尔特说。

木匠父亲展示出了思想工作者的口才："我们的腿虽然不能和青蛙那样，但是我们的精神却可以和青蛙的腿一样，平时尽量低调做人，别轻易展露自己所认为的才华，青蛙弯腿，既可以保护双腿又可以随时起跳，而且能跳得更高、更远，你的精神也必须要像青蛙一样弯着腿，那就是多学习、多思考、少卖弄，只有在不断地学习和思考中写出来的诗歌才能打动人，也只有这样的人才能成为真正的诗人！"

在我等凡夫俗子看来，青蛙最厉害的本领是沉默，或者是舌头的闪电。它让一种预设与等待在那里空耗，左右互搏，直至自我枯萎、突然爆炸。那样，青蛙就是女妖塞壬的学生。可是，木匠哲学家大肆赞美的弯腿，这连卡夫卡也想象不出。它不属于另外一个极端范畴之物。

但是，沃尔特不但蛙跳而起，还发出了带电的身体雷鸣。1855年，他自主出版了《草叶集》，这年他父亲去世。他在《致一名普通的妓女》的诗中写到："镇静些在我面前放自在些我是惠特曼，像大自然那样自由而强壮，/只要太阳不排斥你，我也不排斥你……"看来，青蛙的腿已经强健，蹬踏力十足，可以在诗歌里腾跃风月。

“我的成就来自长期的冷静观察和思考，如果不是父亲告诉我青蛙腿的哲理，我可能直到今天还是一个被人嘲笑而又自以为是的诗氓！”沃尔特在 1892 年病逝之前，在日记本上写了如此“思想总结”。

想象的花园里有真实的蟾蜍

这是美国诗人玛丽安·摩尔的名言——想象的花园里有真实的蟾蜍。蟾蜍不但跳跃在她的迷宫里，往往也成为一个性器，一个死的象征，或者危机的加速与减速。

君特·格拉斯不但可以写小说、诗歌、剧作、散文，他还是受过专业训练、富于创新精神的画家和雕塑家。他的许多绘画作品常常产生于文学作品之前，并且影响着写作走向。写《母老鼠》（1986 年）和《铃蟾的叫声》（1992 年）时，他画了许多形态各异的老鼠和蟾蜍。他尤其喜欢在文学里谈论“性”，赋予了动物汹涌不尽的力比多。在不知不觉中，他已经把动物的文学性提升到一个灿烂的高度了。

《铃蟾的叫声》结尾，亚历山大夫妇为躲避各方压力，驾车去那不勒斯旅行。在路上他们听到了铃蟾的叫声，当地人认为铃蟾叫是不祥之兆。果然，一场车祸在叫声的不远处等待他们。他们怀着“敌对者不再成为死神，不再成为敌人”的美好愿望，同心爱的人双双长眠在异国他乡。这种也被德国人称之为“警蛙”的蟾蜍，它显然要警告亚历山大夫妇，但那一场旅行，不过是君特·格拉斯特意为主人翁安排的不归之旅，从而完成他心目中“向死而生”的仪式。这一结局，倒让我想起英国神秘主义大师阿莱斯特·克劳利：传奇人物、多产的作家、诗人曾经干过一桩恶行——1916 年，他举行一个为堪称超级马拉松的仪式，目的是替一只代表拿撒勒人耶稣的蟾蜍施洗，然后把它钉在十字架上。

葛上亭长放飞的西班牙苍蝇

2004年，我写有一篇随笔《道在屎溺间》，文章开头即说：“几年前，偶然在琳·马古利斯与多雷昂·萨甘合著的《神秘的舞蹈》一书里看见一段记载，说西班牙的萨德侯爵喜欢随身携带满满一盒裹了糖衣的西班牙苍蝇，在嫖妓时给那些不知情的妓女服下。萨德这么做，是因为他认为西班牙苍蝇能使生殖系统兴奋起来，激发交媾的欲望，是一种很不错的春药。从概述性的描述里，我们知道作者省略了事件的背景与细节，而且，西班牙苍蝇仅仅是常识性的春药么？这是汉语资料无法回答的。后来读到莫里斯·勒韦尔的《萨德大传》，才明白萨德使用西班牙苍蝇（另一说是一种叫芫青的甲虫）的本意。他把这种小虫压碎，其中含有刺激肠胃的物质，能够刺激血液循环，两者组合后，促成阴茎或阴核的有力勃起，但它却会伤害肾脏，甚至可能致命，这也是萨德犯下种种罪孽的罪证之一。这是浮在药物表面的性力，萨德其实青睐于秘藏在本质深处的西班牙苍蝇的不安分力量，它可以使服用者的肠道产生大量气体，于是不停地放屁。萨德侯爵焦急地等候在妓女的肛门外，侧耳聆听着激情的发声术，他一个猛子扎到粪门，对异质气体采取了令人背气的深呼吸方式，他激动得发抖，在妓女排泄的尾声中，西班牙苍蝇的鬼魂开始翔舞，香屁放尽处，坐起看云时，停车坐爱枫林晚，文学的萨德终于破裂，日破云涛万里红，开始冲刺肉的高潮……”

写得似乎有点耸人听闻，但均是事实。

我自幼对这种红脑壳的“鸡公虫”并不陌生，有两种，大斑蝥与小斑蝥，因为知道它们腿的刺毛间可以分泌毒汁，总是用棍子去撩拨。古人认为，斑蝥最属恶物，闻人捕捉，即于屁尾射出恶气，令人臭不可闻，近人肌肉则溃，入胎则堕。因为臭屁连连，儿童也呼之为“打屁虫”。前者体形较大，黑色、有绒毛，鞘翅每翅各有两个大黄斑，翅中央各有一黄色波状横带，腹及足部均有黑黑的长绒毛；小斑蝥形状差不多，唯体形较小。此虫喜食白花泡桐叶、豆叶等，一年一代，一般每年6月中旬为活动鼎盛期，成虫纷纷出土，首先飞到泡桐树上尽情取食，特别喜欢白花泡桐叶，泡桐叶吃光了，才分散危害蔬菜和其他植物，最后发现，被它们吃光树叶的树，成了“光杆司令”，也不会死去。当然，我知道它们还叫“芫青”，还是农民告诉我的。

我生活的川南丘陵，芫菁的成虫什么都吃，各种藤花也自不能免。以藤花为食，却不在藤上交配，总是要在草杆上交配。它们交配的姿势总是一上一下，必须双双攀附草杆。每当看到眼斑芫菁爬到红毛草杆上，我就知道它们要寻求交配了。不需交配的时候，它们不会离开厚藤，总是贪婪地边啃花朵，边拉出花朵一般的粪便。

鉴于它们以树叶为食，“芫青”后来被好事者加了一个草字头，乃“芫菁”，看上去像是亭亭如处子的植物。但农民视芫青为“天虫”，在于芫青的幼虫以竹蝗之卵为食，是竹蝗的一种很好的天敌。竹蝗泛滥严重的地区，当地故意培育芫青，实现了“以毒攻毒”的循环。

我感兴趣的，是芫青为何又叫“葛上亭长”？亭长，刘邦曾经就是嘛，国家权力的基层组织头目，身着黑衣，头包红布，吆五喝六，鱼肉乡里，是无恶不作的代名词。有作家以为，“葛上”指的是河南某地，大谬。除了刘邦，《史记·项羽本纪》里还提到了另外一个亭长：项羽兵败垓下，突围而出，逃至乌江，将自己身骑多年、所当无敌的名驹赐予一个亭长，下马步行，与汉军短兵接战后，自刎而死。这就是说，作为基层组织的村长，不但一直是项羽的对头，连最后的爱马也是所托非人。

其实，南北朝时的陶弘景说得很明白，认为是“一虫五变”：“此一虫五变，主疗皆相似。二三月在芫花上，即呼为芫青；四五月在王不留行草上，即呼为王不留行虫；六七月在葛花上，即呼为葛上亭长；八九月在豆花上，即呼为斑蝥；九月、十月复还地蛰，即呼为伪地胆耳，为疗犹同也。其斑蝥大如巴豆，甲上有黄黑斑点；芫青，青黑色，身黑头赤。”在中医看来，芫青主要作用就是通血闭、散癥块。至于有人按照古方配制的“芫青酒”，倒是听说过，无缘一尝。李时珍总结说，斑蝥之名，“斑言其色，蝥刺言其毒，如矛刺也。”它俗称“斑猫”，至于《和汉药考》上还有“龙蛇”之称，则不知出典何据。

我更喜欢陶弘景的诗意描述，这就是说，此虫的一系列名称，均得自于它们随季节、物性而变的饕餮胃口。

而西方还有一个古老的传说：西班牙苍蝇生老病死之后，它体内的毒素会都浓缩到背上的甲壳里。病人抹上西班牙苍蝇药粉的地方就会显出烧伤般的红色，冒出丝丝气体，周围立即现出一圈水泡……

有了这一层铺垫，我们现在再回到萨德侯爵。

这位倒错的侯爵某天在自己庄园里发现了一种小甲虫，牛羊等动物吃了小甲虫之后，情欲大发，不断交配，次数十分惊人！这个“仿生学”情形，与中国人最早注意到仙药淫羊藿几乎一模一样。萨德侯爵灵感乍现，采集甲虫烤干、磨粉，用糖裹了这种甲虫的粉末（用糖裹的目的，显然是为了“镇住”甲虫的异味），亲自尝试。结果，萨德侯爵立即成为了亢奋的两足动物，酒神狄奥尼索斯附体，欲火中烧，不能自已。显然，他具有神农氏的实践癖好，可惜他只是在尝试之中，渴望如何抵达情欲之巅。这种小甲虫乃是“西班牙苍蝇”，中土“芫青”也。是他首先在自身实验还是妓女成为了他的“小白鼠”，已经不得而知，但“西班牙苍蝇”已经让他彻底癫狂了，并由此成为他出入妓院的必备良药。

1772 年 6 月 23 日，侯爵带着仆人兼性奴拉图尔来到马赛。侯爵是渴望出来“放风”——他已经忍受不了家乡拉科斯特单调沉闷的乡野生活，他决意到此寻找更为疯狂的刺激。

6 月 27 日晚上，一场大戏在西班牙苍蝇的加盟下隆重上演。

仆人四处奔走，给侯爵找来了四个妓女。第一个是一个 18 岁的妓女，还有些懵懂。侯爵是虐恋狂，性欲的启动通常都是以皮鞭抽打而开始。他狠抽了一通妓女的屁股，但妓女马上就吃不消了。大汗淋漓的侯爵于是决定让第二个妓女用房间内的扫帚抽他的屁股，也许连抽两次让他兴致高了起来……第三个妓女没有见过这等阵势，不要钱，落荒而逃。

重头戏是第四个。萨德侯爵有点累了，稍事休息，顺便给她吃了一些随身携带的糖果。但这个妓女不喜欢，吃了几颗敷衍一下，马上吐掉了。戏没法演下去，萨德侯爵如丧考妣。

晚上，萨德侯爵眼中的猎物是一个叫玛格丽特的妓女，25 岁。她同样拒绝了侯爵鸡奸的要求，却不经意间一口气吃下了满满一盒糖果。这些糖果，全部裹满了西班牙苍蝇磨成的粉末。

她臭屁连连，据说放了一个通宵。她不知道的是，萨德侯爵要的，恰恰就是这股尾气，太可惜了。

第二天，玛格丽特和另外一个妓女中毒了，还报了警。法官请来的医生检查后得出的结论是：症状是由胃膜与肠道损伤引起的；损伤则是由腐蚀性物质引起的；病人生命垂危。所有证据都把投毒物指向了侯爵随身携带的那些糖果。警察的调查证据确凿，萨德侯爵投毒和鸡奸的罪名成立，7 月 4 号即签发逮捕令。尽管萨德侯爵立即逃之夭夭，但警察顺藤摸瓜还是找到了他，等待他的是黑暗的牢狱。

另外还有记载，指出萨德侯爵不但将“西班牙苍蝇”给妓女吃，他自己也吃，最后终于酿成了大悲剧：几位妓女经不住折腾在兴奋中窒息。这件怪案惊动了宫廷和教会，最后在严刑逼供之下，萨德交代了春药秘方，侯爵锒铛入狱，“西班牙苍蝇”却自由地飞遍了西方世界。

余泽民在《西班牙苍蝇》一文里指出：“我头一次见到真正的西班牙苍蝇，则是在达利的一幅画上，那时我还没去过西班牙。画的背景是如镜的海水，寂静的沙滩，荒凉海岸，一个莫名其妙摆在那里的方形台座，一根光秃兀立的橄榄树干，一块爬满了蚂蚁的红壳怀表，三块像融化了的黄油一般的白色钟表，分别搭在台座上、树枝上和一个似马非马、躺倒在地的生物上。三块软塌塌的钟表就像流逝的时间，与苍凉的海景相比，显得那样冰冷空白、柔软无力。这幅创作于 1931 年题为《记忆的永恒》的作品，表达了一种宇宙性的哀伤，时间转瞬即逝，唯有记忆永恒，而记忆意味着不复存在。这幅画估计谁都看过，但未必谁都注意到一个具有象征性的细节：搭在方台上的那块仿佛晒化了的软表面上，落着一只画得纤毫毕露、连影子都细腻逼真的苍蝇，一只名副其实的西班牙苍蝇。”[1]

根据美国人布瑞恩·英尼斯著的刑事案例分析《身体证据》记载，1954 年，一位英格兰的药品批发公司总经理阿瑟·福特，狂热地迷上了公司里一位叫贝蒂格兰特的女秘书，他忘记了兔子不吃窝边草的古训，不断进攻，“但是他的热情没有得到回报”。阿

[1] 原载《深圳商报》2008 年 11 月 13 日。

瑟·福特决定向萨德侯爵学习，从公司储藏室拿了一些斑蝥素，斑蝥素是从俗名叫“西班牙苍蝇”的干甲虫中提取出来的。第二天，他拎着一袋奇妙的糖果出现在办公室……可是，登徒子经理的爱情计划阴差阳错，办公室里还有另外两位女性，而福特自己也吃下了糖果。结果出乎预料，福特中毒被抢救回来，而两位女性死亡，包括他暗恋的那个仙女。还有一个女生，也不知道是害怕糖还是警惕性高，没碰那些糖。福特在接受警方询问时，承认是自己把西班牙苍蝇粉混到了糖果里。在受审讯的时候，他承认犯下杀人罪，被判5年监禁。[1]

阿瑟·福特一心一意要成为萨德的函授学生，他过于执着，学步邯郸，才酿下如此苦果。他是否也像萨德侯爵一样喜欢高浓度“尾气”？报道里没有涉及。

中土之人，只晓得以芫青来排毒，而在西语地界，却是一门心思要火上浇油。大凡毒物，均有一定程度的催情功效。一只打屁虫，不但变乱了萨德的理智，而且也让奢靡的上流社会进一步糜烂。那么，这就不仅仅是妓女在打屁，看起来，那个时代，就是一个悠长而响亮的屁而已。反过来看，这样的结果，委实不是亭长们鱼肉百姓的情形？！

后来，从产于西班牙的红色、发亮的小甲虫提炼出来的一种叫 citemn 的药物，已经芳名远播。随着科学技术的不断进步，citemn 逐渐由原来的口服品改进为现在方便使用的外用水剂，并

[1] 《身体证据》，辽宁教育出版社 2001 年 9 月版。

且在全球流行。说萨德是早期伟哥的先行者，绝不为过。

2014年10月17日成都

竹象记

当一头大象与一只竹象狭路相遇，会发生什么？

如今，学界普遍认为全世界竹类有 70 多属，1400 多种，其中较为硬朗的木本竹有 50 属，其余为草本。中国的竹类绝大多数是木本竹。四川的竹海铺天盖地，笋子虫主要为害毛竹、篌竹、刚竹、红竹、淡竹等竹笋、嫩竹。由于它只吃竹笋，反而让人想起“肉食者鄙”的古训。尽管如此，金黄色的虫子呼啸而过，成为了闷热夏季里透来的一缕吹拂童年的凉风。

20 世纪 70 年代之前，南方没有玩过笋子虫的孩子恐怕没有。

在收割稻子的时节，城市里常常见到一些卖笋子虫的孩子，进城来卖几个“耍耍钱”。他们手举串着笋子虫的竹签作标识，要扛一个草把，上面插满了两尺长的细竹签，像个刺猬，腰杆后挂一个竹笆篓，装满了呜呜作响的笋子虫。好便宜，1 分钱 1 只。最常见的玩法是把买来的笋子虫的一只大腿活生生掰断，用竹签穿进，拿在手上或插在一个地方，就像一个自动风车，一摇，笋子虫会不停展翅做圆周飞行。呜呜呜呜，它们飞时的声音，也会产生一股小小的轻微凉风。孩子乐不可支，孰不知这呜呜呜呜的风声，也许是它的哭声呢。

细致一些的女孩子不喜欢暴力，她们用一根细线拴住笋子虫的长鼻子，另一头拴在细长的木棍上，用手指转动细线，笋子虫就会张开硬壳，伸展软翅膀嗡嗡嗡飞舞。有些虫会偷懒，飞一会就停下，再转动细线，它就又不得不重新飞起。笋子虫可以长时间飞舞，但有时却半天都不动，或者刚张开翅膀就又收回去了。孩子们玩的时间一长，也琢磨出一些秘密：根据笋子虫脑壳上的图案，判断它的飞行能力。如果头上的黑色图案像长矛尖，最能飞；如果像山形，比较笨；类似木桩图案（就是梼杌）的介于两者之间。孩子的理由很简单：头上有长矛尖，冲杀有力，有力气。而头上背着“一座大山”，压迫太重，孙悟空一样，自然飞不起来。这种说法是否有道理，至今不得而知。但那时候，小伙伴们举行的笋子虫超级马拉松比赛，一般而言是头上有长矛图案的笋子虫胜出。

笋子虫飞上半天，如果喂它一点竹笋或者水果，能活好多天。据说不能喂西瓜皮，要拉稀而死，估计因为西瓜性大凉。笋子虫的最后结果非常一致，精尽而亡，一命呜呼。接着就是烧笋子虫吃。我通常都是先把笋子虫的屁股翻开，去掉肚里的东西，再加几颗盐巴，塞进笋子虫的腹腔，再把笋子虫放入竹叶火上烧，几分钟便散发浓浓的香味。急不可耐，连灰也来不及拍，便塞入饕餮之口。那味儿，至今成为梦中的口水。

我是亲手捉过笋子虫的。时间选在清晨，趁虫儿们还在安静吸食笋汁的时候。有时一根竹笋上，就麇集了四五只！但那时尚年幼，捉一次也就十几只而已。

20世纪70年代初期，一次父亲带我去川南的县城出差，路上经过一个小镇吃午饭，终于见到小馆子出卖的油炸笋子。师傅烧开一锅水，把笋子虫放进开水中，活活烫死，在这一个挣扎的过程中，它体内的脏东西会大量流出，即是“屁滚尿流”。待笋子虫死后从开水里捞出，油炸、油煸或干煸都可以。我一再央求，父亲点了一盘，1毛钱。他说，你不尿床，多吃无益，吃多了上火。记得那一年我10岁，一晃，三十多年再没有见过笋子虫的身影。

2014年盛夏的一天清晨，我和夫人开车到洪雅县高庙镇赶场，那是一个被森林、竹海围合的山间古镇，海拔1000米，至今保留了逢二、五、八赶场的风俗。

山中之雨说来就来，瞬间把喧闹的集市冲散，只剩下几十个卖菜的老人和小孩，他们没有雨具，孤零零待在雨中，低头垂目，与自己出卖的山货对望。

我突然看见了笋子虫。一个老太婆带着孙子蹲在一个竹篓前，斗笠不济事，他们浑身湿透。竹篓里至少有上千只笋子虫，硕大、油亮、强悍。一问，2毛钱一只，我要买100只。小孩很是激动，亲自点数，最后还赠送了5只。婆孙俩用一个蛇皮口袋装好递给我，问：“是做药吧？”我说，嗯嗯。

我只是想，超近距离看看它们。

笋子虫在有些地方叫笋蛆、竹虫、竹蜂、笋蟓、象鼻虫，学名叫竹象，名字极美，却是危害竹类的主要害虫之一，笋子虫仅危害两年生以下的竹子。竹象鼻虫有竹大象甲、一字竹象甲和小竹象甲三种。它的幼虫才是笋蛆，生活在竹根下的泥土里，白白胖胖，挖了焙干放油炒，又酥又香，是古人佐酒佳品。看起来，我在高庙镇购买的应该是第一种。仔细观察，雄虫第一只前臂比较长，也比较硬，交配的时候就伸臂如钳，死命抱住，母的后腿稍长。成虫全身黄黑相间，形成美丽的花纹。每翅具有纵纹九条。它们有一身的硬壳和六对带尖钩状的足。它是自带钢钻头，能十分轻松就可以在竹笋上钻个洞，狂吸竹汁。被笋子虫吸吮过的竹笋，过不了多久，就会从钻洞那里断掉或烂掉。

竹象虫具有一种本事——装死。这叫“假死性”，多集中于竹笋上，在清晨或黄昏时不甚活动，这就是捕捉的最佳时机。还可根据幼虫危害捕捉，被害竹笋尖部枯黄，尖叶柔软下垂，可用手指拧一下竹笋端部之下，如果很软，内部大多有虫，用利刀自下切开笋壳，很容易去取出幼虫。

《本草纲目》没有收入竹象，但收录了几种与竹有关的虫子，比如竹蜂、竹虱等，其中竹蠹虫尤为奇特。此虫体小而细长，长约 5 毫米，亦褐色。头部隐于前胸下，触角 1 对，从眼前直出，分 11 节，末端呈棍棒状。口器适于咀咬，上唇突出，大腮端具 2 齿，小腮须呈长丝状。李时珍转引《袖珍方》记载说：“竹虫饮人，自言其诚。高诱注云：以竹虫三枚，竹黄十枚，和匀许，烧入酒中，令人饮之，勿至大醉。叩问其事，必得其诚也。此法传自古典，未试其果验否，姑载之。”看来，酒后吐真言，更多的却是酒后吐狂言，应该是得到了竹蠹虫的大力帮助。

不久前，偶然读到王德奎先生《评朱学渊的上古史大统一》一文，提到了学者朱学渊曾经在四川生活过，“搞上古史大统一研究探索，算是一位很特别的科学家。”文章举例说：“例如远古的四川人叫蜀人——从人类的源语或母语学可以推证：蜀人得名与烧烤有关——即蜀人是最早吃熟食的人。四川的竹林中，爱出一种叫笋子虫的金黄色的昆虫，在火上烧烤，会发出‘苏苏苏’的声音，非常好吃，而且香味扑鼻。原始的蜀人扎堆吃这种烧烤的时候，随着烧烤发出的‘苏苏’声，有人最先学着喊叫出‘苏苏’声，接着大片人群也附和喊叫出‘苏苏’声。这就是蜀人最早的源语或母语。后来这类现象成为了一种习惯，外来的原始人群见之，也就把四川这里的原始人叫‘苏’人，或‘熟’人。再后来到源语或母语变成了有语言和文字，‘苏’人或‘熟’人的叫法，被规范为了‘蜀’人。”

对此奇妙的考证，不是推理小说了，而是像志怪，我学力不足，不敢置喙。

有时我想，当一头大象与一只竹象狭路相遇，会发生什么？

大象不认识竹象，大象根本看不见这个小须弥。但竹象似乎认识那个庞然大物，它细长如同大象的鼻子在来回转动，它举起了镰刀状的胫节，如同毫无畏惧的螳螂……谁抄袭谁、谁山寨了谁？我猜，竹象会抢着发言：“我是拥有自主知识产权的。”这很像充斥耳膜的熟语啊。大象还是大象，它既没有在鼻孔里插竹管，也没有插大葱。

记得那天离开高庙镇时，雨停了。在停车场我又看见一个七八岁的男孩扛着一个草把，挂满水珠，上面插有十几个笋子虫，像琥珀。他要卖5毛钱一个，我想了想，还是全部买下了。娃娃很高兴，一转身就跑进了网吧……

2014年9月10日在成都

后记

很显然，我在此谈论的动物是文化动物或诗学动物，不仅仅是自然界的动物。当然了，以往人文学者梳理文化动物，不过是着眼于动物们近距离地穿行人类社会，成为了生产、生活的重要内容，比如用于运输的大象和骡子、战场上的马；用于取乐的知了、蟋蟀，马戏团的众多动物等等；作为图腾而被信奉的龙凤，作为封建王道隐喻的老虎，它们被文化的烟火大力提升，逐渐成为人类思想、智慧的转喻，其实，人类社会不渴望天人合一，他们一直以主宰世界的主力军自居，这样的人驾驭、宰制动物命运的"文化"，一直就是所谓文化麾下的必然产物。而专门研究文化动物的学科，就成为文化动物学（cultural zoology）。文化动物学是一门新兴学科，是动物学和社会科学之间的边缘学科。我更多的是使用文学、诗学视域来打量动物的，所以，本书既不是严谨的文化动物学著作，也非“动物文学”，它体现了我的一个写作动机：人类社会的进步往往与暴力紧密相关，但毕竟还有不少人在动物那里获得了放弃的力量。

就我而言，我对动物有一种很奇怪的感情。很小的时候，我曾是家乡当地出了名的“横蛮之徒”，游泳、打篮球、练田径、习武术，整个儿一个转世的“梼杌”。但看见别人杀狗，一见狗的眼睛，我退开，就终身不再吃狗肉了。20 世纪 90 年代初，看到西南各地纷纷挂出“花江狗肉”的招牌，血海飘香，就有生理反应。无人给我灌输什么“护生”的说教，而是自己在内心深处有一种持续的疼痛。同样的道理，一个情怀稀缺的人，难以明白“干燥的动物学理”，何以成为了情怀的镜子？！

所谓“动物诗学”，在我的视域是一种以动物为核心，艺术地感知、认识世界，体验并超脱人生功利的诗学品格。其主要体现包括直接的动物形象的诗学表征；拟化（异化）动物意象的文化、情感内涵以及从动物视角而产生的对人生、社会甚至人类、自然、世界的独特感知方式和思维模式。它既属文学理论范畴，又有其文化机制和时代语境。从动物学角度出发，结合叙事学、寓言学、狂欢诗学、原型批评、生态批评等文学、文化批评理论，通过比较文学的视野，在文学的历时与共时维度，对哲学、文学、美术、历史当中的动物诗学的诗学表征、审美形态及其文化历史系谱和时代语境的启示价值进行解读，也许就构成了通向诗学王国的一条林中路。

具体地说，在《玄学兽》《哲学兽》当中，我主要从两个切入点深刻地描述了动物，一个切入点是“文化的动物”，另一个切入点是“内心的灵兽”，在人与动物的交叉处，大量生动的细节被打捞出来，汇聚于一个黄金般的中心，这些细节贯穿着由哲学、美学、玄学、神学、历史、传说、文学糅合而成的“动物文学”和“动物哲学”，体现出了崭新的诗意和令人惊讶的情趣。我不一定完整传达出了这一美学感受，但确实朝这个向度努力。因此，本书分为“动物的文学志”和“动物的哲学志”两大部分，就似乎显得颇有必要。

一些读者曾给我来信，说很着迷于我的“动物随笔文体”。所谓文体，不过是我们与世界对话的一种方式。很显然，文体是一个大问题，但不是事情的全部。如果一个人有意识地用玄学的方式留心过往的动物以及它们投射在文字深处的脉动，让思想在与它们的相遇中突然闪光，那么，所谓极端个人化的动物随笔，我认为，同样具有最广阔的共性。动物是有根性的，而这根性之须在思想的浓荫中难以被发现。无论是在我们的恍然大悟当中，还是在人们的熟视无睹里。动物们不声辩，它们不彰显，它们静默，观察着重现我们的荒谬或者可爱。有时，回忆起德语诗人特拉克尔的诗句“一只野兽在田埂上静静流尽了鲜血”（尽管他诗里的“野兽”另有所指），我就会联想起那些将我的心脏大力上提的动物。动物们一直把这种来自形而上高空的默示，拓印于大地。

这本书收入的数十篇动物随笔，写作时间从2001年至2013年，收录了我迄今完成的所有动物随笔。这些文章基本上在各种报刊发表过，在这次结集时，我做了较大幅度的修订，有些篇章几乎是另起炉灶，并修改了原作当中的一些错误，新版也比以往的版本多出几万字。

本书不是有关动物的学术考据，为了便于读者阅读文学随笔的习惯，除一些十分熟悉的人名外，保留了一些外国重要人物的原名以及生卒年，便于有兴趣的读者进一步查询和阅读。为了行文的畅达，本书保留了必须写入的随文注释，没有收入数百条参考性注解。但有些段落是阅读他人的作品后产生的追问和余兴，就应该注明出处，这已经在一些文章的结尾予以了说明。

蒋蓝

2014 年 12 月 22 日在成都

附录一

本书的插图主要引自——

《吴友如画宝》第1—4卷，中国青年出版社1998年1月版；

《走兽百图》吴友如、庄子湾，湖南美术出版社1998年7月版；

《毛诗品物图考》［日］冈元凤，山东画报出版社2002年8月1版；

《中国历代绘画图谱》（2卷），上海人民美术出版社1996年5月1版；

《马骀画宝》世界书局1928年版，上海古籍书店1982年6月翻印；

《圣经故事多雷版画插图集》，广西师范大学出版社2003年9月版；

《山海经释义》（附图一卷）［明］王崇庆；

《山海经广注》（附图五卷）［清］吴任臣；

《山海经存》（附图三百余幅）［清］汪跋。

附录二

豹子的精神之旅

——蒋蓝随笔印象

王星

世纪之交，蒋蓝彻底走出家乡浪迹天涯，那时他只身带有《岩石中的声音》《中国诗音》《诗歌笔记》三部书，时至今日已出版近三十部了。蒋蓝现在拥有不少文学粉丝，2013 年年底，在他的新书《倒读与反写》（东方出版社）出版之际，朋友们为他在家乡举办了一个读书会，请他回故里摆摆“龙门阵”。他的谈吐很具感染力，尖锐而风趣，比喻新鲜，常常让人解颐。作家祝勇说：“我每次听到他说话的声音，都会感到他身体内部的力量，一种昂扬、振奋、畅通无阻的力量。”

他讲话时，脸向着上前方，用下巴对着听众，透过鼻尖看着对方，略带一种斜睨的意味，但眼光并没有聚焦，仿佛在向内视，专心地驾驶着自己思维的方向盘，随便打向哪个方向，都能自圆其路，跑得欢快。他思想的瀑流总是滔滔不绝，对世事和书本多以锋利的辞语进行解构，时时迸溅出一些妙语连珠的比喻，引出一片喝彩。每到这时，他向下扫视的眼角都会闪烁出得意的狡黠的光芒。他倾听的时候同样是昂着头，半开眼帘，眼光内敛，仿佛在用眼睛把对方的话语吸进去。

记得2000年，我赠过他一首词《水调歌头·送蒋蓝之成都》："何以壮行色，烈酒御长风。嗟余恋豆槽马，羡尔拓强弓。才见金樽檀板，忽说霜桥雪迹，飒爽了无踪。疑汝不相问，电话忽然通。天涯去，拓眼界，砺词锋。王侯宁有乎种，时势造英雄。得意红颜美酒，末路人奴笞骂，兀自浪西东。我备当归酒，与尔洗尘容。"他是一堂吉诃德式的人物，一路杀去，罔顾后果。无论"得意"或"末路"，在当下社会，他都只能"兀自浪西东。"——双重意义上的突围和突击。

我注意到，蒋蓝一直在"豹想"，从《玄学兽》到《哲学兽》到《思想存档》《爱与欲望》再到《倒读与反写》，他在大地上不倦地"豹行"，他的"豹子"成长起来了。这是由来已久的，他从开始写作，就豹影憧憧：

一个深夜/人狼猛然惊醒/黑色暴力地住进生灵的畅想之所/他听见山岩摇晃的声音/他听见树被拔起的声音/是谁激怒了沉睡得更深的东西？/山岭像一匹受伤的黑豹之脊/收缩而威胁……（《诗歌笔记·人狼》）

他最初对虎狼进行精神历险的时候，"黑豹"就开始现身，自从他离开家乡以后，豹子就附体了，常常踪迹不定地出没熟悉与陌生的地域。同一个题目《豹的精神分析》出现过多次，在《倒读与反写》里，蒋蓝较为集中地打开了关于豹子神话的叙述工程。我们不仅可以读到关于猎豹、云豹、雪豹、黑豹、花豹、金钱豹以及豹齿、豹爪、豹尾、豹的行为、豹的食谱、豹的性情等等种类和器官功能、性格、行为的陈列、解读和揭示，还能够从豹的孤独性、不被人所驯服的描述里窥见精神的光芒。从对豹与大自然的关系、与人类社会的关系、与自然和人类的交互关系的叙述中，我们不仅可以看到豹的高贵品质和残酷的生存场景，而且还能看到人类贪婪的本性。

豹之于蒋蓝，似乎有种“相互赠与”的情愫，使他沉迷而亢奋，在他铺天盖地的叙述中，豹的文化身份逐渐得到了板上钉钉的确认。他在《玄学兽》后记中就说过：“动物不但是大地和天空的‘钥词’，用唯一的造型为我们打开了世界秘密，而且，它们带动着自己的影响，使其在人类的思想中凸显乌木一样的质地，高贵而独立，忘情而高蹈，让我们的思想与灵感获得了陡转和续接。”这句话恰当地投映在了“蒋豹”的身影上。

他的“豹学”叙事，与其说是以博物学、知识考古学的严谨作基础，还不如说是以自己的经验为中心来取舍和展开叙述。他以极端个人化的狂热想象、疾风骤雨般的语势、繁复的博喻句式来叙述豹的诡秘与命运。“雪豹远远地喊着，声音像鞭子令风暴加速，使房梁发出碎裂声。这种发声术符合地缘语境，雪野总是松软的，声音一旦散开，迅速被空气胶着。在一个连岩石也陷入沉睡的领地，雪豹的叫声只是摇落了一地雪花，并设置完备雪花之下的陷阱。然后，一切归于岑寂。”（《豹的精神分析》）蒋蓝笔下的豹不同于博尔赫斯的一味玄学化，而是让人感到，仿佛每到夜晚，就有一双敛着烈焰、充满杀机的“豹眼”在窥视着自己的窗口——由此营造出一种剑拔弩张的诗意。

知识、哲思、诗意三位一体，是他文章的内核，解构、博喻、经验三位一体，是他书写的方法。这就是他的“豹学”写作方式，贯穿了他整个的写作史，也喻示他的整个写作风格。

他的文章以博物学、考古学、田野调查为支柱，经得起学理的摇簸推敲，但更多是以个人经验作为血肉充塞、连缀其间，而且，他的个人经验，正是他文章出彩的地方。如他在《纯粹的苦行》一文中，把骡子是马和驴杂交的产物，说成是“马和驴跨行爱情的结果”，说骡子干活是“天生就是苦役的象征”，与马和驴比较，就说“没有骏马冲天的萧萧长鸣，但比骏马更忠诚驯服，骡子没有毛驴苦哇苦哇的悲鸣。骡子从不要求。骡子力大，但也有要命的秉性——骡子脾气。”这种写法就完全是个人化的写法。“骡子是脱离生命被人异化的‘异形’。骡子就是骡子，它不明白世界上的事情，它更不需要把苦行视作靠近上帝的唯一道路。骡子唯一明白，苦役就是生命的全部。而且，唯有在苦行里，骡子才能体验到活着的意义。”这种化为主观的写法，也是区别于他人写作的地方。

作家白郎说，豹是蒋蓝的精神镜像。的确如此，他的精神之剑就是豹，迅速、凶猛、诡谲，而且“拒绝与权力媾和”。批评家朱大可认为：“蒋蓝的随笔犹如刀子，在历史和文化的肌骨上精细地剐着，制造出大量事实碎片。这是一种残酷的剐式随笔，它要撕开那些被历史织锦包藏起来的血腥真相。”

蒋蓝在一篇文章里说过：“使事物变得熟悉起来并不困难，困难的是：要能够让熟悉的事物再度陌生。就如同我向落日举行柔术一般的鞠躬，然后从胯下看出去，就发现那些巍然的巴别塔，顶着一个球，塔居然是向下建筑的，一级级通向大地的黑暗……”

蒋蓝常常将大家熟知的意象、常识、事物进行消解，以自己的认知来重构体系。这是一座新的思想山系，荆莽丛生，迷障甚多，须得小心前行，尤其是在他繁复转换的比喻丛林中，稍有不慎就易迷失在词语的八卦阵中，直至落入“豹口”。

2014年11月23日

图书在版编目（CIP）数据

极端动物笔记：动物哲学卷 / 蒋蓝著 . — 北京 : 东方出版社 , 2015.6
（蒋蓝作品系列）
ISBN 978-7-5060-8265-5

Ⅰ. ①极… Ⅱ. ①蒋… Ⅲ. ①散文集—中国—当代Ⅳ. ①I267

中国版本图书馆 CIP 数据核字（2015）第 131650 号

极端动物笔记：动物哲学卷
(JIDUAN DONGWU BIJI: DONGWU ZHEXUEJUAN)

作　　者：蒋　蓝
策 划 人：张　杰
产品经理：王丽娜
责任编辑：姬　利　王丽娜
书籍设计：张志伟　纸墨春秋设计工作室
出　　版：东方出版社
发　　行：人民东方出版传媒有限公司
地　　址：北京市东城区朝阳门内大街 166 号
邮政编码：100706
印　　刷：龙口市新华林文化发展有限公司
版　　次：2015 年 7 月第 1 版
印　　次：2019 年 5 月第 2 次印刷
开　　本：880 毫米 ×1230 毫米　1/32
印　　张：11.125
字　　数：289 千字
书　　号：ISBN 978-7-5060-8265-5
定　　价：42.00 元